KB157321

김탁환의 섬진강 일기

김탁환의

섬진강 일기

제철 채소
제철 과일처럼
제철 마음을 먹을 것

김탁환 지음

쓴다는 것은 사무친다는 것이다.

그 계절에 맞는 마음을 살피는 일

들녘에서 한 해를 보냈다.

섬진강로. 집필실 주소에서 길 이름을 확인할 때마다, 강물이 온몸에 스미는 기분이 든다. 새로운 10년의 첫해를 보냈다. 10년은 145만 명이 사는 대전광역시, 그다음 10년은 970만 명이 사는 서울특별시에서 소설을 쓰다가, 2만 7천 명이 사는 전라남도 곡성군으로 내려온 것이다.

봄이 오니 먹을 것이 지천이다. 민들레에 씀바귀까지 캐서 그냥 먹었다. 쓰지 않고 달다. 봄·여름·가을·겨울 철마다 먹거리를 알고 찾듯, 그해에 그 철에 그날에 맞는 마음을 살피는 일이 귀하다. 세상의 기미와 함께 내가 끌리는 대상에게 어린아이처럼 다가가는 마음. 수단이 아니라 목적인 마음.

서울에서 시골로 집필실을 옮겨 창작에 매진하는 것이 목적은 아니다. 삶이 바뀌지 않고는 글도 바뀌지 않는다. 익숙한 글감을 쓰면서 늙어가지 말고, 내가 좋아하며 알고 싶은 세계로 삶을 옮긴 것이다. 태어나서 처음으로 파종부터 탈곡까지 논농사를 지었다. 수확한 벼 품종은 630종이다. 텃밭과 정원을 가꾸는 것도 만만치 않았다. 농번기 두 달은 집필을 멈추고 들녘으로 향했다.

초보 농사꾼이자 초보 책방지기고 초보 마을소설가였다. 봄과 가을엔 이야기학교를 열어 군민들의 글쓰기를 도왔고, 겨울엔 교실 한 칸을 비워 생태책방을 시작했다. 아쉬움과 후회도 남지만, 겨울이 가고 다시 봄이 돌아오니 그나마 다행이다. 두 번째 세 번째 반복하면서, 한 걸음씩은 더 딛으려 한다.

사람을 가장 적게 만난 한 해이기도 했다. 서울에서의 활동을 모두 정리한 데다가 코로나 탓에 마주 앉는 이들이 더욱 적었다. 이 들녘을 찾는 이들에게 느낌을 물으면, 아무것도 없어서 시원하고 편안하다는 답이 돌아오곤 했다.

아무것도 없는 것이 아니다. 사람은 없지만, 하늘에는 새들이 날고, 그 새들에게 둥지를 허락한 나무들이 우뚝하며, 그 나무들에 영역표시를 하는 들짐승들이 오간다. 논에는 벼와 함께 왕우렁이와 풍년새우가 저마다의 방식으로 살아간다. 사람은 없지만, 생명으로 가득 찬 곳이 바로 섬진강이고 들녘이다.

하나하나 만나고 사귈 때마다 잊지 않으려 기록했다. 어떤 날은 아침에 집필실에서 쓴 소설보다 두세 배 많은 글을 들녘을 걷거나 강가에 서서 끼적였다. 『김탁환의 섬진강 일기』 역시 그렇게 얻은 기록이다.

초보의 실수담들이 한 해 만에 사라질 리 없다. 습작 시절을 지나 장편 작가로 이번 생을 살겠다고 결심하기까지 10년이나 걸리지 않았던가. 농사도 책방도 마을살이도 섬진강과 들녘의 일부로 사는 것도 역시 오랜 시간과 많은 노력이 필요할 것이다.

이제야 시작했으니 늦었다는 사람도 있겠고 이제라도 시작했으니 꾸준히 해보라 격려하는 사람도 있겠다. 나는 올해도 늦지 않게 제철 농사를 짓고 싶고, 그러려면 자연의 흐름을 살펴 제철 마음으로 꾸준히 일해야 한다.

하늘을 보는 시간이 점점 는다. 겹겹 산들이 들녘을 둘러쌌는데, 동서남북 능선 어딘가에서 문득 나타나 흐르고 뭉쳤다가 흩어져 사라지는 구름을 집필실 마당에서 온전히 볼 수 있으니, 값진 선물이다. 탁 트인 풍경에 아파트가 단 하나도 없다.

귀향 첫해, 맑은 물맛과 진한 흙내를 내 문장으로 독자들과 나누고 싶다.

2022년 봄
들녘의 마음으로
김탁환

차례

1월

가만히 견디며
낮게 숨 쉬는 달

도착과 출발

1월 1일

쓰고 싶은 장편이 있어 섬진강 들녘으로 집필실을 옮겼다. 가수는 노래 따라 가고, 소설가는 이야기 따라 간다고 했던가. 하염없이 걷고 원 없이 쓰겠다.

거리를 두다

1월 2일

전라남도 곡성군 곡성읍 학정2리 정종찬 교수님 댁 별채를 숙소로 정했다. 툇마루를 따라 방 두 개와 부엌이 나란하다. 내부 수리를 했지만, 전통 양식이 고스란히 남아 있어 정겹다.

아파트를 옮겨 다니며 30년 가까이 살았는데, 앞마당과 뒷마당이 모두 있는 집에 드니 이보다 더한 호사가 없다. 낮이든 밤이든 가만히 시간을 흘려보내도 좋겠다.

숙소에서 집필실까진 메타세쿼이아 길과 들녘을 걸어 40분이 걸렸다. 게으름 부리며 느릿느릿 걸음을 떼면 한 시간을 훌쩍 넘길 수도 있겠다. 자전거로는 10분 남짓이다.

2년 넘게 타지 않던 자전거를 팔지 않고 가져왔다. 바퀴에 바람부터 채우고 별 좋은 날 달려봐야겠다. 섬진강 자전거길이 구례와 하동을 지나 광양까지 이어진다고 한다.

궁극의 집필실

1월 4일

집필실에 앉았노라면 내가 채웠다가 비운 집필실들이 떠오른다. 진해와 논산과 대전과 파주와 서울의 그 방들은 잘 있을까. 작품에 따라 책상을 비롯한 가구 배치가 바뀌었고, 책장에 꽂힌 책들도 물론 달랐으며, 벽에 붙인 지도와 사진도 새롭게 얽혀들었다.

내 몸의 일부처럼 만든 집필실이지만, 이런저런 이유로 그곳을 비울 땐 허허롭기 그지없었다. 몸통이 빠져나간 뱀 껍질 같다고나 할까.

작품 따라 집필실을 옮기는 작가도 있고, 호텔이나 여관에서 오래 머물며 작품을 쓰는 작가도 있고, 집필실 없이 카페를 옮겨 다니며 작업하는 작가도 있다. 제각각 그렇게 하는 까닭과 형편이 있을 것이다.

나는 오래 머물며, 논저와 자료들을 잔뜩 쌓아놓고 일하는 쪽이다. 가끔은 책상 위를 싹 비우고 기억에만 의존하여 글을 쓸 때도 있지만, 그건 어디서나 가능한 일이므로 따로 집필실을 고민할 필요는 없다.

내가 궁극적으로 원하는 집필실은 이러했다. 우선 2층일 것. 1층부터 10층까지 다양한 층을 집필실로 써보았지만, 땅과 이어진 느낌을 주면서 답답하지 않고 편안한 층이 2층이었다. 삼면이 책으로 둘러싸이되, 책상 앞에서 고개를 들면 눈앞에 펼쳐진 마지막 면은 큰 창이 있을 것. 창밖으론 나무가 보이고, 더 멀리 논과 밭이 보이고, 더욱 멀리 마을이 보이고, 더욱더 멀리 산과 하늘이 보일 것. 욕심을 내자면 걸어서 30분 안에 강이나 바다 혹은 호수가 있을 것.

폐교였던 이곳 건물은 'ㄴ' 모양이다. 대부분 단층인데 교실 한 칸만 2층이었다. 2019년 겨울까지도 2층을 올려다만 볼 뿐 들어갈 생각이 없었다. 농업회사법인 미실란 이동현 대표는 그 공간을 쌀을 말리는 창고로 쓴다고 했고, 비가 새고 바닥도 낡아서 전면 보수가 필요한데 차일피일 미루고 있다고도 했다.

첫눈이라도 내릴 듯 구름이 몰려들던 늦은 오후에 올라갔다. 높낮이가 다른 계단을 조심조심 디딘 뒤 문에 붙은 세 글자가 눈에 들어왔다.

도서실.

곡성 동초등학교 어린이들이 운동장에서 뛰어놀다가 계단을 신나게 밟고 올라가서는 저마다 원하는 책을 뽑아 들고 읽는 모습을 상상하기란 어렵지 않았다.

나는 달려드는 거미줄을 걷어내며, 삐걱거리는 나무판을 딛고 걸었다. 농촌에서 초등학교를 나온 사람이라면 누구나 짐작하는 딱 그런 교실이었다. 내가 다닌, 지금은 기계공업단지 땅속에 묻힌 창원 웅남초등학교 교실들도 겹쳐 보였다.

그리고 운동장이 내려다보이는 창 앞에 섰다. 고개를 점점 들었다. 나무가 있고, 논이 있고, 마을이 있고, 산이 있고, 하늘이 있었다. 내가 먼 훗날 마지막으로 안착하고 싶었던 바로 그 집필실 앞 풍경이었다.

훗날로 미루지 않기로 했다. 여기 앉아서 장편을 쓰고 싶었다. 영등포구청 뒤편에 있던 원룸 집필실을 옮기는 것은 가장 쉬운 일이었다.

2009년 상경 후 서울에서 맺은 여러 관계와 활동을 정리하는 것은 만만치 않았다. 내게는 자연스러운 이동이지만, 가까운 지인들은 한 번 더 심사숙고하라고 충고했다.

써서 보여주는 수밖에 없다. 아니다. 써서 보여주더라도, 이해받지 못할 수도 있다. 그런데 이것은 성공이냐 실패냐, 옳으냐 그르냐의 문제가 아니다. 한몸이 되어 이야기를 만들고 싶은 방을 만났으니 살아보려는 것이다. 이 방과의 동거겠다.

말썽꾼 어깨

1월 6일

이동현 대표 손에 이끌려 경상남도 함양군 안의면에 다녀왔다. 작년 여름부터 왼어깨가 자주 쑤시고 편두통도 종종 찾아들었다. 직업병이겠거니 하고 치료를 미뤘는데, 이삿짐을 부리느라 힘을 써서 그런지 어깨뿐만 아니라 팔꿈치까지 저렸다.

줄잡아 두 시간은 갈 줄 알았는데 한 시간도 채 걸리지 않아 함양에 도착했다. 전라도에서 경상도를 횡으로 다닐 때는 감각이 무디다. 곡성에서 거창, 곡성에서 대구까지는 또 얼마나 걸릴까.

안의한의원 정연탁 한의사로부터 침을 맞고 등에 부항을 떴다. 누워 엎드리니 졸음이 쏟아졌다. 영등포 원룸 집필실에서 퇴고하는 꿈을 꿨다. 오래전에 읽은 소설 제목을 내 식대로 고쳐 새기다 깼다.

그대 다시는 그 집필실로 가지 못하리.

문장으로 만든 겨울은

1월 7일

강바람에 눈보라가 인다.

집필실 창가에 서서, 눈이 만든 문장들이나 읽어야겠다.

습지는 속삭인다

1월 8일

점심 먹고 장선습지까지 산책하고 왔다. 습지까진 느린 걸음으로도 10분이면 닿는다. 대부분은 논인데 코끼리처럼 솟은 건물이 두 개다. 하나는 묘목장이고 또 하나는 소를 키우는 축사다.

조용히 지나가려 해도, 푸른 지붕의 축사 앞에 묶인 개 세 마리가 짖어댄다. 몽실이를 비롯한 개들을 데리고 나가면 더욱 심하게 경계하며 으르렁거린다. 부러워서 더 그러는 걸까. 기회가 되면 녀석들도 데리고 들이든 강이든 걷고 싶다. 하루에 한 번은 개들을 산책시켜야 하는데 안타깝다.

장선습지는 강 습지다. 국가 지정 습지인 침실습지엔 방문객이 종종 있지만, 장선습지엔 몇몇 낚시꾼 외엔 찾는 이가 없다. 어떤 날에는 사람은 만나지 못하고 물 마시러 온 고라니하고만 인사를 나눈다.

새들은 늘 있다. 오늘도 백로와 왜가리가 번갈아 날개를 활짝 펴고 날아오른다. 나는 자전거 여행자들이 오가는 둑방 길에서 멈추지 않고 그 너머로 내려간다. 탐조(探鳥)를 위한 망원경이 아쉽다. 제주도에서 대학 선배인 김헌 형을 따라 하도리 철새도래지에 갔을 때 망원경을 빌려 쓴 뒤로, 늘 하나 장만하고 싶었다. 다음엔 꼭 사서 목에 걸고 오리라.

강은 소리 없이 흐른다는 문장을 어디선가 읽었다. 그러나 강 가까이 다가가서 무릎을 꿇고 눈높이를 맞추면, 강의 속삭임이 들려온다. 정확히 말하자면, 강과 풀이 만든 소리이거나 강과 물살이들이 만든 소리이거나 강과 새가 만든 소리이거나 강과 바람이 만든 소리다. 그 풀과 물살이와 새와 바람도 강에 속한다. 흐르는 물만 강은 아닌 것이다.

소리를 듣자마자 어디서 누가 어떻게 내는 것인지 곧바로 알아맞히긴 어렵다. 열에 아홉은 듣긴 했으되 설명할 수는 없다. 수수께끼를 풀 듯 시린 손바닥에 소리를 올려놓고 상상한다. 내가 아는 소리를 총동원해도 방금 들은 소리에 접근하긴 어렵다. 버드나무 가지에 내린 까치가 빤히 나를 쳐다본다. 답을 알지만 가르쳐주지 않는 선생처럼, 머리를 꼿꼿하게 들었다.

발견하는 사람

1월 9일

『마을발견』을 일독했다. 오래 걷고 이야기를 듣고 고민한 사람만이 쓸 수 있는 책이다. 표지 안쪽 지도로도 알 수 있듯이, 광주광역시 마을교육공동체 활동이 어디서 어떻게 이뤄졌는가를 하나하나 살피고 어루만져 집대성하고 있다.

가슴 뭉클한 대목이 많다. 2020년 광주에서 '김탁환의 이야기학교'를 6개월 동안 열었을 때, 송경애 선생에게서 이 책을 쓰고 있단 소식을 들었다. 문장 곳곳에 흙 내음과 아이들 웃음까지 담겨 더욱 좋았다.

주저흔

1월 13일

공책을 바꿨다.

소설가로서 내가 누리는 거의 유일한 사치는 다음 작품에 어울리는 색과 꼴을 갖춘 공책을 갖는 것이다. 몽상과 답사와 인터뷰와 조사한 자료와 읽은 논저와 쌓은 경험으로 공책을 채워야 한다. 장편의 첫 문장을 언제 쓸지는 아직 모르겠지만, 더 대담하게 더 섬세하게 더 느리게 더 더 더 머뭇거려야 한다.

공책은 주저흔이다. 한 뼘이라도 자기 문장으로 나아가는 자가 소설가다.

놀리면 천벌받지

1월 15일

밭이지만 밭이 아닌 밭을 많이 만난다. 따지고보면 불법이겠지만, 도로변 손바닥만 한 땅에도 손길이 닿은 흔적이 역력하다. 땅을 놀리면 천벌받는다고 믿는 할머니들을 작년에도 이 길에서 자주 만났다. 그들에게 땅은 심고 가꾸는 곳이다.

내게 땅은 무엇이었고 무엇이고 무엇이 될까.

사람이 말씀만으로 살 수는 없으니

1월 16일

섬진강 들녘으로 집필실을 옮긴 이유는, 새로운 장편을 쓰겠다는 열망과 함께, 논농사와 밭농사를 직접 짓고 농업회사법인이 겪는 어려움을 알기 위해서다.

장편은 25년쯤 써왔지만, 농사와 마을살이와 농업회사법인에 대해서는 초보 중에서도 초보다. 이 대표를 스승 삼아 황소걸음으로 가볼까 한다. 오늘부터 시작하는 유튜브 채널 〈이동현과 김탁환의 이야기밥상〉도 그 황소걸음의 하나다.

쏙 들어온 시

1월 17일

저녁에 곡성군 입면 '길작은도서관'에 다녀왔다. 다큐멘터리 〈시인 할매〉를 본 뒤 꼭 한번 가리라 마음먹은 곳이다. 벽에 붙은 시들 중에서 이 시가 맘에 쏙 들어왔다. 눈이 내리면 이 시를 가장 먼저 떠올릴 듯하다.

겨울

박점례

밤새 눈이 와

발이 꽉 묶여버려

오도가도 못하겄네

어쩔까

이 눈이 쌀이라믄 좋겄네.

상상하는 만큼 달라진다

1월 19일

역사는 승자의 기록을 암기하는 것도 아니고 잊힌 사건을 확인하는 것도 아니며, 오히려 상상하는 것이다. 사실이라고 알려진 조각들의 뒤편, 혹은 서책엔 영원히 담기지 않을 한 인간의 걸음걸이, 먹을 가는 손목의 놀림, 흡족한 노래나 풍경을 만났을 때 내뱉는 경탄. 그것들이 모여 결단을 낳고 열정을 빚고 슬픔을 쌓는다.

상상할 수 없는 삶은 없지만, 그 삶에서 비롯된 상상까지 담으려면 뼈와 살과 피와 맘을 나도 쏟아야 한다. 장편을 쓸 때는 이와 같은 거래가 필수다. 등장인물이 달라지는 동안 나도 달라진다. 돌이킬 수 없는 동행이다.

새로운 인간, 새로운 인생.

불타오르네

1월 23일

'당산동커피'에서 최용석 소리꾼과 정담을 나누고 왔다. 작년에는 집필실이 영등포에 있었기 때문에 참새가 방앗간을 들르듯 자주 왔었는데, 마주 보고 앉은 것도 오랜만이다. 겨우 1년이 지났건만, 여기서 연속으로 열었던 글쓰기 강의와 공연이 아득한 옛일 같다.

만나니, 또 작품 이야기로 불타오른다. 작년까지 만들어둔 작품을 어떻게 발전시킬 것인지, 올해 새 작품으로 무엇을 만들 것인지. 그러다가 잠시 침묵이 흐르고 새삼스럽게 눈을 맞추다가 둘이 그냥 웃었다.

어떻게든 살아남아서 좋은 작품 하자는 다짐.

생태 문제에 집중하는 창작판소리를 하나하나 선보이자는 약속.

상황은 여전히 안 좋지만, 더 안 좋으니까 더욱더 근사한 작품을 꿈꾼다. 관객과 독자를 맘껏 만나는 자리가 그립고 그립고 그리운 토요일 오후.

천천히 울면 어느새

1월 24일

작곡가 한돌이 쓴 에세이집 『늦었지만 늦지 않았어』는 시화집(詩話集)에 가깝다. 가사와 곡을 짓고 부른 노래에 관한 이야기 모음집이다. 정확히 적자면, 노래에 '관한' 이야기라기보다는 노래가 탄생하기 '이전'에 겪은 일들과 떠오른 생각들과 찾아든 감정들로 빼곡한, 노래들로 펼친 자서전이다.

너무 쓸쓸해서, 꼭지마다 책을 덮고 숨을 길게 내쉬었다. 홀로 떠돈 자만이 보여줄 수 있는 흉터로 가득한 책이다. 감정을 누르며 정돈한 문장마저 젖어 있다. 삶에 어울리는 문장에 닿기까지, 그가 감내한 고통은 상상하기조차 어렵다. 누구와도 비슷하지 않고, 처음부터 끝까지 새롭다. 날것의 아름다움.

결국 조금 더 걷고 와선 마저 읽었다. 이 문단에 내가 곡성으로 내려온 까닭이 겹쳤다.

> '천천히'라는 말은 '빨리빨리'의 반대말이 아니다. 무언가 빨리 이루려면 천천히 해야 하기 때문이다. 봉우리에 빨리 오르려면 천천히 올라야 하고 두꺼운 책을 빨리 읽으려면 천천히 읽어야

한다. 세 번 생각하라는 말은 천천히 생각하라는 뜻이고 돌아가라는 말 역시 천천히 가라는 뜻이다. 생각을 천천히 하면 시곗바늘도 천천히 돌고 생각을 빨리 하면 시곗바늘도 빨리 돈다. 빨리 걸으면 더 멀어지고 천천히 걸으면 어느새 도착이다. 실제로 내가 걸어온 길을 뒤돌아보면 지름길이 빠른 길이 아니라 천천히 걸었던 길이 빠른 길이었다.

— 한돌, 『늦었지만 늦지 않았어』

당신은 누구에게서 배웠나

1월 25일

어느 날 이현주 목사님이 장일순 선생님께 질문했다고 한다.

"예수님은 누구에게서 배웠을까요?"

"자연이 아닐까?"

나무에게서도 배우고 풀에게서도 배우고 밀알에게서도 배우고 산이나 강이나 하늘에게서도 배웠으니, 자연의 흐름에 맞춰 다양한 비유를 들려주는 것이 가능했다는 추측이리라.

집필실을 나와 돌아다닐수록 그 추측이 과연 옳다는 확신이 든다. 강가에서 만나는 풍경이 그냥 풍경이 아닌 것이다. 아무리 작은 것, 약한 것, 어린 것에도 이야기가 깃들어 있다. 이야기를 발견하고 상상하면서 한 수 배운다.

제대로 공들여 발견하기 위한 방편으로 사진 대신 그림을 권하는 이들도 있다. 김한민의 『그림 여행을 권함』이나 유상준이 쓰고 박소영이 그린 『풀꽃편지』가 대표적인 예다. 손재주가 없는 나는 그리진 못하지만, 나무든 풀이든 고양이든 혹은 강아지 똥이든 수달 똥이든, 그 앞에서 짧게는 10분 길게는 한두 시간씩 에버노트에 끼적거린다.

다시 연필과 수첩을 마련해야 할까 싶다. 관찰 일기나 관찰 에세이는 아니고, 잠깐 관찰하고 그보다 길게 상상한 이야기 정도겠다. 비유가 많은 편이다.

그래서 나는 기오리가 된다

1월 26일

암컷 기러기와 수컷 오리의 사랑으로 태어난 기오리 이야기를 『아름다움은 지키는 것이다』에 싣고 나니 사진은 왜 같이 넣지 않았느냐고 묻는 독자가 여럿이다.

사진을 갖고 있긴 했지만 넣어야겠단 생각이 들진 않았다. 사진 없이 가고 싶었다. 섬진강 도깨비 이야기에서 도깨비 사진을 넣지 않은 것이나 귀신 보는 진돗개 이야기에서 복돌이와 복실이 사진을 넣지 않은 것과 같은 맥락이다. 사진을 보면 그 사진에 갇히기 쉽다. 독자가 내 문장을 따라 읽으며 상상의 날개를 펴길 바랐다.

새해를 맞고 한 달 내내 기오리를 주동공(主動公) 삼은 창작판소리 〈그래서 나는 기오리가 되었다〉를 쓰고 있다. 일주일이면 초고를 뽑지 않을까 여겼는데, 전개가 더뎌 벌써 3주가 넘었다. 기오리가 놀던 둠벙을 돌고 비 내리는 운동장을 거닐어도 진도가 나가질 않는다.

미실란 울타리 안 동물들은, 닭이든 개든 토끼든 기러기든 고양이든 제 수명을 충분히 누릴 때까지 함께 살아간다. 가장 나이가 많은 열여섯 살 복실이가 오늘도 아침 인사를 건네니, 기오리 역시 미실란을 활보할 만하다. 그런데 2018년 봄, 내가 미실란을 처음 방문했을 때부터 기오리는 없었다.

점심을 먹고 몽실이에게 간다. 녀석은 꼬리를 흔들고 젖은 땅에 등을 문지르며 반긴다. 내 창작의 고통을 알 리 없다. 호기심으로 똘똘 뭉쳤을 뿐만 아니라, 덩치는 가장 작아도 사냥 본능은 제일 맹렬한 녀석이다. 목줄이 풀리자마자 기오리를 물어 죽인 바로 그 개인 것이다. 오늘따라 아쉬움이 컸다. 기오리가 살아만 있다면 벌써 초고를 마쳤으리라.

남 탓은 여기까지! 내일은 몽실이를 산책시키며 기오리 생각을 더 해야겠다. 기오리처럼 울고 기오리처럼 걸어야겠다.

흘러 흘러 어디로 가니

1월 27일

2016년 가을, 독자들을 만나기 위해 부산으로 갔다. 미리 받은 주소를 살피며 걷다 보니 보수동 책방골목이었다. '낭독서점 시집'은 오래된 중고서점들 속에 섬처럼 놓였다. 그곳에서 신간, 특히 시집을 사는 것도 좋았지만, 골목을 천천히 누비다가 발길 닿는 대로 중고서점에 들어가선 손때 묻은 책들을 쓰다듬고 뒤적이며 냄새 맡는 것이 더 좋았다.

그 골목에 대우서점도 있었다. 보수동에서 영원할 것 같은 서점들이 하나둘 떠난다는 풍문을 듣긴 했다. 임대료는 껑충 뛰고 서점을 찾는 손님은 날로 줄었다.

대우서점은 '섬진강책사랑방'으로 이름을 바꾸고 작년에 구례로 이사를 했다. 책방이 궁금해서 늦은 오후 강변도로를 달렸다. 3층 건물 꼭대기에 큼지막한 간판이 눈에 들어왔다. 강변모텔이었던 곳을 개축하여 책방으로 탈바꿈시킨 것이다. 1층과 2층은 칸막이를 철거하여 통으로 넓게 썼고, 3층은 칸을 그대로 둔 채 종류별로 책을 배치했다.

김종훈 대표님과도 처음 인사를 나눴다. 낭독서점 시집의 이민아 대표를 언급하니 잘 안다며 밝게 웃으신다. 작년 여름 수해로 구례읍이 잠겼을 때 피해가 없었는지 물었다. 10만 권도 넘는 책이 젖어서 버렸다는 답이 돌아왔다. 백 권도 아니고 천 권도 아니고 10만 권을 물난리로 잃은 서점 주인의 슬픔은 얼마나 깊을까. 책이 좋아 40년 넘게 보수동 책방골목을 지켜오셨던 분이니, 버린 책들이 다 자식 같았으리라.

"아깝고 아깝습니다. 쓸만한 책들부터 먼저 1층에 꽂았었거든요."

찾는 책을 몇 권 이야기하니 있고 없고를 바로 답하신다. 그렇지, 바로 이거다. 20만 권 중에서 그 책이 있는지 없는지를 기억하는 뇌! 대학원 시절 속칭 헌책방을 부지런히 다녔던 적이 있다. 책과 함께 긴 세월을 보낸 책방 주인들은 망설임 없이 즉답을 주었고, 기억에만 의존해도 틀린 적이 없었다. 저마다 만든 기억의 궁전에서 왕 노릇하는 자의 위엄이랄까.

3층 구석방에는 한국학 관련 책들이 쌓여 있었다. 학부와 대학원 시절 탐독했던 자료집들이 그득했다. 안온했다. 잊고 있던 몇몇 풍경이 떠올랐다. 종종 나들이를 와야겠다. 1층과 2층과 3층을 오가며 여섯 권을 골라 샀다. 곡성에 내려온 뒤, 없어서 가장 아쉬운 것이 동네책방이다. 전라남도 구례군 구례읍 섬진강로 46.

안간힘에 대하여

1월 28일

큰 바람 불며 섬진강 돌아 세찬 눈 내린다. 고(故) 노회찬 의원을 생각하며 짧은 글 하나 썼다.

당원 게시판에 올라오는 노회찬 의원의 '난중일기'를 즐겨 읽었다. 제목부터 의미심장했다. 평화로운 시절의 일기가 아니라 전란 중에 쓰는 일기. 당연히 이순신 장군의 삶과 글을 가슴에 품고 정한 제목이다.

노 의원은 바쁘다는 핑계로 건너뛰지 않고 바쁠수록 더 자주 길게 적었다. 전장(戰場)에 없는 이들이 읽더라도 충분히 상상할 만큼 풍부하게 쓰고자 노력했던 것이다.

역사를 탐독하는 사람만이 구사하는 스타일이기도 했다. 엄중하고 심각한 일에 짓눌렸다가도, 장산곶매처럼 훌쩍 날아오른 뒤 상황 전체를 조감했다. 눈앞에 닥친 어려움에 갇히지 않고 큰 흐름을 살피는 것이다. 그 흐름은 1945년 광복부터 시작하거나 1876년 개항부터 시작하거나 1392년 조선 건국부터 시작하기도 했다. 이 일과 그 일을 비교하고, 이 사람 대신 그 사람을 바꿔 넣고, 이 질문에 그 질문을 겹쳤다. 『노회찬과 함께 읽는 조선왕조실록』의 독특함은 현재와 과거의 자유로운 뒤섞임에 있다.

'노회찬 어록'은 대부분 사건의 맥을 정확히 짚는 데서 출발한다. 임기응변과 순발력만으로는 설명하기 힘든 능력이다. 흐름을 미리미리 공부하고 정리하지 않는다면 맥이 보일 리 없다. 장강(長江)의 폭과 깊이와 빠르기를 알기에, 자신이 원하는 때에 원하는 문장을 수면 위로 은어처럼 튕겨 올리는 것이다.

느닷없이 빛나는 문장 아래로는 노 의원이 이미 점검을 마친 시간의 강이 흐른다. 어록을 접한 이들 누구나 그 강에 자연스럽게 몸과 마음을 맡긴다.

'50년 된 삼겹살 판을 갈 때가 왔습니다'를 들으며 50년 정치사를 떠올리고, '법 앞에 만인이 평등하다고 하는데 만 명만 평등한 것이 아닌가요?'라는 물음에선 유전무죄 무전유죄의 나날에 쓴웃음을 짓는 식이다. 16세 참정권을 지지할 때는, 17세에 유신반대 삐라를 뿌린 노 의원 자신의 경험을 이야기한 뒤 '유관순 열사는 불량소녀가 아닙니다'에 이른다.

전시(戰時)라고 매일매일 전쟁만 하진 않는다. 전투를 벌이지 않는 날이 훨씬 많다. 그땐 군인이든 민간인이든 마음의 평정을 유지하며 일상을 유지하고자 안간힘을 쓴다. 반복된 정성들이 모여 역사를 한 걸음씩 나아가게 만드는 것이다. 일상의 안간힘들은, 전쟁과 평화를 반복하며 흘러온 역사를 궁구하지 않고는 보이지 않는다.

새벽 4시, 6411번 버스는 어김없이 출발해 왔지만 매일 그 버스를 타는 사람들을 소중하게 여겨 세상에 소개한 이는 노회찬 의원이다.

역사는 저절로 되는 것이 아니라 만드는 것이다. 거기엔 일상의 안간힘을 발견하려는 노력과 의지가 필요하다. 노회찬 의원이 모범을 보인 방식을 따라, 그가 반복해서 정성을 쏟은 일을 찾고 자리매김해야 한다. 이제 시작이다.

향나무를 세는 사람이 되진 말자

1월 29일

어제 아침엔 구례에 있는 '천 개의 향나무숲'을 거닐었다.

천(千)이라는 숫자에 끌린다. 처음 낸 글쓰기 책 제목도 『천년습작』이고, 장편소설이란 주인공을 천 번 생각하는 장르라고 설명한 적도 있다. 꾸준함을 유지하는 상징으로 '천'이라는 숫자를 제시한 것이다.

향나무가 천 개나 있다고 하니 지리산 골짜기인가 싶었다. 친한 후배가 정성을 쏟아 가꾸었다기에 이 대표를 따라나서긴 했지만, 아침부터 산을 오르긴 싫었다. 다시 눈 내리고 강풍이 분다는 예고까지 있었다.

작년 겨울 횡성에서 거닌 자작나무숲이 떠올랐다. 눈보다 흰 나무들이 야윈 줄기를 공중으로 쭉쭉 뻗었다. 그 아래를 걸으며, 도스토옙스키와 고리키와 예세닌의 작품에 등장하는 자작나무와 그 나무 아래의 사랑과 슬픔과 놀라움과 이별을 만지작거렸다.

도착한 곳은 놀랍게도 골짜기가 아니라 평지였다. 안재명 대표 부부가 환대하며 차를 내왔다. 따듯한 햇볕 아래에서 정담을 나눴다. 그들은 7년 전 이곳을 매입한 뒤 숲이 있는 정원으로 가꿨고,

지난해부터서야 유료 방문객을 맞기 시작했다.

향나무 숲길을 걸었다. 새들이 나무 사이를 오가며 울었다. 가지를 거의 자르지 않은 덕분에 숲이 더 깊고 그윽했다. 군데군데 놓인 의자와 부엉이 인형들도 예뻤지만 발에 밟히는 흙 자체가 좋았다.

허리를 숙여 흙을 한 움큼 쥐었다. 집필실을 옮긴 뒤론 이렇게 다양한 흙을 쥘 기회가 많아졌다. 흙을 쥘 때마다 낯선 생각과 감정들이 내 안을 오갔다.

'토양은 흙과 식물이 함께 만들어간다'는 문장도 떠올랐다. 이곳 토양에는 향나무의 특징이 듬뿍 담겼으리라. 길을 밟는 사람들의 몸짓도 얹히리라. 숨결도 스며들리라. 이야기도 뒤섞이리라.

최소한 세 시간은 머물며 향나무숲 정원의 아름다움을 즐길 것. 봄에 다시 걸으러 와야겠다. 전라남도 구례군 광의면 천변길 12.

2월

겉을 뒤집고
속을 뒤집는 달

공통점

2월 1일

범인만 현장에 다시 나타나는 것이 아니다.

소설가도 마찬가지다.

모처럼 두 배

2월 2일

습작 시절, 같은 분량을 다섯 번 쓴 뒤 두 배 많은 분량에 도전하라는 충고를 받았다. 200자 원고지 100매 단편을 다섯 편 쓴 뒤 200매 단편에 도전하고, 200매 단편 다섯 편을 쓴 뒤 400매 중편에 도전하고, 400매 중편 다섯 편을 쓴 뒤에야 800매 장편에 도전하라는 식이다.

쓴 분량의 두 배까진 어찌어찌 감당하지만 그걸 넘어가면 내용이 아무리 좋더라도 휘청거리며 헤맨다는 것이다. 충고를 성실하게 따르진 않았지만, '분량이 말을 한다'는 문장을 지금도 믿는다. 대하소설 같은 장편소설은 없고, 장편소설 같은 단편소설은 없다. 대하는 대하고 장편은 장편이며 단편은 단편인 것이다.

'나이가 말을 한다'는 충고는 등단 후에 들었다. 소설가의 나이보다 두 배 넘는 인물은 감당하기 어려우니, 조연이라면 모를까 주인공으로 삼지는 말라는 것이다. 서른 살인 소설가는 예순 살 이상을 제대로 그리기 어렵고, 마흔 살은 여든 살이 상한선인 셈이다. 그땐 터무니없는 주장이라고 여겼다. 소설가의 젊음이 노년을 그리지 못하는 근거가 될 수는 없으니까! 그러나 장편을 계속 써오다 보니, 그 충고도 어느 정도는 일리가 있다. 젊다고 노년을 그리지 못하는 것은 아니지만, 마흔 살에 여든을 바라보는 것과 여든 살에 여든을 바라보는 것은 다르다. 이제 쉰 살을 넘겼으니, 그 충고에 따르면 나는 백 살이 훌쩍 넘은 노년까지 그릴 수 있게 되었다. 나이로는 그리지 못할 사람이 거의 없어진 셈이다.

'깊이가 말을 한다'는 이야기도 종종 들어왔다. 깊이를 강조한 소설 제목도 적지 않다. 엔도 슈사쿠의 『깊은 강』이나 김영현의 『깊은 강은 멀리 흐른다』는 내가 소설가를 꿈꾸기 훨씬 전부터 애독서였다. 요즘은 선배들이 충고하지 않더라도 스스로 묻곤 한다. 내가 닿은 깊이의 두 배까진 쓸 수 있을까.

수심(水深) 그러니까 물의 깊이는 정확하게 재기도 어렵고, 잰다고 해도 객관적인 숫자와 느낌이 다른 경우가 많다. 같은 깊이라고 해도, 햇빛이 닿는 곳과 닿지 않는 곳, 강물에 씻겨 맑게 흐르는 곳과 진흙에 엉켜 내내 탁하게 고이거나 아주 조금씩만 움직이는 곳은 다르게 느껴진다.

물의 깊이가 이러한데, 삶의 깊이를 재기란 얼마나 더 어려울까. 내가 살면서 닿아 만진 깊이도 문장으로 옮기지 못하는 경우가 대부분이다.

제목에 깊이를 품은 소설들을 '과장'이라고 여기진 않는다. 다만 거기서 깊이는 닿아본 깊이라기보다는 닿고 싶지만 끝내 닿을 수 없었던, 어쩌면 신(神)만이 감당하는 깊이일 듯싶다.

두 배를 강조하는 충고가 유용한 시절이 인생에서 따로 정해져 있음을 이젠 안다. 천 매를 넘어간 뒤엔 분량의 많고 적음보다 질적 변화에 더 관심을 뒀고, 여든 살에 이른 소설가는 백육십 살까지의 노년을 쓰는 것보다 여덟 살 유년의 마음을 그리지 못해 상심하는 날들이 늘었다지 않은가.

올해는 책을 두 배 적게 읽으려 한다. 예년의 절반만 읽겠다고 답하기보다 두 배 적게 읽겠다는 표현이 마음에 든다. 양적인 팽창이 어느 순간에 이르면 질적인 변화를 동반하듯이, 양적인 수축 역시 마찬가지일 것이다.

하는 것만큼이나 하지 않는 것은 어려운 일이다. 간단한 걷어냄이 아니라 간신히 줄임을 감당하는! 인생에서 모처럼 두 배에 가닿았다. 나는 아직 이렇게 어리석다.

강가에서

2월 3일

흐르는 물을 바라보는 시간이 늘었다. 가까이 다가가든 멀리 물러서든, 강이 보이는 동네라서 그렇다. 물이 흐르면 멈춰 잠시라도 보게 된다. 되짚어 보니 어렸을 때부터 그랬다.

흐르는 물의 모양을 따라 이 이야기 저 이야기가 찾아들었다. 내가 겪었지만 떠올리지 않았던 이야기도 있고, 순전히 그 물의 움직임에 따라 지어낸 이야기도 있고, 그 둘이 섞이는 이야기도 있었다.

소용돌이치는 물을 볼 때면, 아버지가 돌아가시던 그 봄밤, 고등학교 2학년인 내가 읽은 베토벤 전기가 생각난다. 정확한 책 제목은 잊었다. 탄생부터 읽진 않았고, 귀가 먼 뒤 베토벤의 활동부터 죽음까지를 듬성듬성 뒤적거렸다. 그때 거실 책장의 절반은 동서문화사판 세계문학전집이 차지했고, 나머지 절반은 몇몇 예술가들의 이야기를 모아둔 또 다른 전집이 있었다. 그 가운데서 그 책을 하필 그날 나는 왜 꺼내 읽었을까.

아버지가 갑자기 쓰러져 안방에 누워 계셨다. 날이 밝으면 병원으로 옮길 준비를 하느라, 엄마와 친척 어른들은 안방과 거실을 오갔는데, 밤에 하교한 나는 건넌방에서 책을 읽었다. 잠이 오지 않기도 했고, 이대로 잠들어서는 안 되겠다는 생각도 들었던 것 같다. 그런데 나의 회상은 베토벤이 아니라 다른 음악가에서 끝을 맺는다. 베토벤을 흠모하며 바라보는 슈베르트의 맑은 눈동자와 야윈 손! 그 책도 그렇게 끝났을까. 아니면 그 밤에 세상을 뜬 아버지를 그리는 내 마음이 슈베르트에게 옮겨간 걸까.

물줄기가 갈릴 때, 돌에 부딪혀 소리를 낼 때, 모래나 흙을 긁어대며 빠르게 돌 때, 불룩한 윗배처럼 유유히 흐를 때, 각각 다른 이야기들의 방문이 좋았다. 행복했던 날이 훨씬 많다. 하지만 감당하기 힘들 정도로 머리가 지끈지끈 아픈 날엔 서둘러 흐르는 물 곁을 떠난 적도 있다.

강도 강 나름일까. 섬진강에 자주 내려와 머물기 시작한 뒤론 다양한 꼴과 소리로 흐르는 물을 보면서 자꾸 이야기를 잊었다. 강가에 앉았노라면, 며칠 동안 골똘하게 궁리하던 이야기도 떠오르지 않는 것이다. 잊어도 상관없는 이야기도 있지만, 잊어서는 안 되는 이야기도 있고, 잊지 않으려 애쓴 이야기도 있다. 흐르는 물과 함께, 차이를 가릴 틈도 없이 잊히고 잊히고 잊혔다. 비로소 조동진의 노래 〈물을 보며〉를 알겠다는 생각을 했다가 그마저 잊었다.

잊고 앉아 있거나 서 있는 것이 처음엔 난처했다. 잊지 않으려 공책도 손에 들고 수첩도 주머니에 넣고 다녔던 세월이 길었다. 기억하는 자만이 쓸 수 있다고 하지 않았던가. 가브리엘 가르시아 마르케스는 『이야기하기 위해 살다』에서 무엇을 기억하는 것보다 어떻게 기억하는지가 중요하다고 강조했다.

새로운 이야기까지는 아니더라도, 소중한 기억과 정리해 둔 지식을 지켜야 할 때는 강을 피해 걸었다. 부득이 강이 보이는 순간엔 눈을 감았다. 그런데도 서울을 떠나며, 벗들에겐 흐르는 강이 좋아 강 가까이로 집필실을 옮긴다고 했다.

강을 만나는 바람에 내가 잊은 이야기들은 어디로 가서 무엇이 될까. 저 강과 함께 흘러 흘러 가다가 고기밥이 되고, 잘게 잘게 찢기거나 뜯겨 진흙이 되고 모래가 되고, 더욱 가벼워져 안개가 되고 구름이 되었으려나.

그러다가 아주 가끔은 강으로 가더라도, 오늘처럼 이야기가 새롭게 찾아들지도 않고 또 잊히지도 않았다. 얻는 것도 없고 잃는 것도 없이, 강을 보기만 하는 시간. 탄생의 기쁨이나 귀찮음이나 소멸의 슬픔이나 적적함도 내 것이 아닌 자리. 그럴 때는 내가 강 속 습지 버드나무들을 그윽이 바라보는, 강둑의 외따로 선 오동나무 같다.

잭 런던이 아니면 누구를?

2월 4일

가장 좋아하는 작가가 누구냐는 질문을 받곤 한다. 그때그때 다르다고 답한다. 허물을 벗고 털갈이를 하며 삶을 꾸려가는데, 가장 좋아하는 작가만 변함없는 것이 오히려 이상하다. 그때그때 다른 이유가 무엇이냐는 질문까지 받고 나면, 말로 설명하는 대신 걷고 싶다.

눈으로 판단하지 말고 배로 느끼라고 했던 이가 노자였던가. 화두를 푸는 것은 뇌의 일이라 여겼는데, 지금은 그 일의 절반 이상을 두 발이 한다. 어디를 얼마나 돌아다니느냐에 따라, 혹은 내가 돌아다녔던 곳을 또 어떤 존재와 돌아다니느냐에 따라, 화두를 풀어가는 방식과 결과가 달라진다.

점심을 먹고 논두렁과 둑방을 걷노라면 고라니와 멧돼지와 삵의 발자국과 배설물을 발견한다. 오늘 만난 고라니는 고개를 흔들며 내 쪽으로 두 걸음 다가오기까지 했다. 둑방에 선 인간과 습지에 선 고라니 사이엔 얼어붙은 강이 있다.

내가 더 가까이 다가가려면 나무 데크를 내려가서 다리를 건너야 한다. 고라니로선 달아나기에 충분한 거리다. 수의사 두리틀 선생이라면 고라니 울음이라도 내며 인사를 건넸겠지만, 나는 방금 전까지 집필실에서 붙들고 씨름하던 생의 화두를 곱씹을 뿐이다. 올해 내 화두는 정해졌는데, 강에 물 마시러 온 저 순한 녀석의 화두는 무엇일까.

정초에 야생의 풍경에 어울리는 작가들을 골라 책상 가까이에 두었다. 팔을 뻗으면 닿는 자리에 잭 런던이 있다. 『강철군화』와 『야성의 부름』과 『잭 런던의 조선 사람 엿보기』는 이미 읽었고, 『화이트팽』은 작품도 읽고 애니메이션도 봤다. 영화 〈마틴 에덴〉도 인상 깊었다.

1월엔 잭 런던의 단편들을 두루 읽었다. 읽다가 강으로 갔고, 언 손을 호호 불며 강에서 조금 더 읽기도 했다. 오늘은 공책에 옮겨둔 문장 몇 개를 강을 향해 돌멩이처럼 던지기도 했다.

대도시의 집필실에서 밑줄 그은 문장들과는 전혀 다른 문장들이 걸어와선 내 몸을 밀치고 내 맘을 긁어댄다. 작년에 막심 고리키를 독파해가며 놀랐듯이, 잭 런던도 내가 안다고 짐작한 그 길에서 한참 벗어난 길 아닌 길을 쏘다녔다.

그러다가 홀로 높이 뜬 방패연처럼, 잭 런던이 내게 묻는다.

산다는 게 아득하지요 참?

만보인

2월 7일

집필실을 나서면 야외다. 들 야(野) 바깥 외(外). 다른 단어를 고를 수도 있겠지만, 야외가 지금은 끌린다.

주소를 정하는 두 가지 상반된 방식에 대해 들은 적이 있다. 하나는 길을 먼저 내고 그 주위에 주거지를 정하는 것이고, 다른 하나는 주거지를 먼저 놓고 거기에 길을 연결하는 것이다. 도로명 주소와 지번 주소의 차이다.

대전과 서울에서 살아온 20년 동안, 집필실 바깥은 야외가 아니라 통로였다. 가고자 하는 목적지가 있고, 거기에 최단 거리로 닿는 것이 목표였다. 할 일 없이 동네를 어슬렁거린 적도 있긴 했지만, 대부분은 집필실을 나서면 집으로 가든 카페로 가든 버스 정류장이나 역으로 가든 어디론가 가는 중이었다.

곡성에서도 출근이나 퇴근을 위한 통로가 있다. 꼭 그 길로 가야 하는 것은 아니지만 그래도 습관처럼 반복하는 길이다. 그때를 제외하곤 통로가 아닌 야외와 맞닥뜨릴 경우가 훨씬 많다. 40분을 쓰고 20분을 쉴 때면, 2층 옥상을 돌 수도 있고, 잔디 마당과 정원을 둘러볼 수도 있고, 논두렁을 걸을 수도 있다.

오전 집필을 마친 뒤에는 야외가 훨씬 더 넓어진다. 산과 들과 강 어디로도 갈 수 있다. 그때 그 산길과 들길과 강길은 통로가 아니다. 길과 거기에 연결된 자연이 내가 만날 대상이자 목적이다. 바깥의 활동을 통로로 축소하며 사는 것이 서울로 대표되는 대도시의 일상이라면, 바깥의 활동이 야외가 되어 밖의 밖까지 자유롭게 뻗어가는 것이 곡성을 비롯한 농촌의 일상이다.

통로를 지나치지 않고 야외를 만나 사귀어야 하니 걸음이 더디다. 그렇게 걸어선 운동이 안 된다고 타박하는 이가 있을지도 모르겠지만, 이곳에서 진정한 만보인(漫步人)이 되는 이유다.

주검을 거슬러

2월 11일

사실이라고 하기엔 비유 같고 비유라고 여겼는데 사실임을 확인하면, 쓰고 싶어진다. 지난주에 본 나무들의 주검이 그랬다. 주검은 죽은 사람의 몸을 이르는 단어지만, 이 나무들에겐 다른 말이 떠오르지 않았다.

숲이 아니라 강 한가운데서 목도한 풍경이다. 강이라고 하면 물이 흐르고, 물고기들이 오가고, 강가에 풀이나 나무가 자라는 정도를 떠올리는 것이 보통이다. 강 습지로 명명된 이곳은 달랐다. 둑방을 쌓았으되, 흐르는 강물은 강폭의 3분의 1도 되지 않았다. 나머지 젖은 땅을 버드나무들이 점령했다.

지난봄엔 초록의 진군에 감탄했다. 단풍을 즐기러 몇몇 산을 찾았던 적은 있지만 강에서 빛깔에 압도당하긴 처음이었다. 둑방을 내려가서 다리를 건너면 곧 습지인데, 키보다 높은 풀숲이 벽처럼 막아선다. 시시각각 다가오는 초록의 보폭까지 가늠할 수 있다.

지난여름 큰비가 내렸고, 상류의 댐은 일제히 수문을 개방했다. 엄청난 물이 흘러내렸고 둑방을 넘어 마을과 전답을 덮쳤다. 특별재난지역이 될 만큼 농작물 피해가 심각했다.

여름이 가고 가을이 가고 겨울이 왔다. 강물은 빠져나갔고 유실된 둑방은 복구되었다. 구례와 하동의 오일장도 다시 열렸다. 모든 것이 예전으로 돌아간 듯하지만 상처는 쉽게 아물지 않는 법이다.

장선습지에서 침실습지까지 걸었다. 나뭇가지들이 하얗게 흔들렸다. 철새인데도 떠나지 않고 텃새처럼 지내는 백로나 왜가리라고 짐작했다. 습지로 걸어 들어가니 비로소 보였다. 수해 때 떠내려오다 가지에 걸린 비닐들이었다. 봄날 내내 곧게 서서 초록을 뿜던 수십 그루 버드나무들이 와불처럼 누웠다. 뿌리까지 드러낸 채 쓰러져 말라버렸다.

나무들이 생명을 다한 것은 지난여름이다. 계절이 두 번 바뀌는 동안, 수재민과 가축과 농작물은 돌아보며 걱정하고 대책을 세웠다. 하지만 난데없이 봉변을 당한 나무들을 구하고 돌본 이는 없었다. 나부터 막연히, 나무들은 그래도 쏟아지는 강물을 견뎠으리라 믿었다.

뿌리까지 뽑힌 저 나무들에게 새로운 봄은 없다. ‘몰살’이란 단어가 비로소 실감이 났다. 누가 저들의 목숨을 앗았는가.

서서

2월 18일

'서서 쓰는 시'라는 표현이 종종 등장하던 때가 있었다. 편히 골방에 앉아 쓰지 않고, 삶의 현장에서 힘들게 일하며 쓴 작품이란 뜻이다. 비유가 아니라, 야외에선 서서 무엇인가를 쓰는 일이 잦다. 의자가 없기도 하고, 앉을 만한 바위나 그루터기도 눈에 띄지 않는다.

딱따구리 울음을 갑자기 듣거나 흙을 파고 나온 두더지와 마주치면, 앉아야겠다는 생각은 전혀 들지 않고 무엇인가를 쓰고 싶은 마음도 없다. 딱따구리와 두더지를 충분히 오래 관찰하고 싶을 뿐이다. 살펴보다가 운이 좋으면, 거기서 선 채 몇 글자 혹은 몇 문장을 쓴다. 찾아온 행운의 기록이다.

종일 걸었지만 서서 쓰지 못할 때도 있고, 몇 걸음 떼지도 않았는데 기다렸다는 듯이 그들이 내 앞에 나타날 때도 있다. 오늘은 운이 좋았다.

신(神)에게도 이해를 구하지 않고

2월 19일

길게 써서 보여주기 전까진, 내가 지금 여기서 왜 이러고 있는지 이해시킬 수 없다. 장편 작가가 된 이유다. 돌이켜보면 이순신 장군의 행적을 찾아 목포에서 부산까지 훑고 다녔던 젊은 날부터 그랬다. 오늘부터 새 작품을 위해 읽고 걷는다.

느긋하고 느긋하라

2월 20일

봄이라고 해도 믿을 만큼 따듯한 하루였다.

몽실이를 산책시킨 후 오후에는 텃밭에서 짚을 걷어냈다. 복실이가 다가와선 제대로 일하라고 눈짓을 한다. 추위를 이겨낸 싱싱한 봄동을 겉절이로 한 입 먹을 상상을 하니 침이 고인다.

구례에 있는 쌀빵 전문 빵집에 다녀왔다. 이름하여 '느긋한 쌀빵 느긋한 점빵'! 완전 비건식이라서 종류별로 듬뿍 샀다. 빵집 이름 자체가 참 싸목싸목한 것이 딱 내 스타일이다. 전라남도 구례군 구례읍 봉서산정길 61-8.

읍내 숙소까지 걸어서 퇴근했다. 동악산으로 넘어가는 해를 바라보며 황량한 논길을 지나 곧게 뻗은 메타세쿼이아 길로 접어들었다. 적룡(赤龍)이 배와 등으로 능선을 비벼대는 듯했다.

밤까지 일하지 않는 날엔 이 시간에 석양을 우러르며 걸어야겠다. 다가오는 밤의 노래와 스러지는 낮의 이야기를 번갈아 품으면서.

안개가 품었던 나란 놈은

2월 22일

안개 자욱한 아침, 소년은 해변을 거닌 적이 많았다. 그 많은 섬이 마술처럼 하나도 보이지 않으면, 창가에서 물러나 서둘러 바닷가로 나갔다. 갈매기 울음도 들리지 않고 포구에 묶인 배들은 모처럼 늦잠이었다. 발이 젖지 않은 것은 파도 소리 덕분이었다. 소리의 크고 작음에 맞춰 더 붙거나 더 멀어지거나 했다.

안개가 깔린 저수지에 한참을 앉아 있던 날도 있었다. 세기말 즈음이었다. 서른두 살에서 서른다섯 살까지, 소설이 풀리지 않을 때면 충청남도 논산시 탑정저수지로 갔다. 무창포나 만리포 바다까지 나가긴 너무 멀었다. 끝이 보이지 않는 저수지가 가까이 있어 다행이었다. 저수지에 안개가 들면 어슬렁거리기보다 물 가까이 앉아 잡념에 빠져들었다. 한두 시간이 훌쩍 흘렀다.

강을 삼킨 안개를 만난 적도 여러 번이었는데, 대학 시절 즐겨 찾던 두물머리의 안개가 특히 기억에 남는다. 마시며 떠들고 노래한 뒤 새벽 물가를 걷곤 했다. 때마침 물안개가 피어올라 건너편 물줄기까지 완전히 덮은 날이 있었다. 옆에서 나란히 걷던 친구가 웃음을 터뜨리며 갑자기 안개 속으로 휘적휘적 들어갔다. 사라지기 전에 따라가선 끌어내느라 옷이 전부 젖었다. 죽으러 들어간 것은 전혀 아니고, 안개가 그냥 이뻐서라고 했다. 안개가 이쁘다는 이야기를 그때 처음 들었다. 기형도의 시 「안개」를 나중에 읽을 때도, 내 멋대로 두물머리의 안개를 군데군데 집어넣곤 했다.

어제 아침 집필실로 가는 내내 안개가 자욱했다. 섬진강이 옆구리를 파고들 듯 흐르니 안개도 잦으리라. 멀리 산줄기를 가릴 뿐 아니라 가까이 들녘까지 완전히 지웠다.

태어나서 처음으로 안개를 훑으며 논두렁을 걸었다. 바닷가에서처럼 귀 기울이며 조심조심 걷는 것이 좋은지, 저수지에서처럼 가만히 앉아 살피는 것이 좋은지, 강가에서처럼 웃으며 젖을 테면 젖으라고 나아가는 것이 좋은지, 셋 다 섞어보는 것이 좋은지 모르고도 무사히 집필실에 닿았다.

창가에 서서 안개를 내려다보며, 이 들녘의 안개를 글로 옮기기 위해선 바다와 저수지와 강의 안개들과는 다른 단어와 문장이 필요하겠다는 생각을 뒤늦게 했다.

흐릿함에도 저마다의 사연과 품격이 있다. 나는 아직 안갯속이다.

망할 놈의 최대치

2월 23일

3월부터는 장편 집필에 들어간다. 50대에 다시 한번 대작에 도전하고 싶었는데, 결국 곡성에서 시작하게 되었다.

작가의 약력은 이미 쓴 작품과 끝내 쓰지 못한 작품으로 나뉜다는 농담 같은 진담이 떠오른다. 20년 전쯤에 장은수 형님의 충고를 다시 품어본다.

"최대치를 쓰려고 덤벼봐. 나중에 하겠다고 아끼지 말고, 지금 고민하는 걸 풍부하면서도 날카롭게 끝까지 밀어붙이라고."

깨끗해도 남는 것

2월 24일

모레 장을 담그기 위해 오늘 먼저 메주를 씻었다.

짚으로 쓱싹 쓱싹!

요절복통 몽실전(夢實傳)

2월 25일

점심을 먹은 뒤 몽실이를 데리고 산책에 나섰다. 아직 강바람이 차고 매서워 들녘을 한 시간만 걷기로 했다. 오늘따라 몽실이가 짧은 다리를 부지런히 놀렸다. 내가 가볍게 뛰어야 겨우 속력을 맞출 정도다.

녀석은 한참을 걸어 들어가선 앞뒤를 살폈다. 행인이 없다. 오늘만 잠시 목줄을 풀어줬다. 목줄 없이 다니는 것은 열여섯 살 복실이만이 누리는 특권이다. 복실이는 언제나 차분하게 걸음을 뗐다. 이 동네는 훤히 다 안다는 듯이.

몽실이는 달랐다. 경운기만 드나드는 좁은 농로는 물론이고 논두렁으로도 미친 듯이 내달렸다. 갈아엎은 논을 통통 가로지르고 세로질렀다. 녀석이 지치면 다시 불러 목줄을 채우고 집필실로 돌아갈 계획이었다.

농사를 짓지 않아 마른 잡풀만 그득한 땅으로 몽실이가 방향을 꺾어 들어가자마자, 고라니 한 마리가 껑충 뛰어올랐다. 몽실이가 힘껏 고라니를 뒤쫓았다. 고라니는 긴 다리를 놀리며 논두렁을 가볍게 건넜지만, 다리 짧은 몽실이는 뒤집힌 흙더미에 걸려 넘어졌다. 깽! 소리가 나자, 저만치 달아나던 고라니가 멈추더니 고개를 돌리곤 살폈다. 고라니가 쳐다보자, 몽실이는 약이 오르는지 또 쫓아 달렸다. 고라니가 서른 걸음쯤 달리니 몽실이와의 거리가 금방 두 배로 벌어졌다.

깽! 위태위태하던 몽실이가 다시 나뒹굴고 고라니는 멈춰 구경했다. 몽실이는 포기하지 않고 쫓고 쫓고 또 쫓았다. 들녘 끝까지 달릴 기세였다. 고라니를 놓친 울분을 못 참고 영영 딴 데로 가버리지나 않을까 걱정스러웠다. 손나발을 만들어 불렀다.

"야! 몽실아!"

몽실이가 돌아서선 나를 향해 곧장 내달렸다. 다행이다. 요령이 생겼는지, 논으로는 들어가지 않고 경운기 다니는 길로만 짧은 다리를 재게 놀렸다. 그런데 점점 달리는 속력이 줄었다. 내 앞에 다다랐을 때는 헉헉거리며 걷는 수준이었다. 녀석의 다리와 등에 묻은 흙을 털어준 뒤 목줄을 채우고 집필실로 돌아왔다.

범과 함께

2월 26일

집필 중인 나를 지켜주는 수호동물, 백호 인형 가족을 서울에서 섬진강 집필실로 데려왔다. 올해도 부탁해!

어제는 봄비가 따사롭게 내렸는데 오늘은 쾌청하다. 장 담그기 좋은 날이면서 책 읽기 좋은 날이다. 대보름.

대도시의 집필실에서 밑줄 그은 문장들과는

전혀 다른 문장들이 걸어와선

내 몸을 밀치고 내 맘을 긁어댄다.

3월

마음껏
나물을 먹는 달

서울이여 안녕

3월 1일

SBS 라디오 〈책하고 놀자〉에서 '김탁환의 뒤적뒤적'이란 코너를 맡은 때가 2009년 3월이다. 내가 고른 책을 대본도 없이 격주로 15분 동안 이야기하는 자리였다.

최영아 아나운서, 강의모 작가, 이선아 피디 등과 함께 3백 권이 넘는 책을 뒤적였다. 존 스타인벡, 필립 로스, 아니 에르노, 막심 고리키, 존 버거, 가즈오 이시구로, 오르한 파묵의 작품들을 내 방식대로 떠든 것이다.

내가 읽은 그 많은 책들은 다 어디로 갔을까.

12년 동안 했던 책 소개를 이제 마친다. 서울에서의 공식적인 활동을 이것으로 전부 정리했다. 서울에는 이후에도 오겠지만, 이제 나는 서울에 없다.

미래를 사는 바보

3월 2일

장편 작가는 미래를 사는 사람이다. 단편이라면 올해 쓰고 올해 발표할 수도 있지만 장편은 불가능하다. 구상부터 탈고까지 최소한 3년은 걸리고 제대로 풀리지 않으면 5년이나 10년에 이르기도 한다. 그렇기에 장편은 이 계절의 유행이 아니라 삶의 본질에 천착할 수밖에 없다. 치명적인 매력이자 기꺼이 감수하는 한계다.

에버노트에 '2023'이라는 폴더를 만들고, 작품을 마칠 그 봄 강에 잠시 손목을 적시는 상상을 했다. 선택한 과거와 만들어야 하는 미래 사이에 다리를 놓기 위해 한 문장 한 문장 돌을 깎는 바보.

빨래는 금요일

3월 5일

금요일마다 예식처럼 빨래를 한다. 세탁기에 '조용조용' 기능이 있고 뒷마당이 넓어 옆집과의 거리도 충분하니, 늦은 밤에 시작해도 괜찮다. 세탁기에게 전부 맡겨도 되지만 가끔 양말은 손으로 직접 빤다. 글을 쓸 때의 손과, 논이나 밭이나 정원을 가꿀 때의 손과, 빨래할 때의 손은 각각 움직임이 다르다.

양말을 주무르며 앉았는데, 수챗구멍에서 새끼손가락만 한 지네 한 마리가 올라왔다. 두 달 동안 지네를 두 번 봤다. 비닐에 담아 마당으로 옮겨 놓아줬다. 시장에 들러 덮개부터 사야 할까. 아무리 구멍이 작더라도 들어올 건 들어오고 나갈 건 나가지 않을까.

당신의 윤슬

3월 7일

엄마가 전화하셨다.

"창문을 열다 보니, 저 멀리 진해 바다가 유난히 반짝거리는구나. 저렇게 빛나는 걸 뭐라고 한댔지? 그때 너한테 들었는데 까먹었어."

벚꽃을 앞으로 몇 번이나 더 보려나, 말씀하신 날이었다.

"윤슬입니다."

"맞다, 윤슬! 저게 윤슬이구나. 끊을게."

엄마의 윤슬을 잠시 생각했다.

주인공은 공원국

3월 8일

등장인물로 자신의 이름을 써달라는 청탁을 종종 받곤 한다. 그러마, 하고는 대부분 무시했다. 이제 쓰기 시작한 장편의 주인공은 존경과 우정을 더하여, 홍성에서 만들어갈 날들을 축하하며, 오랜 청탁을 슬쩍 받아들이기로 했다.

오늘 처음으로 넣고보니 썩 잘 어울린다. 그 이름은 역사학자이자 소설가이자 농부인 공원국이다. 원국아! 이제 달려가볼게. 징글징글하게.

무질서한 질서

3월 10일

정원에 꽃나무 묘목을 심었다. 밟으면 안 되니까, 어린나무를 감싸고 둥글게 둥글게 돌멩이를 놓았다. 이 대표가 가꿔온 미실란 정원의 장점은 자연스럽다는 것이고 약점 역시 자연스럽다는 것이다.

그동안 내가 거닐었던 정원들에선 정원사의 생각이 먼저 보였다. 그런데 미실란 정원은 전혀 그런 구석이 없다. 이 묘목을 저 자리에 심은 이유를 물었더니, 이 대표는 제철이라서 그랬다고 했다. 때에 맞춰 심고 심고 또 심을 뿐인 것이다. 그러다 보니 어떤 달엔 붉은 꽃들만 활짝 피기도 하고, 또 어떤 달엔 노란 꽃들로 채워졌다.

난감한 경우는 겨울이 오기 전인데도 꽃들이 다 졌을 때다. 그땐 이 대표가 화원에 가서 꽃 핀 나무들을 급히 구해 와서 심었다. 이 정원에는 어느 정도의 질서가 필요한 걸까. 어린나무를 앞에 두고 의미를 따지는 내가 문제일까.

아적고요

3월 11일

오늘도 세 시간 남짓 새벽 집필을 했다. 저녁 10시도 되기 전에 잠들었다가 4시에 깼다. 아침마다 원고를 쓰며 사반세기를 살아왔지만, 아무리 빨라도 6시 전후에 발동이 걸렸다. 4시부터 글을 쓴 날은 손에 꼽을 정도다.

그러나 곡성에선 특별한 이유가 없는 한 4시 전에 눈을 뜨고 집필을 시작한다. 소리 때문이다. 정확하게 말하자면 아무런 소리도 들리지 않아서다. 육풍이 그치고 해풍은 아직 불지 않는, 바람 한 점 없으므로 소리 한 점 없는 바로 그때와 같달까. 곡성에선 저녁을 먹으려면 읍내 식당도 미리 전화로 확인해야 한다. 해가 지면 자정처럼 금방 고요해진다. 거리에 사람들부터 사라지고, 자동차도 다니지 않는다. 방음실에서 잠을 깬 기분이 이러할까.

아직 해가 뜨지 않았기에, 가방을 메고 집필실로 향하기엔 이르다. 세면대로 가서 더운물에 양손을 넣고 거울을 본다. 어릴 때 부르던 찬송가 한 소절이 목을 타고 올라온다.

'빛 가운데로 걸어가면' 기다리는 목숨 하나 있으리니.

이런 걱정

3월 12일

아침부터 툇마루에 앉아 몇 문장 쓰다 말다. 마당에서 올라오는 빗소리 들으며, 어제 만난 꽃들이 지지나 않을까 걱정한다.

이런 걱정도 참 오랜만이다. 이런 걱정을 더 많이 하며 살아야겠다. 봄빛 속으로 바삐 오가는 새들의 노래는 덤이다.

남도의 풍속은 무엇인가

3월 14일

장편의 핵심이 풍속임을 이제야 알겠다. 풍속엔 인간뿐만 아니라 자연의 변화까지 담긴다. 윤리는 그 변화와 맞닥뜨린 소설가의 태도다. 순발력과 지구력이 함께 필요한 이유이기도 하다.

끈질긴 날렵함 혹은 날렵한 끈질김. 관념이나 자의식 혹은 좋은 게 좋다는 식의 문장은 풍속 바깥에 버릴 것. 더 낮게 길 없는 어둠을 기어 다녀야 한다. 몸도 맘도 다칠 수밖에 없으리. 아는 것과 쓸 수 있는 것은 다른 문제지만, 알았으니 또 한 뼘 디딘 셈이다.

쓴다는 것은 한껏 양팔을 벌린다는 것이다.

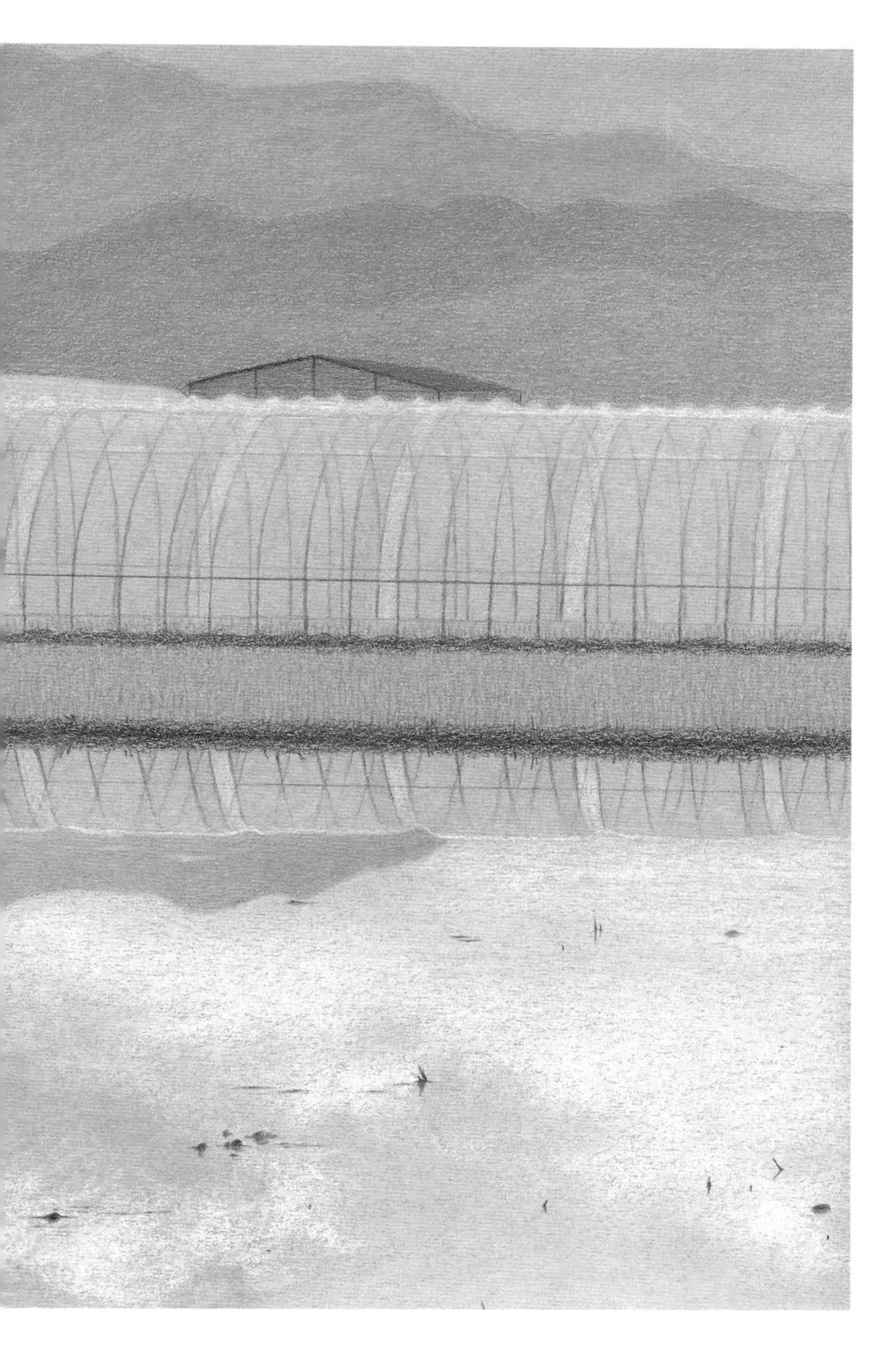

시작하는 봄

3월 17일

1.

식탁으로 봄이 올라왔다. 민들레 초무침, 원추리 무침, 쑥부쟁이 무침, 그리고 냉이 된장국. 3월 들판엔 독초가 없다더니, 과연!

2.

'김탁환의 이야기학교'를 시작했다. 수강생을 곡성 군민으로 한정했다. 작가들이 곡성으로 특강을 온 적은 있지만, 글쓰기 강의를 10주 연속 한 적은 없다고 한다.

두려움과 기대가 겹친 눈망울들을 모처럼 마주했다. 주마다 곡성의 날들을 적은 과제를 받고, 개인 문집까지 내도록 권할 예정이다.

솎다

3월 19일

밭에서 시금치를 솎았다. 씨를 너무 많이 뿌린 탓이다. 충분한 간격을 두지 않으면, 시금치는 건강하게 자라지 못하고, 좁은 틈에서 힘겹게 경쟁하다가 시든다. 솎을 때 드러나는 흙들을 보며, 소설의 의도된 여백이랄까, 독자를 위해 만든 여유로움을 떠올렸다.

습작을 처음 시작할 때는 팽팽한 긴장을 최고로 쳤다. 거듭 퇴고하면서, 단어와 단어 사이 문장과 문장 사이 문단과 문단 사이를 빈틈없이 장악하여 꽉 짜인 그물처럼 만들고자 했다. 힘이 좋다는 소릴 가끔 들어왔는데, 시작부터 끝까지 내가 만든 세계로 들어와 상상의 날개를 펴려고 애쓴 결과였다.

지금은 과도한 긴장과 숨 막히는 전개와 쥐어 짜내는 방식으로 독자들을 몰아세우지 않는다. 가끔 옛날 버릇이 나오려 하면, 집필을 멈추고, 내가 치밀하게 만들 대목과 독자들에게 선선히 내어줄 대목을 살핀다.

시금치와 시금치 사이엔 아무것도 없는 것이 아니다. 거기 흙이 있다. 시금치의 뿌리가 흙을 파고든다. 그렇게 파고들어야만, 시금치는 힘을 길러 건강하게 자랄 수 있다. 독자도 상상력의 뿌리를 맘껏 내려야 한다. 단어와 문장과 문단에 대한 작가의 집착과 욕심이 독자를 틀에 가둬 자유를 빼앗을 때도 있다.

긴장감 높은 작품이 문학성이 있다고 착각하며 20세기를 보내고 21세기를 맞았다. 우리 곁에 오래 남은 고전들을 읽다 보면, 수준 낮은 농담과 될 대로 되라는 식의 방치가 눈에 종종 띈다. 이 엉성함과 여유로움은 어디서부터 오는 것인가.

농부는 흙을 믿기에 시금치를 솎는다. 시금치를 믿는다는 뜻이기도 하다. 상상의 쾌감을 열 배는 더 독자에게 주고 싶다. 그 상상이 엷어지고 저열할지도 모른다는 걱정엔 선입견과 오만이 깔려 있다.

솎아낸 시금치와 봄나물로 점심을 먹었다. 지금까지 먹어본 시금치 중에서 맛과 향이 가장 진했다.

이것도 루틴일까

3월 20일

글을 쓰기 전에 세 가지를 루틴처럼 해왔다. 더운물에 손을 넣고, 커피를 내리고, 바흐의 무반주 첼로곡을 트는 것.

섬진강 들녘에 집필실을 마련한 뒤 달라진 것이 무엇이냐고 어느 독자가 물었다. 바뀐 습관이 하나 있는데, 아침에 무반주 첼로곡부터 찾지 않는다는 것이다. 그 대신 창문을 열면 어김없이 새 소리가 들린다. 그 소리와 함께 쓰기 시작한다.

대부분은 참새다. 한두 마리가 아니라 수십 마리가 집필실 앞 화단과 소나무를 오가며 시끄럽게 울어댄다. 누룽지 몇 조각을 창틀에 얹어둔 날은, 몇 문장을 끼적이는 동안 집필실 안까지 들어와서 배를 채우고 갔다.

바흐의 무반주 첼로곡을 아낀다. 심장을 닮은 소리가 울리면, '오늘도 어디 한번 가보는 거야!' 의지가 생겼다. 그렇게 홀로 쓰는 여행길에선 새들도 울지 않았다. 외부는 고요하고 내면만 시끄러운 세계. 그 이야기판을 오랫동안 걸었던 것이다.

지금도 하루에 한 번은 바흐의 무반주 첼로곡을, 그날그날 연주자를 골라가며 듣는다. 그렇지만 첼로곡으로부터 집필실의 하루를 시작하진 않는다. 내면의 소리보다 창밖 새들의 지저귐에 마음을 맞춘다. 배경으로 둔다. 가끔은 까치나 까마귀나 오리나 닭들이 끼어들기도 한다. 그 변화 또한 내 마음을 만진다.

차단 없는 시작이랄까. 작년까진 아스팔트와 콘크리트와 경직되고 각진 선과 지시하는 색과 이미 갖춘 규율을 차단한 뒤, 무한한 자유와 무한한 두려움을 주는 글쓰기로 들어서는 문에 무반주 첼로곡을 두었다. 섬진강 들녘으로 내려와선 그럴 필요가 없어졌다. 나 역시 들녘의 일부로 쓰고자 하는 것이다. 하늘과 나무와 땅을 바라보며 날씨부터 살피고, 그 날씨가 만든 소리들 속에서 쓴다.

비가 내리니 새 소리가 들리지 않는다. 이런 날은 빗소리가 새 소리를 대신한다. 텃밭에 떨어지는 빗소리, 운동장 잔디를 적시는 빗소리, 나뭇가지를 때리는 빗소리, 창틀에 들이치는 빗소리.

신화학자 정재서 선생님과 점심을 먹고 정담을 나눴다. 물활론의 시대와 동서양 신화와 현대 판타지에 대해 많은 이야기가 오갔다. 선생님은 당신이 모는 자가용에도 이름을 붙여두고 시동을 걸 때 부탁 말씀을 하신다고 했다.

할 수만 있다면, 나도 아침에 집필실 근처로 찾아와 울어주는 새들의 이름을 부르며 안부를 묻고, 떨어지는 물방울들에게 '오늘 내 글이 잘 되게 해달라'고 부탁하고 싶다. 일을 시작하기 전에 기도하는 마음을 갖는 것. 지극히 모자라고 어리석지만 다른 존재와 교감하는 생명체란 사실을 아는 순간은 소중하다.

비는 음악을 끄는 대신 연필을 들게 한다. 비를 몸으로 맞고 있으면 하늘의 무자비한 두들김에 어찌할 바를 모르게 되지만, 비를 눈으로 보고 있으면 사물이 분명해진다. 물이 중력에 따라 내려오는 현상일 뿐이지만 물에 닿지도 않은 가슴은 어느새 흠뻑 젖어 기억을 축추게 한다. 비가 오면 모든 이는 은신처를 찾는다. 아니면 넋이 나간 듯 그 자리에 우두커니 있다.

— 김산하, 『비숲』

기일

3월 21일

누군가의 존재가 누군가의 삶을 바꾸듯 누군가의 부재가 누군가의 삶을 바꾼다.

고등학교 2학년 때 아버지가 돌아가셨다. 매화 산수유 목련 수선화 벚꽃. 꽃 피는 계절이면서 내 인생의 봄날이기도 했다. 갑자기 들이친 봄비에 꽃을 볼 겨를이 없었다. 장남인 내가 감당할 일들이 많아졌다.

그때부터였다. 내 앞에 만발한 꽃들을 상찬하기보다 꽃 진 나무의 단단함을 먼저 떠올렸다. 이렇게 피어나기까지 얼마나 더운 여름을, 쓸쓸한 가을을, 혹독한 겨울을 견뎠을까. 어둠에서 응달에서 밑바닥에서 뿌리의 움직임을 상상하며, 그 일이 내 일이라고 자인하곤 했다.

소설가는 만물의 그늘을 보는 자다. 누군가가 자신의 빛을, 꽃을, 하늘로 쭉쭉 올라가는 줄기와 가지를 이야기할 때, 나는 그 이야기에 없는 웅덩이 같은 침묵을 찾아 만진다. 말을 섞지 않고 혼자일 때, 감당하기 벅차지만 감당해야 하는 순간, 이순신은 황진이는 달문(조선 후기 거지 출신 광대)은 어찌했을까. 동이 트기 직전, 꽃이 피기 직전, 어린 새가 날기 직전, 그 짙은 두려움과 한 줌 용기를 문장에 담고 싶어 소설가가 되었다.

그늘을 만나면 지나치지 못하고 멈춰 서거나, 들어가서 한참을 앉아 머문다. 고창이나 화순의 고인돌을 좋아하고 자주 그려보는 것도 이 때문이다.

2년 전 비슷한 즈음에 픽션과 논픽션을 함께 쓰기 시작했다. '왜 하필 나죠?'라는 질문을 연이어 받았다. 꽃 진 나무의 그늘을 보아서라고 답하진 않았다. 그늘은 침묵의 영역이므로, 내가 써서 보여주기 전까진 나무도 꽃을 키운 자신의 그늘을 대수롭지 않게 여긴다.

꽃을 보고 왔다. 비 갠 오후 구례 산동의 산수유는 과연 아름다웠다. 아버지도 산수유를 오늘처럼 즐긴 적이 있었을까 문득 궁금했다. 평안북도 영변이 고향인 아버지는 봄꽃은 무조건 진달래를 최고로 쳤다. 영변의 약산 바로 그 진달래. 6·25전쟁 전에 남쪽으로 내려온 뒤로 아버지는 가난을 밥처럼 먹으면서 10대와 20대를 보내셨다.

꽃 피는 계절, 내 인생의 봄날에 아버지가 돌아가시지 않았어도, 나는 소설가가 되었을까. 혹시 되었더라도 그늘을 살피는 비극 작가가 되진 않았을 것이다. 비극은 슬픈 이야기가 아니라 영혼의 성장을 그리는 이야기다.

오늘 거닌 마을 이름은 대음(大陰)이다. 옹녀와 연결한 우물도 있었다. 이야기가 깃든 우물보다 서시천이 흐르는 너럭바위가 좋았다. 뿌리에게 듬뿍 물을 대고 떨어지는 꽃잎을 넉넉히 받는 커다란 그늘이었다.

빛에 관한 자질구레한 이야기

3월 24일

집필실 세 개의 창은 아름답다거나 어여쁘기보다도 그냥 곱다. 고운 글을 쓰고 싶을 만큼! 곡성으로 내려오고 나서 빛의 흐름에 더 민감해졌다. 유리창으로 들이치는 햇빛 때문이다. 큼지막하게 나란히 있는 창문 셋을 향해 책상을 놓을 때부터 예상했던 일이다. 빛을 막기 위해 블라인드를 설치하자는 의견이 많았다. 나는 커튼을 고집했다.

서울에서 집필실로 쓴 원룸들은 모두 블라인드를 썼다. 미리 달려 있던 것도 있었고 가서 새로 맞춰 단 것도 있었다. 두고두고 음미할 만큼 창밖 풍경이 매력적이지 않았고, 창에 가까울수록 자동차를 비롯한 도로의 소음이 컸다. 창을 등지지는 않았으나 옆에 두고 흘려봐도 되는 정도로 여겼다. 건물 밖 세계의 영향을 받지 않기 위해 블라인드를 치고 집필용 첼로 연주곡들을 골라 들었던 것이다.

커튼을 달았다. 교실에 딱 어울리는 하얀 커튼이다. 갈래머리를 귀에서 묶듯, 커튼은 사각의 창을 사선으로 나누며 완만하게 흘러내렸다. 커튼이 얇고 흰 탓에 빛을 제대로 차단하기 어렵다는 지적을 받기도 했다. 과연 햇빛이 몰려들면 커튼을 쳐도 눈이 부시다.

커튼을 원망하진 않고 빛을 피해 자세를 살짝 바꾼다. 의자를 돌린 각도 만큼 책과 자판과 마우스와 스크린의 위치도 재조정한다.

아침에는 왼쪽에서 빛이 들어오니 내 몸은 오른쪽으로 향하고, 저물 무렵엔 반대다. 정오엔 해가 중천에 높이 뜨기 때문에 빛이 정면으로 들어와도 책상까지 닿진 않는다. 왼쪽 어깨에 빛이 닿으면 아침이구나 느끼고, 오른쪽 팔꿈치에 빛이 앉으면 저녁이 다 되었구나 깨닫는, 이 삶이 좋다. 겨울빛과 봄빛과 여름빛과 가을빛의 차이도 집필실에서 서서히 느끼겠지.

노트북과 연결하여 동시에 쓸 모니터도 가져왔다. 노트북 화면엔 각종 사전과 자료를 띄우고, 모니터 대형 화면으론 오로지 소설만 쓸 것이다. 2년 전 연희문학창작촌에서 『대소설의 시대』를 완성할 때 활용한 방식이다. 두 화면을 나눠 쓴 덕분에 조선 후기 장편소설과 관련 논저를 동시에 뒤져가며 작품을 마칠 수 있었다. 글자가 큼직큼직하니까, 문장도 부드럽게 나가고 단어들도 힘차게 박히는 기분이 들었다.

창가에 커피 내릴 기구들과 마실 잔과 내 입맛에 딱 맞는 '와이로 커피' 원두까지 갖췄다. 차를 우려 마실 다기도 가지런히 뒀다. 부자가 된 기분이다. 커피부터 한 잔 내려 마시며 창밖을 본다. 하늘은 높고 새털구름은 터럭 하나 움직이지 않는다.

오래전 한남대학교에서 만난 공대 교수는 실험실 세팅을 3년 만에 마쳤노라며 행복하게 웃었다. 그가 말한 세팅엔 실험 장비는 물론이고 연구를 함께 할 대학원생과 연구비까지 포함되었다. 그로부터 중요한 논문들을 발표하기 시작했고, 해마다 실험실도 확장되었다. 대학원생이나 연구비 없이 석 달 만에 세팅을 마친 나도 오늘 그처럼 웃었다.

장정일의 시 「나, 실크 커튼」은 사람의 관점에서 실크 커튼을 보는 것이 아니라 실크 커튼의 관점에서 방 안과 방 밖을 본다. 안팎 세계의 판이함이 긴 시의 묘미다. 가끔은 나도 고운 커튼이 되고 넓은 모니터가 되고 검은 석유에 비기는 커피가 되고 맑은 물을 담는 찻잔이 되어, 이야기에 취해 한 시절을 먹어 치운 소설가의 누추한 자리와 어리석은 열정을 들춰봐야겠다.

배달하는 마음

3월 25일

순천 로컬푸드 매장으로 배달을 나갔다. 이 대표가 혼자 다녀오겠다고 했지만, 거들고도 싶었고 로컬푸드 매장이 궁금하기도 했다.

트럭에서 제품들을 내려 손수레에 싣고 창고로 옮겼다. 매장 직원이 수량을 확인하는 동안 잠시 기다렸다. 고객들 반응을 물으니 꾸준히 찾는다는 답이 돌아왔다.

동네책방 '서성이다' 앞에서 잠시 서성였다. 진열된 책들 위로 방금 매장에 내려주고 온 미실란 제품들이 겹쳤다. 쌀은 몸의 양식이고 책은 마음의 양식이라는 말을, 앞으로는 함부로 떠들지 않아야겠다. 쌀 한 톨, 책 한 권이 누군가에게 닿기까지 얼마나 많은 정성이 모여야 할까. 귀한 마음들이다.

늙은 개 복실

3월 26일

"떠돌이 개 맞죠?"

소녀가 내게 물었다.

"이 개는 여길 떠난 적이 단 한 번도 없단다. 몸도 맘도 이곳에 뿌리를 내렸지. 다들 다른 곳이 더 좋다며 신나게 떠돌던 시절에도."

"왜 이렇게 털은 엉키고, 뒷다리는 젖어 있고, 병이라도 걸린 것처럼 힘없이 자꾸 졸아요?"

"더러운 것도 약한 것도 아픈 것도 아니란다. 늙어서 그래."

집필실 마당으로 들어서기도 전에 몽실이는 꼬리를 흔들며 앞발로 번갈아 땅을 두드리며 반긴다. 밥순이나 봉구도 몽실이만 데려가지 말고, 오늘 산책은 자기들과 가자며 짖어댄다. 개들의 청각과 후각은 우리가 상상할 수 없을 만큼 뛰어나다.

저기 집필실 아래 양지바른 벽에 엉덩이를 대고 웅크린 채 졸고 있는 복실이가 보인다. 털이 여기저기 엉켜 뭉쳤다. 나이를 많이 먹어 이제 털갈이도 힘들고, 뭉친 털을 풀어주려 빗질이라도 하려 들면 살갗이 아픈지 멀리 피한다. 오줌도 자주 흘린다. 다가가도 고개를 돌리거나 일어서지 않고 그대로다. 스쳐 지나치려는 순간, 복실이가 놀라며 눈을 크게 뜬다.

올해 열여섯 살. 귀까지 먹어 이제 제대로 듣질 못한다. 더 자주 더 오래 졸거나 잔다. 그러다가 낯선 세계와 맞닥뜨린 사람처럼 깜짝깜짝 놀란다.

복실이는 기력이 떨어져도 개집에 들어앉거나 볕 좋은 담벼락 아래에서 쉬지 않는다. 항상 이 대표를 따라다니고 근처에 머문다. 이 대표가 텃밭에 있으면 밭 옆 장독대에, 논에 있으면 논두렁에, 카페에 있으면 유리창 앞에 자리를 잡고 엎드린다. 잘 들리지 않더라도 주인의 움직임을 놓치는 법이 없다.

산책을 나가선 간혹 이 대표와 떨어지기도 한다. 몽실이나 밥순이는 필사적으로 더 먼 곳까지 가려 들지만, 복실이는 어떤 날은 들녘을 전부 따라 돌기도 하고 어떤 날은 첫 논두렁까지만 나갔다가 혼자 돌아간다. 어떤 날은 아예 마당을 벗어나려고도 하지 않는다.

이 대표가 되돌아올 것을 알기에 스스로 산책할 거리를 조절하는 것이다. 멀리 걸을 때도 몽실이나 밥순이처럼 내달리며 흥분하는 법이 없다. 이 들녘의 논두렁을 이미 수천 번 걸었으니 알 것 다 안다는 듯 느릿느릿 차분하다.

작년 여름부터 복실이가 그래도 자주 몸을 놀리는 것은 수해 때 들어온 고양이 도담이와 큰품이 덕분이다. 복실이는 종종 고양이들을 따라 달리는데, 도담이나 큰품이를 붙잡기엔 너무 느리다. 어쩌다가 고양이들을 궁지로 몰더라도 짖기만 할 뿐 물지 않는다. 식구임을 아는 것이다.

어제 순천에 배달을 다녀온 뒤, 이 대표와 간단히 '밥카페 반(飯)하다'에서 맥주를 마셨다. 복실이가 유리창 가까이 붙어 자꾸 쳐다봤다. 도담이와 큰품이는 틈만 나면 카페로 들어오지만 복실이는 지금까지 그런 적이 없다. 문이 열려 있어도, 진돗개 체면에 주인 허락 없이 카페에 들어오진 않는 것이다.

그런데 어젯밤엔 복실이가 조금 다른 모습을 보였다. 이 대표와 가족들에게 더 다가온다. 더 기대고 더 애교를 부린다. 문을 열어주었더라면 들어왔을 것이다. 이 대표 눈가가 촉촉하게 젖었다.

복실이를 통해 늙음을 배운다. 젊었을 때처럼 빠르고 활기차진 않지만, 미실란 동물 가족들을 넉넉하게 품으며 자신의 자리를 여전히 지킨다. 노쇠함을 감추지 않고, 넘치지도 모자라지도 않게 품격을 유지한다. 한결같음의 미덕이다.

비 비린내

3월 27일

비 내린다. 쏟아지진 않고 투둑투둑 떨어진다. 집필실에선 하늘을 가리는 것이 전혀 없으니, 구름이 어디서 오고 어디로 가는지 훤히 보인다. 바람도 따라 불곤 하는데, 오늘은 나뭇가지들이 흔들리지 않는다.

창을 연다. 바람이 거세면 책상까지 비가 들이치지만, 지금은 창틀을 적시지도 않겠다. 바람이 없더라도 비를 만난 흙과 풀과 나무 냄새가 집필실로 들어온다. 비리다.

창가에 잠시 섰다가 돌아와선 의자를 돌려 앉는다. 맑은 날에 비해 확실히 어둑어둑하다. 굴 안에서 냄새로 굴 밖을 떠올리는 반달가슴곰처럼, 비를 만나는 흙의 순간과 풀의 순간과 나무의 순간을 차례차례 그려본다.

비는 아래로 떨어지는 것만이 아니라 튀어 오르기도 하고 젖어 들기도 한다. 즉흥무(卽興舞)를 선보이는 춤꾼이랄까. 빗소리를 변주한 재즈곡을 들은 적이 있다. 봄비가 몰고 온 비린내만으로 빵을 구워도 맛있겠다.

사람이 흙으로 신을 만들어

3월 28일

섬진강을 이웃하며 흙을 만지고 사는 또 한 사람을 만났다. 테라코타를 전문적으로 하는 윤석우 작가다. '점토를 구운 것'이란 뜻인 테라코타는 사람이 흙을 만지고 불을 사용한 때부터 인종과 종교와 문화의 차이를 뛰어넘어 지구별에서 만들어지고 있다.

복도 갤러리에서 열린 전시 제목은 〈호모 페르소나쿠스〉이다. 여기서만 두 번째 전시인데, 도시의 유명한 갤러리보다 미실란 복도가 자신의 테라코타 작품과 더 잘 어울린다고 한다.

나도 미실란에서 가장 먼저 반했던 곳이 밟을 때마다 삐걱삐걱 소리를 내는 복도였다. 그 복도에 들어온 빛은 전시물이 없어도 그 자체로 작품이다. 화가나 조각가들이 이 공간을 탐내는 이유를 알겠다.

미술교사이기도 한 윤 작가는 지난번에 전시한 작품을 특별히 한 점 가져왔다. 자신의 아버지를 테라코타로 만든 것이다. 평생 흙만 일구다가 떠난 아버지를 그리워하며 흙으로 그 형상을 만들었으니, 흙과 더불어 살아가는 농부과학자 이동현 대표가 아낄 수밖에 없다.

논 앞에 작품을 올려두고 정담을 나눴다. 흙을 일궈 벼를 키우고 그 벼를 수확하여 쌀을 얻고 그 쌀로 지은 밥을 그릇에 담았다. 늙은 농부의 주름진 두 눈은 제 할 일을 마쳤다는 듯 담담했다. 신(神)의 눈짓이 저러할까.

셋이서 만나 이야기를 나눈 건 처음이었는데도, 논에 물을 대듯 막힘없이 술술 이야기가 나왔다.

흙과 사람과 삶을 나눈 봄이여.

적정

3월 31일

3월을 결산했다. 섬진강 들녘으로 집필실을 옮기고 장편 초고를 쓰기 시작한 달이다. 200자 원고지로 환산하여 630매를 채웠다.

많지도 않고 적지도 않다. 올해는 이 흐름으로 가야 한다.

4월

흙과 사귀고
싹을 틔우는 달

뒤집기

4월 1일

오전엔 글밭, 오후엔 텃밭.

마음을 뒤집듯 흙을 뒤집는다.

꽃도 오고 사람도 오며

4월 2일

어느 별에서 왔니?

허리 숙여 꽃들과 인사하느라, 집필실에 도착하려면 아직 멀었다. 오늘 아침엔 이 꽃들과 지내야겠다. 글은 내일 써도 되지만 들꽃도, 그 꽃을 보며 떨리는 마음도 한철이므로.

미리 흙을 뒤집고 풀을 걷어낸 다음 날, 사람들이 왔다. 브랜드를 만드는 김수진 대표와 김현미 디자이너. 아름다움을 지키기 위해 온 그들과 회의하다가, 상추와 샐러리와 치커리 모종을 심다가, 다시 회의했다.

여기선 흔한 일인데 그들에겐 처음인 듯싶다. 꿈을 심는 회의였으므로 우리의 일은 결국 다 심는 일. 그들이 가고 내내 비가 내렸다. 상추도 샐러리도 치커리도 농부의 꿈도 잘 자라겠다.

가브리엘 포레가 스미는 오후

4월 3일

비 내린다. 3주 연속 주말마다 내리니 농작물에겐 고마운 비지만 봄나들이 손님을 받아야 하는 '밥카페 반(飯)하다'로선 너무 아쉬운 비다.

집필실에 앉아 풍경을 본다. 비가 내리면 허리를 낮춰 하늘을 더 우러른다. 몰려드는 먹구름과 인사를 나눈 적이 언제였던가. 커피 한잔 내리고, 백건우 선생이 연주하는 가브리엘 포레의 곡들을 듣는다.

젖긴 했어도 무겁지 않게 서 있는 앞마당의 플라타너스처럼, 음과 음이 부드럽게 이어진다. 이 연주를 들을 때면 안개를 떠올리곤 했는데, 봄비 내리는 들녘과도 어울린다.

뱀은 다른 것이 아니라 뱀이다

4월 7일

뱀을 보았다. 이곳에선 뱀이 워낙 흔해서 이야깃거리도 되지 않는다. 뱀에게 물렸다면 심각한 문제지만 그게 아니면 그러려니 한다. 제초제를 사용하지 않고 친환경 유기농으로 벼농사를 짓는 들녘을 끼고 지내니 뱀이나 개구리나 두꺼비나 풍년새우나 메뚜기가 사는 것도 당연하다.

뱀이 복도 갤러리까지 들어온 적도 있다. 그땐 뱀도 나무 바닥의 감촉과 좌우로 막힌 벽 때문에 놀랐던지 재빨리 달아나려 했다. 가까운 문으로 향하지 않고 긴 복도를 따르는 바람에 붙잡아 풀숲으로 돌려보내느라 애를 먹었다.

오늘 아침에 만난 뱀은 집필실로 올라가는 일곱 번째 계단에 똬리를 틀었다. 발밑을 살피지 않았다면 밟았을 수도 있다. 갈색 무늬에 30센티미터쯤 되는 어린 뱀이다. 내가 두 번째 계단을 밟다가 계단 입구로 내려서자, 녀석도 고개를 들고 경계했다. 그런데 계단을 내려오거나 올라가질 않고 그 자리에 그대로 있다.

나는 다섯 번째 계단을 밟고 아홉 번째 계단을 밟는 식으로, 그러니까 뱀을 훌쩍 뛰어넘을까 잠시 궁리했다. 그러다가 뱀이 놀라기라도 하면 내게 달려들어 발목이나 종아리를 물 수도 있다. 자리를 비키면 움직일까 싶어 남매 독서상 앞까지 가선 5분쯤 해바라기를 하고 왔다. 그래도 녀석은 여전히 거기 있었다. 이젠 나를 보고도 머리를 들지 않았다.

지쳐 보였다. 언제부터 저기 저러고 있었던 걸까. 지난밤을 저곳에서 보냈을까. 어찌어찌 일곱 번째 계단까진 올라갔는데 거기서 지쳐 쉬고 있는 것은 아닐까 하는 생각이 들었다.

불태우려고 따로 모아둔 나뭇가지를 골라 와선 녀석의 앞에 놓고 기다렸다. 어여 타! 소리를 내진 않았지만 눈으로 녀석에게 계속 권했다. 이윽고 녀석이 몸을 움직여 가지 위로 올라왔다. 나는 천천히 가지를 들곤 논 가장자리에 있는 밤나무 아래로 갔다. 가지를 내려놓으니 녀석은 나무 옆 풀숲으로 사라졌다.

뱀을 상징이나 비유로 써먹는 이들이 많다. 뱀을 보면 재수가 없다고들 하는데, 계단에서 뱀을 만난 오늘도 늘 하던 만큼 글을 썼다. 산은 산이고 물은 물이듯 뱀은 뱀이다.

반반

4월 8일

나무와 하늘이 반반인 세상에서 살고 싶다.

도구들

4월 9일

『홍성욱의 STS, 과학을 경청하다』를 읽고 저자 강연을 들은 적이 있다. 과학자의 연구 환경, 특히 실험 도구와 연구 내용을 관련지으며 설명한 대목이 인상 깊었다. 카이스트의 다양한 랩들을 채운, 듣도 보도 못한 실험 장비들이 겹쳤다. 연구 환경과 연구 결과의 상관성은 창작 환경과 창작 결과의 상관성으로도 바꿔 고민해볼 법하다.

노트 한 권과 연필 한 자루면 소설을 쓸 수 있다는 주장이 거짓은 아니다. 그러나 값비싼 실험 장비에 비할 바는 아니지만, 소설가에게도 도움이 되고 어떤 경우엔 작품에 매우 큰 영향을 미치는 도구들이 있다.

공책들로 막아보려 했으나 결국 화이트보드를 샀다. 3월에 시작한 장편의 등장인물이 백 명을 넘어섰기 때문이다. 공책 한 권에 정리하는 것으론 모자라서 전지(全紙)를 몇 장 이어 붙일까 하다가 화이트보드로 방향을 바꿨다.

저 하얀 직사각형에 등장인물들을 풀어놓고 매일 바라보며 원고를 쓰려 한다. 에버노트에도 따로 인물관계도를 짜겠지만, 화이트보드가 훨씬 더 가깝고 강력하다. 소설가가 퇴근하고 나면 등장인물들이 보드에서 걸어 나와 돌아다니던 작품이 문득 떠오른다. 제목은 잊었다. 사각형의 여백이 줄어들수록 나는 조금 더 외롭고 더 혼자 바쁠 것이다.

소형 냉장고도 갖췄다. 냉커피와 약수를 채우고 제철 과일과 채소를 넣어뒀다가 수시로 배를 채울 예정이다. 맥주는 금물.

이제 갖출 것 다 갖췄으니, 글이 잘 안 나와도 핑계 댈 것이 없구나. 기쁘면서도 뭔가 망한 이 느낌은 뭘까.

둥근 틈

4월 10일

앞마당에 보도블록을 깔았다.

장독대 앞에 곧장 뻗은 길을 둥글게 고치는 일이다. 잔디를 떼어내고 흙을 고른 뒤 그 위에 블록 세 개를 가지런히 놓았다. 사흘 전부터 이 대표 혼자 낑낑댔는데 오늘은 돕는답시고 내가 붙었다.

직선이라면 훨씬 빨리 마쳤을 것이다. 반원을 만들자니, 무게중심에 가까운 쪽은 틈이 좁고 먼 쪽은 틈이 넓다. 좁은 틈도 같은 간격으로 좁고 넓은 틈도 같은 간격으로 넓어야 한다. 틈에 흙을 채워 넣고 다졌다. 무엇보다도 블록의 높이가 같아야 하는데, 흙을 쓸고 다듬어도 높낮이를 맞추기가 쉽지 않다. 높거나 낮은 곳이 한 군데라도 생기면, 사람들이 거기에 걸려 넘어질 수 있다.

오후엔 자전거를 타고 섬진강을 따라 20분, 장선리 들녘을 가로질러 또 20분을 달렸다. 집필실에서 사라질 근사한 핑계가 생겼다.

난 쓰지 못할 것이다

4월 11일

부모님은 진해 남부교회 학생부에서 처음 만나셨다. 친가는 평안북도 벽동과 영변에 있다가 해방 직후 월남했다. 일제강점기부터 이미 기독교도였다. 독실한 불교 집안인 외가에서 어머니만 예외다. 어머니는 영이 맑아 예지몽을 지금도 자주 꾸신다. 어려서부터 그 맑은 영을 다스리고자 교회에 다니셨다고 한다. 외가에서 교회를 평생 다닌 이는 어머니뿐이다.

어려서 어머니에게 들은 이야기는 대부분 『성경』에서 나왔다. 「출애굽기」와 「복음서」 이야기들을 내 식대로 떠올리다가 잠들곤 했다. 좋든 싫든 『성경』은 상상의 나래를 펼치는 땅이자 하늘이었다.

나도 유년주일학교와 학생부를 다녔다. 성탄절과 부활절에 대한 기억이 많다. 2002년 뒤늦게 세례를 받았다. 그 뒤로 20년 가까이 교회에 다니지 않았다. 추도식은 언제나 개신교 방식을 택했지만 그때뿐이었다. 그러나 예수에 대한 관심이 사라진 적은 없다. 내가 상상하고 즐기는 이야기의 근거에 대한 물음이기도 했다.

예수를 쓴 소설가와 쓰겠다 말하고서도 쓰지 못하고 죽은 소설가들을 떠올린다. 나는 쓰지 못할 것이다.

놋거울을 닦으며

4월 14일

이야기학교가 벌써 5강이다. 이번 주부터 4주 동안 '나를 깨우는 글쓰기'를 가르친다. 오늘 검토할 작품들은 일기와 일기체 소설이다.

창작일기를 설명하기 위해 『그래서 그는 바다로 갔다』를 사흘 동안 다시 읽었다. 2016년 출간한 『거짓말이다』의 창작일기다. 오늘 나는 무슨 이야기를 하게 될까. 밤이 길 것 같다.

정확하게 그리고 아름답게

4월 15일

초록으로 물든 강에 가 닿았다. 습지 가득 돋아난 노란 꽃들이 아름다웠다.

"섬진강에도 유채꽃이 만발할 줄은 몰랐습니다."

이 대표는 내 말에 대꾸하지 않고 다리를 건너 습지로 걸어 들어갔다. 노란 꽃을 꺾어 건넨 뒤, 먼저 꽃 한 송이를 입에 쏙 넣고 씹었다. 꽃을 그냥 먹은 기억은 어린 시절 동네 뒷산에서 친구들과 먹은 아카시아 꽃이 유일했다. 전을 부치거나 차에 띄운 적은 있지만 일용할 양식처럼 꽃만 먹진 않았다.

올해는 의견을 내지 않고 이 대표를 강아지처럼 따라다니기로 했다. 땅을 파라면 파고, 볏단을 묶으라면 묶고, 볍씨를 뿌리라면 뿌리고, 시금치를 솎으라면 솎기로 한 것이다. 머리로 따져 판단하기보다 몸으로 먼저 겪고 싶었다.

맛이 독특했다. 꽃잎을 하나 더 꺾어 씹고 나니 확실해졌다. 갓김치를 먹고 나면 입안 가득 머무는 쌉싸래하고 매운 그 맛이다.

"갓꽃입니다. 작년 여름 수해 때문인지 올핸 갓꽃이 유난히 두루두루 피었네요."

'비슷한 것은 가짜다'라고 말한 이는 연암 박지원이다. 이 문장을 '비슷하게 아는 것은 가짜'라고 고쳐 새겨본다. 봄에 피는 노란 꽃 중에서 내가 관심을 둔 것은 개나리와 유채가 전부였다. 섬진강의 노란 꽃이 개나리를 닮진 않았기에 유채로 단정했던 것이다.

원추리나물로 점심을 맛있게 먹고 산책을 나섰다. 자주 젓가락으로 나물을 집어서 그런지, 보이지 않던 원추리들이 곳곳에서 눈에 띄었다. 내일 점심도 원추리나물을 먹고 싶어 바구니에 가득 담았다.

이 대표에게 내보이니 원추리가 아니라 독초인 '여로'라고 했다. 여로는 잎에 털이 있고 주름이 깊다는 것이다. 원추리와 여로를 놓고 비교하니 비슷했지만 달랐다. 원추리를 꽃으로만 즐겼지 나물로는 처음 먹었기에, 그 잎에 털이 있는지 없는지 주름이 깊은지 얕은지를 살핀 적이 없었다.

『숲에서 우주를 보다』의 저자 데이비드 조지 해스컬은 숲 전체를 탐방하는 대신 지름이 1미터 남짓한 원을 그린 뒤 만다라로 명명하고, 그 안의 변화만을 1년 동안 지켜본 뒤 책을 썼다.

좁은 공간을 끈질기게 관찰한 것도 대단했지만, 그날그날 만난 생물을 각종 자료와 논문을 뒤져 확인하는 과정이 더 놀라웠다. 어렴풋이 이름과 한두 가지 특징만 아는 데 머무르지 않고, 오늘 만다라로 찾아온 생물을 정확히 알기 위해 최선을 다한 것이다.

아름답게 쓴다고 정확함이 따라오진 않는다. 정확하게 쓰려고 애쓸 때, 그 만남의 과정이 아름다운 문장에 깃드는 법이다. 그래야 비슷한 가짜에 속지 않고 진짜와 사귈 수 있다.

서울에서 글쓰기를 가르치며 거듭 강조한 원칙을 섬진강을 걸으며 다시 깨우치는 봄날이다. 더 노력해야겠다.

메아리

4월 16일

도돌이표처럼 들려온다. 평생 듣고 또 들어야 한다.

"쉰 살 이쪽저쪽이니 어디에서든 폼 잡고 행세할 나이지. 1987년의 민주주의와 2002년 노무현 현상을 만든 자부심으로 가득한 이도 적지 않아. 하지만 2014년 우린 우리들의 흉측한 민낯을 봤어. 우린 자식들을 수장시킨 세대로 역사에 기록될 거야. 이 끔찍한 잘못을 등에 진 채 어떻게 남은 생을 속죄하며 살까 고민해야 해. 다시는 이런 일이 없도록 만들 방법을 찾아야 한다고."

가난의 공동체

4월 20일

예수는 강조했다. 부자가 천국에 가는 것은 낙타가 바늘귀를 통과하는 것보다 어렵다고. 마음이 가난한 자는 복이 있다고도 했고, 자신의 선행을 자랑하는 부자에게, 가진 것을 가난한 이들에게 전부 나눠주고 오라고도 했다. 부자는 천국에 못 간다는 예수의 주장을 접한 그 당시 부자들의 기분은 어떠했을까.

예수는 스스로 가난하게 떠돌았다. 직업과 가족을 두고 따르라고 했으니, 그렇게 모든 걸 버리고 나선 제자들 역시 가난할 수밖에 없다. 몸이 아픈 자도 귀신 들린 자도 가난하긴 마찬가지다. 열두 제자에게 전도의 임무를 주고 내보낼 때도 더 철저하게 가난한 자로 다니도록 했다. 유랑하는 가난의 공동체라고나 할까.

더 잘 입고 더 잘 먹고 더 잘 자기 위해 살지 않고, 입을 것 먹을 것 잘 것을 걱정하지 않은 채 살아간 예수는 '하느님의 나라'를 강조했다. 부자들은 가지 못하는 나라. 돈으로는 못 할 것이 없다고 믿는 이들에게 돈으로도 절대로 못 하는 것이 있음을 알려줬다.

돈이 목표가 아니라면 삶을 삶답게 하는 것은 무엇인가. 예수는 사랑이라고 했다. 사랑만이 빈자와 병자와 죄인과 어린이를 차별

하지 않고 함께 서로를 위하며 살아가게 한다고. 며칠을 굶어가며 예수를 따라다닌 이들의 몰골이 비로소 또렷이 그려지고, 예수가 아끼고 품으려 한 인간들이 누구였는가도 분명해졌다.

조금 더 들여다보고 싶다. 가난에서 희망을 찾은 예수의 나날부터 오늘까지. 그리고 내 마음 밑바닥까지.

동네 한 바퀴

4월 21일

빨간펜 들고 이야기학교 과제물을 읽은 뒤, 자전거를 타고 섬진강으로 나섰다. 조금 피곤했지만 낮잠보다 자전거가 더 끌렸다. 섬진강을 따라 뻗은 둑방 자전거길은 높고 곧아, 바람과 뺨 비비며 달리기에 좋다. 동산리 앞에서 넓어졌던 강줄기가 점점 좁아진다.

곡성에서 가장 넓고 비옥하다는 들을 가로지를까 하는 마음을 누르고 강을 따라 내려갔다. 최대한 강에 붙어 도는 것이 오늘의 목표다. 강이 다시 넓어지고, 곡성천과 오곡천이 갈려 흐른다. 넓은 강 위에 놓인 뽕뽕다리가 보인다. 열 번도 넘게 뽕뽕다리에 갔지만 여전히 위치가 헷갈렸는데 이제 확실히 알겠다. 뽕뽕다리를 지나 더 달리면 구례에 가 닿으리라. 저녁 6시 반부터 이야기학교 6강이 있어서 아쉽지만 방향을 틀었다.

곡성천을 따르는 길도 만만하지 않았다. 섬진강 둑방 길은 끊긴 곳 없이 이어지면서 행인도 드물었지만, 곡성천 자전거길은 차도와도 만나고 사람들도 종종 오갔다. 4차선 도로변에 잠시 내려 다시 길을 확인해야 했다. 4시에 나섰는데 5시 15분에 집필실로 돌아왔다. 적당히 시원하고 또 따사로웠으며 마지막엔 살짝 더웠다.

'탁환 온다'

4월 22일

엄마는 달력에 '탁환 온다' 적어두곤 기다리셨다.

스무 살에 집을 떠난 뒤로 줄곧 나는 떠돌았다. 때론 두 달에 한 번, 때론 반년에 한 번 엄마가 계신 진해로 가곤 했다. 가서 달력을 보면, 늘 '탁환 온다'가 적혀 있었다.

약속해 놓고 못 간 날도 적지 않았다. 내가 약속을 어긴 날 엄마는 달력에 적힌 네 글자를 보며 무슨 생각을 하셨을까.

엄마가 아내와 동생 부부와 함께 곡성에 오셨다. 집필실에 들어가서 앉자마자 아주 긴 기도를 드리셨다. 초등학교였던 이곳 분위기를 좋아하셨다. 엄마도 스무 살을 갓 넘겨서부터 이렇게 아담한 초등학교에서 어린이들을 가르치셨으니까.

2018년 3월 1일, 곡성에 밥을 먹으러 오지 않았다면 내가 이곳에 집필실을 내지도 않았을 테고, 엄마가 처음으로 곡성 땅을 밟지도 않았을 것이다.

엄마는 지인들이 다 반대할 때에도 항상 내 뜻을 존중해 주셨다. 소설가가 되고 싶다 했을 때도, 교수를 그만두겠다 했을 때도, 사회파 소설을 쓰겠다 했을 때도(그래서 『엄마의 골목』을 한 해 미뤄야겠다고 했을 때도) 엄마는 뜻대로 해보라 격려하셨다.

곡성행에서 마지막까지 마음에 걸린 이가 엄마였다. '탁환 온다'는 메모 없이 수시로 엄마를 뵐 곳으로 가볼까 생각한 적도 있었으니까.

결국 나는 곡성에서 새로운 작품들을 쓰기로 마음을 정했다. 등장 공간과 등장 시간 그리고 등장인물 곁으로 가까이 가는 만큼 엄마가 계신 곳으로부터는 멀어졌다. 곡성에서 새로운 장편을 쓰겠다는 내 뜻도 지지해 주셨다. 내 인생의 네 번째 큰 결정이다.

오늘 엄마의 달력엔 무엇이라고 적혀 있었을까. '탁환에게 간다?' 최대한 자주 엄마에게 가겠다고 마음을 다져본다. 엄마의 골목을 또 걷고 싶은 4월, 꽃 진 진해.

엎드려 강물을 마시다

4월 23일

두 시간 남짓 걸어 집필실에 닿았다. 40분이면 도착할 거리지만 메타세쿼이아를 지나 장선리 들녘으로 나가자마자 더 걷고 싶어졌다. 장선리를 지나 동산리까지 가선 둑방에 앉아 잠시 쉬었다. 영화 〈곡성〉에서 외지인이 낚시했던 곳이다.

오랜만에 없는 길을 헤치며 평평한 바위까지 내려갔다. 풀들이 무릎을 지나 허리까지 찌르는 바람에 걷기가 쉽지 않았다. 동산리를 문고리처럼 쥐고 휘도는 강물이 잘 보이는 자리이긴 했다. 거기서 물살이들도 완만하게 방향을 틀 테고, 그 변화를 노린 낚시꾼들이 미끼를 던져온 셈이다.

바위에 잠시 앉아 쉬었다. 한 시간 반을 계속 걸었던 탓인지 목이 말랐다. 따로 물을 챙기진 않았다. 물풀들을 흔들며 흐르는 강을 바라보다가 바위 끝으로 갔다. 손가락만 젖도록 왼손을 천천히 넣었다. 시원한 물이 손가락 사이로 빠져나갔다.

무릎을 꿇고 허리를 숙여 입술과 코끝만 닿을 만큼 엎드린 뒤 강물을 한 모금 마셨다. 목을 지나 위까지 맑고 차가운 기운이 내려갔다. 얼굴이 전부 잠길 만큼 허리를 더 숙이고는 다시 입술을 열어 강물을 더 마셨다. 강물이 이마와 볼과 코와 턱을 만지기도 하고 밀기도 하고 살짝 치기도 하면서 지나갔다.

강에 엎드려 물을 마신 적이 언제였던가. 북한강과 금강과 낙동강과 영산강과 섬진강까지 강을 따라 걷고 강을 보며 이야기하고 강 옆에서 잠들었지만, 강물을 오늘처럼 삼키진 않았다.

산과 강과 들에 가까이 가더라도, 예전에는 일상처럼 하던 일들을 하지 않는 경우가 많을 것이다. 무엇을 왜 하지 않게 되었고 무엇은 여전히 하고 있는지 살펴 알 필요가 있다. 관찰자의 마음을 지녀야 가능하겠다.

괴산에선 수다

4월 24일

'작가의 책밥상'이라는 표현에 끌렸다. 참가하는 독자들이 비건 요리를 하나씩 만들어 11시까지 모였다. 밥과 전과 나물과 빵과 차에 대한 설명을 하나하나 듣자니, 오늘이 내 생일인가 싶다. 괴산 '숲속작은책방' 백창화, 김병록 대표님의 기획은 참여하는 작가를 행복하게 만든다.

어젯밤 이동현, 남근숙 부부와 미리 충청북도 괴산으로 와서, 2층 다락방에서 북스테이를 했다. 캔맥주 두 병을 마시며 대화를 나눴다.

백 대표님 부부가 고른 책들 곁에서 떠들다가 보니, 삶을 흔들었던 책을 어떻게 읽게 되었는지 각자의 추억담을 지나, 섬진강 들녘에도 숲속작은책방처럼 독서 모임이 활성화된 동네책방이 있었으면 좋겠다는 둠벙에 이르렀다.

연꽃을 피워야 할까.

고향과 혁신

4월 25일

"《오마이뉴스》를 만들 때 '시민이 기자'라는 발상을 고향에서 얻었습니다. 마을에서 벌어지는 많은 일들이 공식 채널이 아니라, 마을 주민들의 입에서 입으로 전해지는 걸 어려서부터 봤기 때문입니다."

오연호표 인생학교는 새로우면서도 오래되었고 기발하면서도 평범하다. 2년 전, 전라남도 신안 앞바다에 있는 섬 도초도에 갔을 때 내가 준비한 프로그램보다 해변에 모여 맘대로 낙서하는 시간이 더 좋았다.

섬진강 마을들을 둘러보다가 오 대표님 고향인 죽곡면 용정마을에도 여러 번 갔고, 그 인연으로 《오마이뉴스》 마당에서 북토크도 했다. 그리고 이 좋은 봄날 섬진강 습지를 걸으며 갓꽃도 함께 먹고, 미실란으로 돌아와 수다도 떨었다.

답이 아니라 질문을 던지는 사람은 귀하고, 그 질문을 오래 곱씹으며 자신의 삶을 바꾸는 이는 더 귀하다. 인생의 문제들을 죄다 펼쳐놓고 이야기하다가 걷다가 먹다가 잠시 졸아도 좋으리. 단꿈 한 줌 찾아들 때까지.

이름 따윈 중요하지 않다고 말한 사람이 달문이지만

4월 26일

섬진강 옆 집필실 이름을 정했다.

달문의 마음.

차차

4월 29일

신록의 계절.

새로 나온 잎의 푸른빛 아래 한참을 서 있었다.

집필실에 앉자마자 쓸 문장이 떠올랐지만, 서두르지 않고 두 글자를 읊조렸다.

"차차."

그래, 차차 쓰면, 살면, 걸으면, 만나면 될 일이다. 오늘 아니면 내일, 내일 아니면 그 뒷날이라도. 이번에 얻지 못하더라도, 그 사람에게 그 자리에 닿지 않더라도. 저 나무들처럼 그래, 차차.

집필실 '달문의 마음'에 처음으로 독자들을 초대하여 북토크를 가졌다. 참석자는 모두 곡성 군민이다. 곡성교육희망연대와 곡성미래교육재단 그리고 미실란이 힘을 합쳐 준비한 자리였다.

곡성에도 책을 사랑하는 이들이 적지 않다. 독서모임을 꾸려 꾸준히 책을 읽는 이들도 있고, 한 걸음 더 나아가 글을 쓰기 위해 벌써 7주째 이야기학교에서 나와 만나는 이들도 있다. 북토크란 행사에 처음 참석하는 이들도 있었다. 섬진강을 끼고 살아본 이들만이 알아듣는 농담을 주고받으니 한결 편했다.

달문에 대한 소개로부터 이야기를 시작했다. 평생 책 한 권 읽지 못했으나 한없이 좋은 사람으로 잘 살았던 조선 후기의 광대. 중요한 것은 책이 아니라 책을 통해 가 닿을 사람의 마음이다. 책 없이도 그 마음을 어루만질 수 있다면 그렇게 하고, 책이 필요하다면 읽기도 하고 쓰기도 하면서 마을 사람들과 정답게 살아보고 싶다.

가난한 노래의 씨를 뿌려라

4월 30일

파종을 했다.

『아름다움은 지키는 것이다』에서 마지막 5장 제목이 '파종'이다. 추수로 끝내지 않고 파종까지 이어간 것은, 이 대표와의 인연을 이 책으로 끝내지 않고 또 다른 일을 도모하고 싶다는 바람 때문이었다.

작년 8월 말 책을 낼 때까지는 단지 기대였는데, 스물다섯 번이 넘는 북토크를 함께 다니며 그 기대를 구체적인 현실로 바꿀 궁리로 이어졌다. 그래서 1월 1일에 집필실을 곡성으로 옮겼고, 봄이 왔고, 드디어 오늘 파종을 했다.

미실란 직원들이 모두 나왔다. 나도 그들 사이에 끼었다. 파종판에 유기농 상토를 다져 넣고 물을 충분히 적신 뒤 발아기에서 볍씨를 옮겨 담았다.

미실란에서 하는 파종의 특징은 벼 품종에 따라 각기 다른 파종판을 사용한다는 것이다. 손 모내기도 품종별로 간격을 둬서 따로 하고, 추수 때도 낫으로 하나하나 베어 연구를 진행하는 것이다.

파종 때 품종이 섞여버리면 나머지 작업이 헛수고로 돌아가기에 각별히 주의해야 한다. 품종이 적힌 보자기를 꺼내고, 파종판에도 같은 이름표를 매달아 헷갈리지 않도록 했다. 파종판 한 칸에는 볍씨를 두 개에서 세 개씩 넣었다. 하나는 적고 네 개는 많다.

볍씨 넣는 방식은 둘로 나뉘었다. 젓가락파와 손가락파. 초보인 나는 젓가락으로 옮기는 거나 엄지와 검지로 집어 옮기는 거나 느리기는 마찬가지다. 빠르기에 욕심을 내지 않고, 정확하게 쭉정이 없이 한 칸에 볍씨를 두 개씩 넣고자 애썼다.

볍씨를 옮기는 일에만 집중하니 잡념이 사라졌다. 아침에 고심한 소설 장면도 떠오르지 않고 저녁에 읽으려던 연구서 제목도 잊었다. 젖은 흙에 얹히는 작디작은 볍씨에만 마음이 갔다. 이 씨앗이 여름 볕과 가을바람 속에서 쑥쑥 자랄 것이다. 기적이 따로 없다. 작년에는 손 모내기부터 논농사에 끼어들었는데, 올해는 파종부터 참여하니 첫마음보다 앞서는 첫마음에 닿는 기분이 들었다.

파종을 마치고, 집필실 아래 화단에 작약을 심었다. 그리고 다 같이 모여 저녁을 먹었다. 내가 태어나기도 전, 아주아주 오래전부터 이와 같은 저녁식사가 봄날에 차려졌겠구나 생각하니, 오늘 만진 볍씨들이 더욱 귀했다. 볍씨에서 볍씨로 이어지는 역사. 오늘 그것을 배웠다.

5월

못줄 따라
내일을 심는 달

이름이라는 판

5월 1일

집필실 계단 입구에 이름판을 달았다. 내 졸필을 나무에 정성껏 새겨준 최영수 작가 덕분이다. 고맙다. 집필실을 올라갈 때마다 달문의 마음을 품겠다.

도담이와 플랫폼 생각

5월 2일

어제 오전, 대산농촌재단 장학생으로 뽑힌 대학생들과 줌으로 대화를 나눴다. '미실란을 플랫폼으로 만들고 싶다'는 주장에 많은 질문이 날아들었다. 이 대표가 길게 설명하는 동안, 나는 엉뚱한 상상을 했다.

'퇴고하는 고양이' 도담이는 작년 여름 수해 때 미실란에 나타났다. 폭우 속에서 어미를 잃고 떠돌다가 여기까지 온 것이다. 꾀죄죄하고 허기진 모습을 가엾게 여긴 직원들이 먹이를 주었는데 그냥 눌러앉았다. 처음엔 사람을 두려워하여 멀찍이 떨어져 밥을 먹었는데, 차츰 가까이 다가오더니 내 무릎에 올라앉고 퇴고 중인 원고를 들여다볼 정도가 되었다.

도담이가 데려온 또 다른 고양이가 큰품이다. 둘 다 수컷인데 영역다툼을 전혀 하지 않았다. 팔다리를 휘감고 꼭 붙어 여기저기서 잘도 잤다. 큰품이 역시 딴 곳으로 갈 뜻이 없는 듯 미실란에 머물렀다.

다섯 마리 강아지 외에 고양이들 밥까지 챙겨야 했다. 최근엔 발정기인 탓에 큰품이와 도담이가 엄청 크게 울었다. 그 소리가 꼭 아기 울음 같아서 글을 쓰다가도 괜히 밖을 내다보곤 했다.

큰품이는 미실란을 벗어나진 않는데 도담이는 들녘과 습지까지 활동 영역을 넓혔다. 자전거를 타고 섬진강 나들이를 다녀오다가 장선리 정미소나 교회 앞에서 도담이를 발견한 적도 있었다. 아무리 멀리 가더라도 해 질 무렵이면 돌아와서 큰품이와 어울렸다.

며칠 전 도담이가 입에 뭔가를 물고 나타났다. 두더지나 쥐를 물고 와선 자랑하듯 마당에 버려두곤 했기 때문에 이번에도 그런가 했다. 그런데 자세히 보니 쥐도 아니고 참새도 아니고 두더지도 아닌 아기 고양이였다. 아직 눈도 뜨지 못했다. 주변을 둘러봤지만 어미 고양이가 보이지 않았다. 도담이에게 어디서 물고 왔느냐고 물어봐도 저만치 피할 뿐 답이 없었다.

직원들 모두가 돌아가며 아기 고양이의 엄마 역할을 했다. 우유는 잘 먹는지, 수건은 잘 덮고 자는지 수시로 살폈다. 밤에도 세 시간마다 깨어 우유를 먹였다. 너무 작고 아파 보여 곧 죽을지도 모른다고 걱정했는데, 직원들의 정성 덕분인지 눈도 뜨고 기운도 되찾았다. 고양이 이름을 '치치'로 정했다.

도담이를 받아들이니 큰품이가 왔고 또 치치가 왔다. 플랫폼이란 무엇인가에 대해서는 다양한 설명이 가능할 것이다. 나는 도움이 필요한 생물(사람이든 동물이든 식물이든)을 환대하며 돕는 곳이라 생각한다. 도담이에게 고양이를 다시는 데려오지 말라고 했지만, 도담이가 또 데려오면 우린 또 살리려 애쓸 것이다.

비건에겐 천국이라면서요?

5월 3일

채식을 2년째 이어가고 있다. 첫해엔 체중이 10킬로그램이나 빠지면서 몸이 가벼워졌고, 그다음부턴 뭉쳤던 마음이 풀리면서 홀씨처럼 흩어졌다.

'만인에서 만물로' 떠돌게 되었다는 농담이 꼭 농담만은 아니다. 신기하고 쓸쓸하고 반갑고 안타깝고 허허롭고 즐거운 순간들이 새로 내 마음에 둥지를 틀었다. 육식을 계속했다면 눈을 두지 않았을 곳이고 귀를 열지 않았을 때다.

완전 비건을 유지하기 위해 서울에선 일주일에 한두 번 장을 봤고, 점심이나 저녁을 집필실에서 간단히 요리해 먹었다. 요일마다 각기 다른 버섯과 채소를 구웠다. 송이버섯 느타리버섯 표고버섯 팽이버섯 목이버섯 등 버섯들의 다채로운 맛을 음미할 수 있었다. 가끔 강연을 위해 동네책방이나 도서관을 찾을 때면 식사가 항상 문제였다.

섬진강 들녘 생활이 너무 편한 이유 중 하나는 채식 요리를 전문으로 내는 '밥카페 반(飯)하다' 때문이다. 점심엔 미실란 직원들이 세미나실에 모여 식사를 하는데, 나도 보통 그 자리에 낀다. 김치와 나물을 비롯한 밑반찬부터 완전 채식이라 걱정 없이 젓가락을 가져갈 수 있다.

발아현미로 지은 밥에 채식 요리 한두 가지가 항상 식탁에 오른다. 서울에서처럼 내가 직접 요리를 하지 않는 것이 편하기도 하고 아쉽기도 하다. 대신 장이나 김치를 담글 때는 아무리 바빠도 참가하려 한다.

같은 건물 1층에 있는 채식 전문식당, 그것도 이 지역에서 나는 제철 채소를 쓰는 농가맛집은 내겐 든든한 뒷배다.

솔방울을 만지듯

5월 4일

어린 시절 늘 줍거나 차거나 만지며 놀던, 자연에서 얻은 장난감들을 새삼스럽게 다시 만난다. 솔방울만 해도 그렇다.

창원 웅남초등학교를 다닐 땐 산과 들과 마을과 학교 운동장 어디든 솔방울이 굴러다녔다. 너무 흔해서 집으로 가져갈 생각도 하지 않았다. 가끔 손에 쥐고 던지거나 축구공을 대신해서 발로 찼다. 초등학교 6학년 때 마산으로 전학을 간 뒤론 솔방울을 던지거나 찬 기억이 없다.

곡성에 오니 솔방울이 자주 눈에 띈다. 더 이상 도시의 통로에서 갈 길 바쁜 사람이 아니므로 허리 숙여 줍는다. 몇 개는 주머니나 가방에 넣어 집필실로 가져다 놓는다. 귀하게 쟁반이나 그릇에 담아두진 않고, 손이 잘 닿지 않는 책상 모서리에 둔다. 그런데 그렇게 가져온 솔방울들이 스스로 움직인다.

움직인다고 하니, 두 발로 걸어 다니는 걸 상상할 수도 있겠지만 그 정도는 아니다. 하지만 틀림없이 어제와 오늘이 다르고, 오늘과 내일이 다르다. 어떤 날은 잔뜩 움츠리고 어떤 날은 한껏 부푼다. 꽃이 피듯 벌어진달까. 습기를 빨아들이고 내뱉기 때문이라는 과학적인 설명은 저만치 밀어내고, 솔방울들이 내게 말을 거는 방식이라고 간주한다.

솔방울뿐이랴. 책상도, 의자도, 삼면을 두른 책장도, 그 책장에 꽂힌 책들도 전부 나무다. 내 눈으로 확인하기 어렵더라도, 저들 역시 솔방울처럼 움츠리고 부풀며 서로서로 말을 주고받으며 지내왔을지 모른다.

솔방울은 사람에게 들킬 만큼, 덩치는 작지만 목소리는 큰 '나무의 말'을 지녔다고나 할까. 솔방울을 보고 만질 때, 책상도 의자도 책장도 그리고 책도 보고 만지게 되었다.

웃으시라, 당신

5월 7일

뽕뽕다리에 엎드려 흐르는 강물을 들여다보는 기분이 이와 같을까. 고요하게 들끓고 시끄럽게 가라앉는다. 섬진강에 기대기로 마음먹은 이유와 넉 달 남짓 해온 일, 그리고 앞으로 딛고 싶은 작은 걸음들에 대해 솔직하게 이야기했다. 이 생각과 이 느낌을 바탕으로 후반생을 꾸려가 보려 한다.

잠깐잠깐 머뭇거릴 때가 특히 좋았는데, 소멸해 가는 것들에 대한 안타까움과 애정을 서로 확인하는 순간이었다. 힘들고 화나고 슬프고 막막하겠지만 어쩌겠어요, 가봐야죠. 딱 그런 몸짓.

그래도 나는 달문의 마음으로 벼처럼 고양이처럼 소나무처럼 후투티처럼 낮달맞이꽃처럼 내 문장으로 춤추련다. 천하의 둘도 없는 막춤 앞에서 막막 웃으시라, 당신.

엄마와 하모니카

5월 8일

진해에서 일박.

엄마와의 수다 반나절.

엄마가 색소폰 소리가 난다는 저음 하모니카를 선물로 주셨다. 섬진강 들녘을 바라보며 내가 한 곡조 불면 좋겠다는 생각이 드셨단다. 원래는 아코디언을 사주고 싶었는데 하모니카로 바꾸셨다고.

나는 봉덕초등학교 다닐 때 합주부에서 아코디언을 맡은 적이 있다. 노래꾼 장사익의 목소리로 익숙한 〈찔레꽃〉도 좋겠고 찬송가 〈참 아름다워라〉도 좋겠다고 추천하셨다.

용석에게 소리북도 배워야 하는데, 하모니카 기초까지 익혀야 할 상황이다. 황사가 심해서 골목 산책은 못 하고, 2016년에 속천항에서 엄마가 연주한 하모니카 곡들을 찾아 함께 들었다.

다음에 올 때는 하모니카 들고 속천항으로 다시 엄마랑 가서 '예럴랄라' 해야겠다.

그 새의 이름을 '유연(柔軟)'이라 하고

5월 9일

모처럼 횡으로 떠나는 여행이었다.

곡성, 진주, 진해 거쳐 통영에 닿았다.

네 시간 연속 강의를 마치고 밤 깃든 항구를 거닐었다. 뱃전의 새는 날아가지 않았다. 서서 버티는 법을 몸소 보여주기라도 하는가.

통영 '봉수골 학당'은 배울 점이 많다. 봉수골 거리의 이웃들이 각자의 특기를 살려 배우고 가르치는 학당을 만든 것이다. 강좌를 이끄는 이의 형편에 따라 강의 횟수나 방법이나 기간이 다양하다. 거기에 '김탁환의 이야기학당'과 같은 특별강좌까지 덧붙는다.

오늘 강의는 통영도서관에서 했다. 이 정도의 유연함이라면 얼마든지 다양하고 멋진 시도를 꾸준히 해나갈 수 있겠다.

어제와 오늘은 소설을 쓰지 못했다. 횡으로 흐르며 남도의 고을과 사람들을 살폈다. 일부러 거리를 걸어보기도 하고 벤치에 앉아 오가는 이들을 살피기도 했다. 마스크 위로 눈인사만 나누니, 아직 진정한 웃음을 발견하긴 어려운 늦봄이다.

중섭 풍경

5월 10일

아침 집필은 통영항이 잘 보이는 호텔에서 했다. 숲을 쓸 예정이었지만 그냥 바다를 썼다. 눈에 보이는 대로 옮기노라니, 풍경화를 그리는 화가가 된 듯하다.

40분 쓰고 20분 쉬며, 풍경화를 거의 그리지 않던 화가 이중섭이 통영을 유난히 많이 그린 이유를 잠시 생각해 보았다. 판화가 유강렬 등의 도움으로 통영에서 보낸 날들이 서귀포나 부산에 비해 조금이나마 여유가 있었으니, 그 넉넉한 마음에 이 항구의 풍경이 들어왔던 걸까. 평안도나 함경도의 바다에 비해 남쪽 바다 다도해는 이중섭에게 무척 다르게 다가오기도 했을 것이다.

오래전 내 아버지가 지나치듯 하신 말씀이 잡념 위에 겹쳤다.

"산 하믄 묘향산이디. 금강산이 아무리 멋디다 해도, 어데 묘향산에 비기갔어. 그래도 바다는 진해에서 통영까지, 이 바다가 으뜸이야. 피안도 바다에도 섬이 있디만 요기처럼 많진 않디. 완전히 달라."

하늘을 우러러

5월 12일

곡성으로 올 땐 땅을 더 많이 내려다보리라 예상했다. 그 예상이 틀리진 않지만, 하늘을 올려다보는 시간도 매우 많다. 뜻밖의 선물이다. 집필실 2층 옥상은 아직까진 나만의 전용 산책로다. 40분 쓰고 20분 쉴 때, 마당으로 내려가기보단 바로 옆 옥상을 더 즐기게 되었다. 하루에 다섯 바퀴 쓰고 쉰다고 치면, 100분을 옥상에 머무는 셈이다.

순전히 하늘 때문이다. 걷기보다 멈춰 선 뒤 천천히 제자리를 맴도는 시간이 훨씬 많다. 앉지 않고 서 있을 것, 글 쓸 때와 반대 방향으로 상체를 움직일 것. 이것이 번역가 김명남 선생에게서 배운 휴식법이다. 맴돌며 허리를 젖히고 턱을 들어 하늘을 우러르는 것도 이 방법에서 크게 벗어나진 않을 것이다.

사방을 두른 먼 산들과 그 위로 활짝 펼쳐진 하늘을 보노라면, 내 몸과 마음도 덩달아 열리는 듯하다. 특별한 날을 정해 하늘을 만나는 것이 아니라, 이런 기지개가 일상이다. 똑같은 바둑이 없고 똑같은 소설이 없듯 똑같은 하늘도 없다. 구름의 위치와 모양과 개수와 움직임이 날마다 다르다.

그 차이를 비교하며 살피노라면, 하늘이 하나로 보이지 않고 열 조각 백 조각으로 나뉜다. 동에서 서를 생각한 날도 있고, 북에서 남을 생각한 날도 있고, 북북서를 생각한 날도 있고, 남남동을 생각한 날도 있다.

구름 한 점 없는 맑은 날도 똑같진 않다. 푸르름의 농도가 다르고 햇빛의 세기와 방향이 다르다. 구름이 하늘을 완전히 뒤덮어 이른 저녁을 선사하는 낮도 똑같은 법이 없다. 옅은 먹에서 짙은 먹까지 지상에 얼마나 가깝게 내려왔는가에 따라 내리는 눈과 비의 양과 빠르기가 바뀐다.

흙을 살피고 궁구하는 것은 이 대표의 도움을 받으면 되는데, 저 하늘과 사귀는 법은 누구에게 물어야 할까. 현재는 아침부터 점심까지의 하늘을 주로 보며 즐기지만, 저물 무렵의 하늘도 제각각일 테고, 밤하늘은 더더욱 다채롭지 않겠는가. 천문학자 이명현 선생께 이 즐거운 고민을 말씀드려야 하겠다.

이번엔 곰취

5월 13일

곰취를 심었다. 먹어만 봤지 심은 건 처음이다. 경상남도 함안에서 독자가 보내온 곰취다. 바빠서 열흘이나 심지 못하고 미뤘는데, 종이상자를 여니 아직 싱싱하다. 놀라운 생명력이다.

텃밭에 심은 뒤 물을 한 시간 남짓 줬다. 해 질 무렵 물을 줘야 쑥쑥 자란다고 한다. 젖은 흙 가까이 앉아 어둠이 완전히 내려앉을 때까지 풀을 뽑았다.

붓을 놓다

5월 15일

5월로 접어드니 농부들이 바빠진다. 텃밭과 함께 본격적인 논농사가 시작되는 것이다. 한 달 반, 그러니까 6월 말까지는 장편 쓰기를 멈추고, 이 일 저 일 농사를 거들며 배울 작정이다. 이론과 실기를 겸비한 농사 스승이 가까이 있으니 다행이다.

집필용 노트북을 아예 켜지 않고, 초여름의 들에서 일하고 걷고 먹고 쉬려 한다. 들녘의 몸과 마음을 알고 싶다. 들녘의 몸과 마음이 되고 싶다.

일개미들을 위한 도서관

5월 17일

모처럼 깊이 잠들었다가 깼다. 여덟 시간 넘게 꿈 없는 잠이다.

어제 열린 2021년 '베짱이 북콘서트' 순서표가 머리맡에 놓여 있다. 다시 순서표를 보며, 경기도 퇴촌 베짱이도서관에 모였던 이들의 얼굴과, 나눈 이야기와, 연주한 곡들과, 부른 노래들을 떠올렸다. 하루밖에 지나지 않았는데 또 다른 소설 속 공간 같다.

비가 내리지 않았다면 뒷마당에서 북콘서트를 열었을 것이다. 천막을 여섯 개나 치고 의자까지 완벽한 준비를 마쳤지만, 땅이 젖고 군데군데 물웅덩이가 생기면서 급히 도서관 안으로 행사장을 옮겼다.

지하철을 타고 한 시간 반쯤 팔당역까지 가는 동안, 비를 보며 두 가지 생각이 번갈아 들었다. 하나는 도서관 뒷마당에서 행사가 가능하도록 비가 이제 그쳤으면 좋겠다는 것이고, 또 하나는 곡성 텃밭의 작물들이 이 비를 맞으면 잘 자라겠다는 것이다. 특히 며칠 전에 심은 곰취.

북콘서트를 시작하기 전부터 반가운 이들과 인사하느라 바빴다. 팔당역에서 가수 시와와 나를 픽업한 이경희 님과 엄승재 님 부부, 《한겨레》에 좋은 칼럼을 계속 선보이고 있는 김선희 님과 박성열

님 부부, 곡성에서 다큐 촬영을 준비 중인 박혜연 피디와 그의 선배이자 괴산 북콘서트에도 참석한 김수안 님, 그리고 최윤희 님 양승님 님과 함께 김혜영 선생님도 오셔서 처음 인사를 나눴다. 한빛미디어노동인권센터 행사에 가야지 가야지 하면서도 못 갔는데, 김 선생님을 뵈니 좋았다.

베짱이도서관 식구들과도 2년 만에 다시 만났다. 베짱이 부부와 랄라, 그리고 노래하고 연주하고 낭독하는 이들과 참가만 하는 이들 모두 반가웠다. 즐기며 앉았노라니 왜 내가 이곳을 『당신이 어떻게 내게로 왔을까』의 등장 공간으로 삼았는지 새삼 더 깊이 헤아릴 수 있었다.

도서관 순례 강연을 다니며 깨달은 것이지만, 도서관은 누군가의 고민을 듣고 상처를 어루만지고 함께 놀고 먹고 마시며, 위로하고 힘을 북돋기 좋은 곳이다. 특히 베짱이도서관과 랄라 브레드는 안온하고 즐겁다. 무엇을 해도 좋고 아무것도 하지 않아도 좋다.

그래서 내 소설의 주인공이 극심한 경쟁으로 지치고 마음이 다쳤을 때, 퇴촌 천진암으로 올라가는 이 계곡으로 보내고 싶었다. 거기 가서 베짱이와 함께 노래 부르고 랄라가 만들어주는 빵을 먹으며 수다를 떨라고.

내가 몇 마디 얹기는 했지만, 베짱이도서관을 재개관하여 2년 동안 지키고 가꾼 이들의 노래와 연주와 낭독만으로도 행사는 충분했다. 빗소리와, 박자를 맞춰 들려오는 암탉들 울음까지 풍요로웠다.

저 소리꾼 두 손에 이야기 들고

5월 18일

소리꾼들과 모처럼 '당산동커피'에서 만났다.

박은정 님과 한혜선 님은 작년에 영등포아트홀에서 초연한 판소리극 〈한국 호랑이 왕대의 모험〉에서 호랑이 상체와 하체를 맡아 땀을 뻘뻘 흘리며 고생했다. 호랑이 춤을 추면서 소리까지 하기란 쉽지 않다. 그들의 노력 덕분에 어린이 관객들의 관심과 인기가 특히 높았다.

올해부터는 섬진강을 배경으로 창작판소리를 만들어 발표하려 한다. 내가 검토 중인 글감을 꺼내놓자 회의가 일사천리로 진행되었다. 30년 넘게 소리꾼으로 버텨낸 선수들다웠다. 모처럼 웃음꽃이 피었다. 은어처럼 싱싱하고 빛나는 이야기를 건져 올려야겠다.

생태워크숍

5월 20일

생태워크숍 '들녘의 마음'을 시작한다.

2020년 4월 4일부터 6일까지 이동현, 최용석, 김탁환이 함께 수원을 출발하여 새만금을 거쳐 곡성까지 노닐 때부터 예정되었는지도 모르겠다. 떨어지는 벚꽃 아래에서 도깨비처럼 어깨춤을 나누고 헤어졌지만 셋이서 할 일이 더 남았던 것이다.

농부과학자와 소설가와 소리꾼이 힘을 합쳐 생태학교를 곡성에서 여는 것이다. 체험하고 쓰고 소리하며 하루를 보내려 한다. 먼저 농부과학자가 섬진강 들녘에서 친환경 농법을 설명한다. 다음으로 소설가가 들녘과 섬진강의 생물 혹은 무생물과 교감하며 쓰는 법을 이야기한다. 마지막으로 소리꾼이 들녘의 다양한 소리를 품었다가 참가자들과 함께 노래를 만들어 부른다.

올해는 곡성 군민을 대상으로 네 번만 할 예정이다. 작년부터 논의해 왔는데 이제 정말 하게 되었다. 정성껏 준비하겠다. 내년 이후에는 더 많은 이들과 생태워크숍를 했으면 싶다.

해바라기를 심은 뜻은

5월 21일

해바라기 씨를 심었다.

경상북도 고령군 우곡면 후동마을 곽상수 이장님이 보낸 것이다.

모종판 서른 장에 먼저 상토를 가득 채우고 물을 충분히 적셨다. 구멍에 씨 하나씩을 집어넣어 복토한 다음, 참새나 다람쥐를 막기 위해 부직포를 씌웠다. 모종판에서 싹을 틔운 뒤 정원에 옮겨 심을 예정이다. 7월부터 한여름이면 앞마당 곳곳에서 꽃을 볼 수 있을 것이다.

작업복이 필요해서 셔츠와 바지를 각각 1만 원과 2만 원을 주고 시장에서 샀다. 처음 입고 일했다. 편했고 의외로 사진을 잘 받았다.

어린 열무를 넣은 야채 비빔밥으로 저녁을 먹었다. 열무도 텃밭에서 기른 것이다. 꿀맛이었다.

믿음은 들음에서 나며

5월 22일

나는 이야기의 힘을 믿는다.

그 봄 안타깝게 세상을 떠난 이들에 관한 이야기를 들을 기회가 있었다. 두 시간 남짓이면 충분하리라 여기고 장소를 빌렸는데, 이야기는 항상 네 시간을 훌쩍 넘어가곤 했다. 이야기가 끝나지 않았던 것이다.

이야기 속에서는 산 자와 죽은 자의 경계가 없었다. 이야기하는 동안엔 죽은 자도 이야기의 등장 시간과 등장 공간에서 살아 움직이고 말하고 먹고 마셨다. 이야기가 끝나면 삶과 죽음이 다시 나뉘기에, 이야기는 꼬리에 꼬리를 물고 이어졌다.

그때 나눈 이야기들은 예상과는 달리 밝고 눈부셨다. 신나고 즐겁고 아름다웠다. 슬픔과 아쉬움과 후회가 바닥에 깔리긴 했지만, 대부분은 함께 나눈 인생의 행복한 한때로 집중되었다. 듣는 이가 맞장구를 치고 더 자세히 알려달라고 하면, 세공한 각도에 따라 미세하게 빛깔이 달라지는 보석처럼, 이야기는 더 선명하고 깊어졌다.

네 시간 이상 망자(亡者)의 생을 집중해서 듣기는 그때가 처음이었다. 그 뒤론 우연히 이름만 듣더라도 고개가 저절로 돌아갔다.

"제가 아는 사람입니다. 아주 귀한 사람이에요. 괜찮으시다면 그 사람에 대해 말씀드려도 되겠는지요?"

그 마음으로 나는 몇 권의 책을 썼다.

누군가를 정말 알고 싶을 때는 시간을 정해놓지 않고 만나서 이야기를 들었다. 처음부터 전부 이해가 된다거나 흥미롭다거나 감동적인 것은 아니었다. 이야기를 거듭 듣다 보면, 어느 순간 그 사람이 내가 모르던 이에서 아는 이로 바뀌었다. 누군가를 안다는 것은 그 사람의 이야기를 안다는 것이고, 누군가가 온다는 것은 그 사람의 이야기가 온다는 것이다.

김혜영 선생님의 책 『네가 여기에 빛을 몰고 왔다』에는 이한빛과 그 가족이야기로 가득하다. 한빛에 관한 밝고 신나는 이야기가 많다며 의외라는 이도 있지만, 내게는 지극히 당연했다. 네 시간 넘게 한 사람의 삶을 집중해서 듣던 방으로 돌아간 듯했다.

이 책이 아니었다면, 김 선생님의 꼼꼼한 손길과 진솔한 문장이 아니었다면, 한빛이 이토록 사랑스럽고 멋진 사람이란 것을, 나를 포함한 독자들이 어떻게 알았겠는가. 이 책을 통해 비로소 한빛은 내게 아는 사람이 되었고 내가 자랑할 사람이 되었다.

한빛이 태어났을 때, 초등학생일 때, 중학생일 때, 고등학생일 때, 대학생일 때, 군인이었을 때, 취직 후 조연출로 일할 때, 어떤 표정을 짓고 무슨 말을 하며 누구누구와 어울리고 아끼는 노래와 영화는 무엇인지 이 책에 고스란히 담겼다.

책을 읽다가 잠깐 쉴 때면 섬진강으로 나갔다. 논에 물을 대기 시작한 들녘도 걸었다. 혼자서도 가고 둘이서도 갔다. 가선 한빛 이야기를 했다. 책에 담긴 한빛의 삶을 내 목소리로 다른 사람에게, 고라니나 백로나 참새와 같은 다른 동물에게, 버드나무 같은 다른 식물에게 들려줬다.

그리고 한빛에게 내 앞의 풍경을 이야기했다. 네가 와서 보면 참 좋아할 풍경이라고. 멍하니 서서 물을 바라봐도 좋고, 강을 따라 걸어도 좋다고. 2주 전만 해도 습지로 들어가서 거닐었는데, 지금은 풀이 너무 많이 자라서 바라만 봐야 한다고.

장편 하나를 마치면 일주일에서 열흘을 걷곤 한다. 걷다가 남다른 풍경을 만나면 나누고 싶은 사람을 떠올리며 이야기를 건넸다. 소위 역사소설을 많이 써온 탓에, 등장인물 대부분이 이승을 일찌감치 떴다. 백 년 전, 오백 년 전, 천 년 전, 내가 태어나기도 전에 그들은 이 세상에 태어나 저마다의 삶을 살다 갔다. 그 삶에 관한 기록을 읽고 상상하고 내 문장으로 쓰면서 그들을 알아나갔다. 정을 주고받았다. 내 삶의 힘든 순간마다 대화하며 위로받고 용기를 얻었다.

한빛에게도 보여줄 풍경과 들려줄 이야기가 많다. 김 선생님이 보자기에 한 편 한 편 정성껏 담은 이야기를, 많은 이들이 저마다의 자리에서 펼쳐 읽고 그 위에 자신의 이야기를 얹었으면 싶다.

뒤늦게 건네는 추천사

5월 23일

참신한 발상이라거나 블루오션이라거나 독특한 취향 정도로 간주해선 안 된다. 이제 동네책방이 전국에 많이 들어섰으니, 남들보다 조금 빨리 발을 뗐다고 여기는 것도 어리석다.

백창화, 김병록 대표가 수도권에 살다가 충청북도 괴산으로 내려가서 '숲속작은책방'을 연 것은, 내가 보기엔 혁명이다. 이문재 시인의 표현을 빌리자면 '그 숲이 맨 앞'이었다. 내 집 거실에 책방을 열고 책을 팔면서 살아가는 법을, 조언하며 충고할 이가 이 나라엔 없었다. 그들은 스스로 묻고 고민하고 판단하며 숲속작은책방을 낳고 키워야 했다.

혹자는 그들이 외국 여행을 가서 몇몇 책마을이나 서점을 둘러본 뒤 아직 우리나라에 없는 콘셉트를 들여왔다고 여기기도 한다. 속 편한 단견이다. 자기 돈 들여 답사를 떠나는 것 자체가 고민의 산물이다. 멋지고 좋아 보이는 콘셉트나 아이디어를 재빨리 들여왔다가 실패한 사례는 무수히 많다.

대도시는 물론 중소도시까지 서점은 있었지만, 숲속작은책방과 같은 동네책방은 이 땅에 없었다. 지역문화의 거점이라고 거창하게 말할 것도 없이, 책방지기와 책방 손님들이 머리를 맞대고 책을 읽고 논하고 즐기는 것, 책 읽기를 삶 읽기로 확장하는 것. 없는 것은 그냥 없는 것이 아니다. 없어도 괜찮다고, 없는 걸 당연하다고 여겨온 결과이다.

그 없음이 당연하지 않고, 동네책방을 통해 지금까지 서점과는 완전히 다른 경험을 나눌 수 있다는 믿음으로 괴산으로의 이사와 동네책방 창업을 감행한 것이다.

『혁명, 광활한 인간 정도전』을 쓸 때 내 질문은 하나였다. '인간은 얼마나 절망해야 혁명을 꿈꾸게 되는가?' 숲속작은책방을 찾을 때마다 내가 기웃거리며 엿본 것은 백창화, 김병록 대표의 바로 그 절망이었다.

감당하기 힘든 어려움에 직면하면 절망하거나 꿈꾼다고 한다. 나는 이 문장을 살짝 바꾸고 싶다. 절망과 꿈꾸기는 양분하여 택일되기도 하지만, 절망의 두께만큼 꿈을 꾸며 도약하는 이도 있다고. 도약과 성공은 절망이란 거름을 먹고 자라는 나무라고.

맨 앞에서 숫눈을 밟으며 걷기에, 위로와 용기를 나누는 것 역시 스스로의 몫이다. 다행히 그들에겐 책이 있었다. 생계를 유지해야 할 상품이기도 한 책이 그들의 절망을 어루만지고 그들의 상처를 치료하고 그들의 꿈을 부풀리는 도구이자 벗이 된 것이다. 그 마음으로 책을 고르고 읽고 함께 살았으므로, 새로운 인연들이 숲을 찾는 새들처럼 날아들었다.

숲속작은책방은 맑은 인연일 수밖에 없다. 백창화 대표는 내가 쓴 '백탑파' 시리즈를 애독하고, 백탑파를 백탑파이게 한 조선시대 실학자 박제가의 문집 『백탑청연집』에서 '청연'이란 두 글자를 가져와서 자신의 집 이름을 '청연재'로 정했다.

맑은 인연이 머무는 집.

편액으로 쓸 글자까지 받아두었으나, 이곳은 그 이름 대신 숲속작은책방으로 불리며 사랑을 받고 있다.

『이토록 고고한 연예』에 따르면 이름 따윈 중요하지 않다고 했던가. 이름을 함부로 써도 된다는 뜻이 아니라, 내세우는 이름보다 거기에 깃든 마음이 훨씬 소중하다는 것이다. 숲속작은책방이 청연재이니, 많은 이들이 맑고 넉넉한 기운을 받은 것이다.

집필실에서 혼자 웅크려 장편을 쓰고 나면, 이 이야기를 과연 누가 읽어줄까 싶다. 세월호 참사가 나고 『거짓말이다』를 썼을 때는 더욱 그랬다. 진상규명과 책임자 처벌의 길이 멀게만 느껴지던 2016년 늦여름이었다. 게다가 이 소설을 쓰는 동안 곁을 지킨 김관홍 잠수사까지 세상을 떠나는 바람에 신간을 내고도 마음이 자꾸 가라앉았다.

그때 내게 손 내밀어 준 이들이 전국의 동네책방 책방지기들이었다. 책방 문을 활짝 열고 김홍민 북스피어 대표와 나를 환대해주었을 뿐만 아니라, 두 시간을 훌쩍 넘겨 세 시간이고 네 시간이고 세월호 이야기를 마음껏 하도록 해줬다. 그 여름과 가을만 해도 그런 자리가 적고 귀했다. 일주일 동안 전국을 돌며 숨통이 트였다. 정말 고마웠다, 동네책방!

광주나 대구나 경주나 통영은 전에도 갔지만 괴산은 처음이었다. 논을 지나 한참을 더 들어갔다. 길을 잘못 왔다고 돌아갈까 고민하던 길 끝에 숲속작은책방이 있었다. 뜨겁게 이야기 나누고 2층에서 단잠을 잤다. 다음 날 새벽 공기가 잊히지 않는다. 이제는 알겠다. 그곳이 청연재라서 그랬다. 맑은 인연이 나를 북돋운 것이다.

섬진강 옆 집필실까지 놀러와서 반갑게 보낸 순간들도 떠올랐다. 서울을 떠나 마을소설가로 살아보겠다는 이야기를 처음 꺼낸 것도 괴산에서였다. 동네책방을 처음으로 시작한 분들이니 마을소설가를 꿈꾸는 내게 해줄 말이 있지 않을까. 그 밤에 몇 가지 중요한 조언을 들었고, 지금도 가슴에 품고 하루하루 강으로 숲으로 들녘으로 다니고 있다. 고맙고 고마운 일이다.

글이 길어진 변명을 덧붙이자면, 나는 원고 분량을 명시한 청탁을 받으면 글자 수까지 맞추려고 애쓴다. 일종의 직업병이다. 장편작가인 내겐 원고지 한 장 혹은 200자 내외의 글이 무척 낯설고 어렵다. 이번에도 추천의 글을 써달라는 부탁이 와서, 맑은 인연을 생각하며 요구한 분량 안에서 문장을 다듬었다.

출간 후 추천의 글들을 보니 나보다 세 배 네 배 긴 것도 있었다. 아쉽고 미안했다. 분량 제한 없이 쓰라고 했다면 썼을, 뒤늦은 추천의 글로 백창화, 김병록 대표가 여겨줬으면 싶다.

발탈이랍니다

5월 25일

신영복 선생님은 '머리에서 가슴까지의 여행에 그치지 말고, 가슴에서 발까지 여행을 해야 한다'고 말씀하셨다.

흙을 한 줌 쥐어본다. 내 삶에서 흙은 발로 밟는 것이지 손으로 쥐는 것이 아니었다. 창원에 기계공업단지가 들어서기 전까진 논과 밭에서 흙을 쥘 기회가 있었지만, 마을이 매몰되고 마산 수출자유지역 근처로 이사한 뒤론 40년 가까이 흙을 쥐고 시간을 보낸 적이 없다. 스무 살 이후 서울로 올라와서는 흙을 온전히 밟기도 힘들었다. 흙을 덮은 아스팔트와 보도블록을 당연하게 여기며 지냈다.

밟던 흙을 쥐면 참 다르다. 선 채로 내려다보는 것과 앉은 채 움켜쥐고 들어서 보는 것은, 단순히 각도와 거리의 문제가 아니라 땅을 대하는 자세의 문제다. 밟히라고 흙이 거기 있는 것이 아니다.

많은 시인과 소설가들이 흙의 생명력에 탄복하는 글을 남겼다. 흙에서부터 자라나는 풀과 나무들, 거기에 깃들어 사는 미생물과 곤충과 동물들! 인간도 그중 한 부분이다. 농촌과 농사로부터 멀어진 사람들은 이제 흙을 밟고 지나갈 대상으로만 여긴다. 흙이 만들어내는 상승의 기운을 무시한다.

흙을 만나는 신체 부위도 두 발로 국한되었다. 맨발이 아니라 양말에 신발까지 신은 발이다. 신발 바닥이 흙을 눌러댈 뿐이다. 흙을 손으로 쥔다거나 몸에 바른다거나 혀로 맛보는 일은 지극히 낯설고 불결하고 이례적이다.

맨발로 흙을 만나는 것만으로도 우리는 다른 느낌을 받는다. 남도에서는 이미 모내기가 한창이다. 손 모내기를 위해 맨발로 논에 들어서면, 논흙들이 발가락 사이를 밀고 들어온다. 도로나 골목에서처럼 발바닥에만 힘을 주며 내디디면 몸의 균형을 잃고 넘어지고 만다. 조금 더 깊어지거나 조금 더 얕아질 때는 발바닥과 발가락들을 총동원하고, 발목과 무릎과 허리까지 써야 한다. 디디면서 눌러 밟는 역할에만 충실하던 발이 다른 움직임을 보여야 하는 것이다.

'손으로 해도 될 일을 왜 구태여 발로 하는 걸까.'

한혜선 소리꾼에게 전통연희 '발탈'에 대해 듣고 유튜브로 공연을 찾아보며 든 첫 질문이다. 탈은 얼굴에 쓰는 것이 상식이고, 인형극에서 인형의 얼굴이나 손과 발 혹은 몸을 조종하는 것은 광대의 두 팔이다. 두 팔로 만족할 만한 움직임을 끌어내기 어려울 때 두 발을 쓰기도 하지만, 그건 어디까지나 보조수단이다. 그런데 발탈은 발에 탈을 쓴다는 사실을 전면에 내세운다.

얼굴에 탈을 쓰고 하는 동작이나 두 손으로 탈을 놀려 만드는 동작을 발에 탈을 씌워 선보이는 것이다. 관객들은 광대가 가림막 뒤에서 발을 놀리는 꼴을 보지 못한 채, 무대 위에서 탈을 쓴 인형의 다채로운 동작과 재담과 소리를 즐긴다.

이때 탈을 쓴 광대가 얼마나 발을 잘 놀리느냐에 따라 판의 성패가 좌우된다. 무릎과 발목을 이용해서 탈의 큰 움직임을 만들고 발가락을 놀려 탈의 작은 움직임을 선보인다. 강한 감정과 약한 감정이 수시로 교차하므로, 광대는 재담과 소리를 곁들이면서 발의 모든 부위를 고저장단에 맞춰 놀려댄다. 엄청난 집중력과 발기술이 필요하다.

발로 그림을 그리거나 밥을 먹거나 컴퓨터 게임을 능수능란하게 하는 경우는 본 적이 있다. 그렇지만 발에 탈을 쓰고 벌이는 한판 놀이는 처음 알았다.

밟고 군림하는 수단이 아니라 흙과 다채롭게 만나는 방편으로 발을 놀린 광대들에게서 발탈이 비롯되지 않았을까. 발로 하는 탈놀음을 추하다 어리석다 불편하다 여기지 않고, 얼굴과 손으로 소통하듯 발로도 할 수 있다는 첫 생각이 귀한 것이다.

발탈극 〈섬진강 도깨비〉의 사설 초고를 마쳤다. 섬진강에서 벌어지는 이야기다. 글이 막힐 때면 내 두 발을 오래 쳐다보며 농담도 건넸다. 무릎과 발목과 발등과 발가락과 발바닥을 이리저리 놀리면서 발을 새롭게 이해하려 애썼다. 손이 쓴 글이 아니라 발이 쓴 글인 셈이다. 머리에서 가슴을 지나 발로 하는 여행이었다.

되고 되고 되고

5월 28일

농사가 글이 되고 글이 소리가 되는 시간이었다.

어제와 오늘 곡성군에 있는 유치원과 초등학교 교사들을 대상으로 생태워크숍 '들녘의 마음'을 진행했다. 강연자 셋의 역할 만큼이나 스태프들의 노고가 컸다.

특히 들녘의 마음을 느낄 수 있는 채식 점심과 뒤이은 장선습지까지의 산책은 궂은 날씨에도 참가자들에게 좋은 평가를 받았다. 장선습지를 처음 가본 교사들이 절반을 넘었다. 직접 가서 보고 듣고 느꼈으니, 학생들과 함께 습지를 찾는 걸음이 이어지길 기대한다.

이동현 대표의 강연은 친환경 농사 경험과 미생물과 벼에 대한 전문지식이 결합되어 빛을 발했다. 곡성군이 당면한 문제들을 속속들이 알고 있으니 곧바로 핵심을 파고들 수 있는 것이다. 최용석 소리꾼은 논을 바라보며 강의와 공연을 했다. 〈농부가〉를 벼 심는 동작과 함께 부르고 창작판소리 〈복돌복실〉의 첫 대목까지 곁들였다.

이번에는 교사들과 진행했지만, 6월과 9월엔 가족 단위로 워크숍을 가지려 한다. 부족한 부분은 채우고 새롭게 시도할 부분도 찾겠다. 코로나가 잦아들면 들녘의 마음을 더 많은 이들과 나누고 싶다.

다정한 글쓰기를 시작하세요

5월 29일

내게 1이 씨앗의 숫자라면, 10은 준비의 숫자다. 쓰고자 하는 글감과 관련한 책 열 권을 사서 읽을 것. 구상 단계에서 떠오른 생각과 느낌을 공책 열 권에 정리할 것.

10주가 흘렀다. 곡성에서 '김탁환의 이야기학교'를 시작한 3월은 찬바람이 매서웠는데, 지금은 조금만 걸어도 덥다. 주민등록상 주소지가 곡성군인 수강생 열 명이 무사히 완주했다. 시작할 때는 '기초과정'이라고 소개했지만, 10주를 마칠 즈음 '정성껏 쓰기 과정'으로 이름을 바꿨다.

강의만 하고 마치기는 아쉬워, 수료식을 핑계로 오전 11시에 다시 모였다. '달문의 마음'에서 간단히 식을 마치곤 제월섬으로 다 같이 나들이를 갔다. 숲에서 도시락을 먹고 섬을 산책한 뒤 돗자리를 깔고 앉아 정담을 나눴다.

강의는 마쳤지만 과정이 완전히 끝난 것은 아니다. 이제 골방에서 끙끙 앓으며 자기만의 글을 쓸 때가 온 것이다. 개인문집을 6월 말까지 제출해야 하고, 책으로 묶여 나오는 7월 말에 다시 만나 자축하기로 했다.

수강생들이 수료증 문구가 맘에 든다고 한다. 그들의 글이 꾸준히 나아지기를 바라며 내가 직접 지었다.

'자연을 아끼고 마을을 가꾸며 이웃을 위하는 다정한 글을 꾸준히 구상하고 쓰고 다듬기 바랍니다.'

고라니를 죽인 길 위에서

5월 30일

숙소에서 집필실까지 걷는 재미가 쏠쏠하다. 빨리 걸어야 운동이 된다지만, 나는 운동하러 걷는 것이 아니라 나무도 보고 새소리도 듣고 논의 윤슬도 살피기 위해서이니 느릿느릿 걸음을 뗐다.

7시 30분에 숙소를 나섰다. 햇볕이 벌써 뜨겁다. 여름이 다가올수록 출근 시간이 빨라질 듯하다. 출퇴근길의 백미는 메타세쿼이아 길이다. 아무리 더워도 나무 그늘은 시원하다. 오늘도 15분쯤 읍내 길을 걷다가 메타세쿼이아 아래로 들어섰다. 2차선 차도인 탓에 길 바깥으로 나무에 붙어 걸어야 한다.

걷다가 깜짝 놀라 멈춰 섰다. 들짐승의 눈이 나를 올려다보았다. 고라니다. 로드킬을 당해 목숨을 잃은 고라니를 누군가 도로 옆으로 옮겨 놓은 것이다.

섬진강 들녘에 집필실을 내면서 고라니들을 부쩍 많이 만난다. 섬진강에 물을 먹으러 찾아오는 것이다. 어떤 녀석은 논을 가로지르고 어떤 녀석은 숲을 지나고 어떤 녀석은 도로를 건넌다. 2차선 도로라서 폭이 넓지는 않지만 이렇듯 갑자기 목숨을 잃기도 하는 것이다.

그 눈을 바라보며 곁에 잠시 머물렀다. 부디 좋은 곳으로 가라고, 자동차도 없고 차도도 없는 숲 깊고 물 맑은 곳에서 다시 태어나라고 빌었다.

섬진강을 이웃하며 사는 동물들도 나고 자라고 병들고 늙고 죽는다. 먹고 먹히며 생태계를 이룬다. 다큐멘터리를 만드는 황윤 감독으로부터 로드킬의 심각성을 들은 적이 있다. 차도 하나가 동식물이 어우러져 살아가는 생태계를 완전히 파괴하기도 했다.

새가 투명한 방음벽에 부딪혀 죽지 않고, 고라니가 차에 치여 죽지 않을 방법을 찾을 것. 방음벽도 도로도 자동차도 사람의 편의를 위해 만들었으므로, 그로 인해 목숨이 위태로운 생물들을 구할 책임 역시 우리들에게 있다.

행복하여라, 가난한 사람들

5월 31일

달문 이야기를 두 시간 넘게 했다. 추하되 아름답고, 가난하되 넉넉하고, 무식하되 지혜롭고, 일을 주도하며 성취하되 그 자리를 재빨리 떠나 사라지는 반전매력남.

평생 손해를 감내하며, 자신을 친구라고 부르는 사람을 모두 친구로 여기고, 아무것도 소유하지 않고, 필요할 때는 몸도 마음도 바꾸는 개념파괴남.

섬진강 옆 집필실 이름을 '달문의 마음'으로 정한 까닭이기도 하다. 달문을 알든 모르든 계속 이 한없이 좋은 사람에 대해 이야기를 들려주며 살고 싶다.

오늘은 예수의 삶과 달문의 삶을 잠시 겹쳐놓고 보기도 했다. 변화를 추구하면서도 폭력을 동원하지 않은 사람을 더 사귈 것.

6월

뽑을수록
허리가 아픈 달

물살이

6월 2일

하늘을 오가는 새들을 보며 '새고기가 난다'고 적는 이는 없다. 그렇지만 우리는 강이나 바다를 들여다보며 '물고기가 헤엄친다'고 아무렇지도 않게 말한다.

물고기를 '물살이'로 바꿔 부르자고 내게 처음 제안한 이는 김한민 작가다. 그 제안은 나를 엉뚱한 상상으로 이끌었다. 인류가 육상에 살지 않고 강이든 바다든 수중생활을 한다면, '물고기'란 이름 자체가 없었을 것이다. 대신 육상 생물들을 통칭하여 '육지고기' 혹은 '땅고기'라고 불렀을지도 모른다. 수중생물들은 생김새도 다르고 성격도 제각각이지만, 단체행동과 함께 사생활도 즐기지만, 땅고기들은 수십 마리의 들소든 수백 마리의 갈매기든 외모도 똑같고 개성 따윈 있지도 않다면서! 용궁에 모여 이런 주장을 펼치는 장면을 판소리로 만들어볼까.

물론 우리는 안다. 수십 마리의 들소들이 모여 있어도, 생김새와 성격이 제각각이란걸. 수천 마리가 웅장한 군무를 보이는 새들 역시 저마다 다르게 생각하고 느끼고 움직이고 멈춘다.

수중세계를 다룬 다큐멘터리를 보면, 수십만 마리의 어류가 함께 움직인다. 그들 각자가 다르게 생각하고 느끼며 살아간다는 것을 우리는 최근까지 몰랐거나 모른 척했다.

어류학자들의 연구가 진척되면서, 우리가 물고기로 통칭한 어류 역시 육상의 들짐승이나 날짐승처럼 느끼고 생각한다는 증거가 속속 나오고 있다. 『물고기는 알고 있다』는 책을 읽으며 받았던 충격과 아카데미 수상작인 다큐멘터리 〈나의 문어 선생님〉의 감동은 아무리 강조해도 지나치지 않다.

어류를 물고기로 통칭해 온 것은 수중생물을 음식 재료로만 바라본 측면이 지배적이어서 그렇다. 지금도 많은 어류가 다양한 경로로 우리네 식탁에 오르고 있다. 물고기로 다루기 위해선, 어류가 개별적인 생각도 하지 않고 저마다의 습성도 없으며 감각의 차이도 나지 않는다고 간주하는 편이 낫다.

닭과 닭고기(치킨)를 비교해 보라. 집필실 앞마당에서 매일 만나는 닭들은 모습도 성격도 걸음걸이도 식성도 다르다. 그러나 '닭고기'가 되기 위해 양계장 우리에 갇힌 닭들에게선, 구매자가 느끼지 못하도록, 개별성은 철저하게 차단되거나 왜곡된다. 살아 있으나 이미 죽은 고기로 취급당하는 것이다. 『고기로 태어나서』라는 책에 자세히 나와 있다.

그러나 또한 우리는 안다. 바다, 강, 호수, 저수지를 누비는 수중생물이 인류의 음식 재료가 되기 위해 태어난 것이 아니라는 것을. 그들 방식대로 생로병사의 과정을 거친다는 것을. 그것은 포유류 특히 인류와는 상당히 다르지만 엄연히 또 하나의 삶이다.

물에 사는 고기인 물고기가 아니라 물에 사는 생물인 '물살이'로 부르자는 제안에는, 지구에서 육지보다 훨씬 넓은 면적을 차지하는 바다를 새롭게 바라보자는 주장이 담겼다. 물고기란 이름이 익숙한데, 꼭 새로운 이름을 불편하게 써야 하느냐고 따져 묻는 이도 있겠다. 약간 다른 이야기지만, 김근수 선생의 『예수평전』을 읽으며 자꾸 눈이 멈추는 대목이 있었다. '창녀'라는 단어를 '성 노동자'로 바꿔놓은 것이다.

바꿀 수 없는 단어는 없다. 처음엔 새 단어가 어색하게 다가오겠지만, 배우고 익히는 만큼 내게 익숙한 단어들을 거듭 들여다보며, 바꿀 것은 바꾸고 고칠 것은 고치는 것이 조금이라도 더 세상을 알아나가는 길이리라.

섬진강을 따라 걷다 보면 수면 위로 튀어 오르는 녀석들을 종종 만난다. 무슨 생각과 어떤 기분으로 올라왔을까. 내 멋대로 상상하는 재미가 쏠쏠하다. 가끔은 잽싸게 이름을 붙이기도 한다. 내가 함께 산책하는 개들과는 전혀 다른 이름이다.

삶은 신비롭고 인간이 만든 단어는 충분하지 않다. 관찰하고 연구하고 상상해서 그 삶을 더 깊고 생생하게 알게 되면, 허물을 벗듯 낡은 단어를 바꿀 수도 있는 것이다. 물고기는 저토록 다양하고 놀라운 삶을 펼치는 수중생물들을 통칭하기엔 너무 좁고 얕은 이름이다. 걸맞은 이름을 고민할 때다.

이 시간을 앵두라 부르리

6월 3일

1.

어렸을 때 가장 많이 먹은 과일은 앵두다.

외할아버지의 과수원에는 앵두나무가 백여 그루 있었다. 5월 말부터 6월까지 앵두가 익으면, 나는 정말 배가 터질 듯이 앵두를 먹고 또 먹었다. 앵두를 너무 많이 먹는 바람에 토한 적도 있었는데, 붉은 물을 토해 놓고 혹시 피가 아닌지 겁을 잔뜩 먹기도 했다.

작년부터 준비하고 있는 음악극 〈앵두의 시간〉 대본을 새벽부터 손보고 있다. 공연일이 9월 10일로 확정되었다. 대본부터 마쳐야 정재영 음악감독이 연주곡과 노래를 만들 여유가 생긴다. 원래 오늘은 호미 들고 정원의 풀들을 뽑을 생각이었는데, 아침부터 비가 내리는 바람에 음악극 대본 수정 쪽으로 방향을 돌렸다.

일주일 남짓 궁리한 끝에 장면이나 사건을 더하기보단 빼는 쪽으로 마음을 굳혔다. 대사를 최대한 줄여 연주와 노래가 들어갈 여백을 두려는 것이다. 모호해진 흐름은 군데군데 내레이션을 넣어 시간의 경과를 확인하고 구분 짓는 깃발로 삼았다.

비는 추적추적 내리고, 앵두와 함께 어린 시절을 되짚으니 막내

외숙과 보낸 날들이 새삼 떠올랐다. 외숙에 대해 나는 이미 소설 두 편을 썼다. 중편 「앵두의 시간」과 단편 「단추를 채울 때마다」. 한 편 정도 더 써서 책으로 묶을까도 싶은데, 언제가 될지는 모르겠다.

「앵두의 시간」이 글을 쓰며 살아가는 날들을 다루었고, 「단추를 채울 때마다」가 죽음 앞에서 새롭게 작업한 미술을 다루었다면, 아직 쓰지 않은 단편은 나무에 집중할 듯싶다.

곡성에 내려와서 더 깊이 깨닫는 것이지만, 외숙은 앵두나무 과수원에서 습작한 시간보다 훨씬 많은 시간을 과수원의 나무들을 가꾸며 지냈다. 어린 내 눈엔 나무 그늘 아래에서 글을 끼적이는 외숙만 보였지만, 내가 과수원에 올라가지 않았던 여름과 가을과 겨울 동안, 외숙은 나무들을 돌보느라 바빴으리라. 예술가인 외숙이 아니라 농사꾼인 외숙, 사람 없는 산에서 흙과 풀과 나무와 지낸 외숙의 젊은 날을 내 문장으로 옮겨보고 싶다. 그러고 보니 외숙이 단추로 만든 유작 중엔 나무를 표현한 것이 유난히 많다.

6월이 가기 전에 날을 잡아 앵두를 실컷 먹어야겠다. 앵두나무 묘목이라도 몇 그루 사서 집필실 근처에 심고, 앵두가 붉게 익을 때마다 외숙을 위해 술 한 잔, 시 한 수 올리고 싶다. 외숙과 경상남도 창원의 앵두나무 아래에서 나눈 대화를 한 자락 옮긴다.

"비밀 하나 가르쳐줄까? 여자친구를 더 예뻐 보이게 만드는 방법 알아?"

"그런 방법도 있어요?"

"네가 더 오래 기다리면 돼. 기다리면 기다릴수록 아름답게 보인단다. 누군가를 기다리는 인내심을 키우는 덴 질병보다 나은 게 없지."

외숙은 고등학교 때 신장염을 심하게 앓았고, 나는 초등학교 때 폐결핵에 걸렸다. 그래서 외숙이 나를 더 가까이 두고 위했을까. 외숙과 내가 함께 앓은 병명은 '설마(說魔)'다. 평생을 고대해도 오지 않는, 하여 절세미녀보다 더욱더 아름다워졌을 이야기를 기다리며.

2.

비가 그쳤다. 작업복으로 갈아입고, 집필실 앞 정원으로 나가 풀을 뽑았다. 내일도 뽑고 모레도 뽑아야겠다. 전주 동네책방 '잘익은 언어들'에서 선물 받은 호미를 처음으로 썼다. 미실란 호미들보다 손에 잘 잡힌다. 모종판에 심은 해바라기는 싹이 났고 제법 줄기가 올라왔다. 다행이다.

곧 정원에 옮겨 심을 것.

체엄의 진수

6월 4일

곡성 고달초등학교 학생들과 함께 오전 내내 손 모내기를 했다. 남근숙 이사가 총괄하고 이동현 대표가 책임 교사 그리고 내가 보조 교사를 맡았다.

아침 9시 30분 학생 열여덟 명이 도착했다. 이 대표가 40분 남짓 벼의 한해살이와 쌀의 영양소 그리고 친환경 재배의 중요성을 강의하고 연구실까지 견학시킨 뒤 논으로 향했다. 학생들이 여기저기서 손뼉을 치며 웃었다. 논에서 풍년새우를 발견한 것이다. 이 새우가 많을수록 풍년이 든다 하여 붙은 이름이다. 농약을 쓰지 않은 증거이기도 하다.

고학년이 먼저 논으로 들어섰다. 못줄에 맞춰 늘어선 뒤 모를 심기 시작했다. 이 대표와 내가 중간에 섞여 서서 학생들을 도왔다. 너무 얕게 심어 뜬모나 너무 깊게 심어 수면 아래로 잠긴 모를 찾아내어 고쳐 심었다. 저학년들도 차분하게 모를 쥐고 허리를 숙였다.

준비한 모를 다 심고 난 뒤, 남학생 한 명이 그 자리에 털썩 주저앉았다. 미끄러진 것이 아니라 논에서 나오기 싫어 일부러 한 짓이다. 다른 남학생 둘도 따라 했고 금방 바지가 젖었다. 마스크를 쓴 채 엎드리고 눕고 물장구까지 쳐댔다. 그러다가 한 아이가 외쳤다.

"논 헤엄 진짜 진짜 최고예요."

모내기에 참가한 사람들 모두 웃음이 터졌다. 논 헤엄은 아이들도 처음 하는 놀이였다. 물만 댄 빈 논을 미꾸라지처럼 누비다가 환하게 웃으며 돌아갔다.

내년에도 고달초등학교에서 모내기를 온다면 저 삼총사를 다시 만나겠지. 그때도 논 헤엄을 칠까. 그땐 마스크를 쓰지 않아도 될까.

내일 아침과 13일 아침에도 손 모내기가 예정되어 있다. 손 모내기를 신청한 이들이 누굴지 은근히 기대된다. 모를 심고 나면 6월도 중순이 훌쩍 넘겠다.

모내기랑 음악회랑

6월 5일

아침 일찍 미실란 직원들과 연구용 논의 절반을 손 모내기 했다. 나머지는 체험객 몫으로 남겨뒀다. 어젯밤 서울에서 내려온 용석이 〈농부가〉를 부르며 함께 모를 심었다. 논흙을 느끼기 위해 오늘도 맨발로 들어갔다. 마음은 싸목싸목 행동은 싸게싸게.

저녁에는 제24회 '미실란 작은들판음악회'가 열렸다.

채식 도시락과 공연으로 이어지는 흐름이 자연스러웠다. 다 같이 모여 식사하는 대신에 마당 곳곳으로 흩어져 들녘을 바라보며 천천히 밥을 먹었다. 가벼운 산책을 하거나 복도 갤러리의 전시 작품을 보거나 새로 맞아들인 공작 한 쌍과 닭과 토끼와 개와 고양이들과 놀기도 했다.

공연은 전부 네 팀이었는데, 깔끔하고 정다웠다. '밀당'이나 '허윤정트리오'의 클래식한 연주와 노래에 최용석의 판소리와 '섬진강아름다운사람들'의 하모니카 연주와 포크송이 마른논에 물이 차듯 섞이고 부풀고 이내 고요했다. 그윽한 웃음과 흥겨운 율동이 오갔다.

작년과 재작년에 나는 음악회를 보러 와선 즐기고 가는 손님이었는데, 올해는 주최자의 한 사람으로 힘을 보탰다. 아침에 손 모내기를 하고, 낮에 '밥카페 반(飯)하다'에서 식사 손님을 받은 뒤, 저녁에 음악회를 여는 것이 가능할까 걱정했었다. 직원들이 준비 회의를 꾸준히 하고 각자 역할을 충실하게 맡아 큰 문제 없이 진행되었다.

그래도 다음부터는 손 모내기와 음악회는 같은 날 하지 않았으면 좋겠다.

죽거나 신선이 되거나

6월 6일

계곡에서 〈심청가〉 몇 대목을 즐겼다. 이제 겨우 장단을 맞추는 초보 중의 초보인데, 용석이 잘 이끌어줘서 흥겨운 시간을 보냈다. 판소리가 계곡 물소리를 뚫고 나왔다.

용석은 산공부 하던 시절이 떠오르는지, 한두 대목을 더 부르며 걸었다. 소리는 남고 사람은 초록에 가렸다가 사라졌다. 나도 이야기를 하다가 하다가 하다가 저렇듯 사라졌으면.

해바라기를 풀어볼작시면

6월 7일

어제 늦은 오후에 해바라기를 옮겨 심었다. 생각보다 오래 걸렸고, 흙이 얼마나 중요한가를 새삼 배우고 익힌 시간이었다. 여운을 되살려 판소리 가락에 얹어 풀어볼작시면!

도시소설가 태어나 요 나이 먹도록, 해바라기는 오며 가며 바라보거나 해바라기씨를 손바닥에 척 얹고 자근자근 씹어 먹어만 봤지, 심어본 적은 없는지라.

소싯적 이탈리아에 소피아 로렌이라는 멋진 배우가 있어 그녀가 주연한 〈해바라기〉를 단체 관람으로 보았더라. 재작년 가을에는 제주도하고도 가파도에서 섬을 온통 덮은 해바라기 사이를 꼬랑지에 불 붙은 강아지마냥 뛰어댕기며 보냈더라.

처음에 농부과학자 이동현이 해바라기를 심자 했을 때, 도시소설가 그 씨를 앞마당 적당한 곳에 솔솔솔 뿌리거나 혹은 호미로 요렇게 파고 조렇게 파 묻어두면 되겠거니 여겼는디, 농부과학자 모종판을 떡 하니 벌여놓고 그 위에 상토부터 가득 담았더라. 그리고 해바라기씨를 엄지와 검지로 집어 모종판 구멍에 적지도 많지도 않게 딱 하나씩만 놓았더라.

쪼그리고 앉아 쪼맨한 씨에 집중하여 옮기고 있자니, 이만저만 힘든 게 아닌지라. 허리도 아프고 다리도 당기고 눈도 흐릿하여, 자꾸 씨를 한 구멍에 두 개도 넣고 세 개도 넣고 또 어떤 구멍은 아예 건너뛰니, 도시소설가 일하는 모양새가 이렇게 한심터라.

그래도 처음부터 다시 마음을 고쳐 잡고, 딱딱 구멍 하나에 씨 하나씩만 챙겨 넣으려 애쓰는구나. 물을 듬뿍 주고 천으로 덮어두니, 참새떼가 짹짹 짹짹짹 날아들어 해바라기씨를 쏙쏙 빼먹는 것을 막기 위함이더라.

이러구러 2주가 지나니, 농부과학자 해바라기를 옮겨 심자 하더라. 도시소설가 생각하되, 오늘이야말로 호미로 땅을 파고 씨를 심으면 되겠다 여겼는디, 농부과학자 모종판을 옮기는 대신 이륜 손수레를 끌고 나무 아래로 가더라. 삽으로 파고 갈퀴로 끌어모으니, 이것이 풀이나 낙엽 따위가 썩어서 된 흙, 곧 부엽토란 것이더라.

부엽토를 한 움큼 집어 코에 대니 그 냄새가 참으로 구수한지라. 농부과학자 일찍이 말하기를 좋은 흙은 맛도 좋고 나쁜 흙은 맛도 나쁘다 하는구나. 부엽토를 혀끝에 살짝 대니 과연 그 맛이 그윽하고 좋더라.

부엽토를 두 수레나 가득 담아 옮겨 붓고, 상토를 또 따로 마련한 뒤에야, 해바라기 심을 땅을 쇠스랑으로 콱콱 찍어 파 뒤집기 시작하더라. 농부과학자 힘주어 쇠스랑을 놀리는 동안, 도시소설가 풀뿌리들을 찾아 솎아내기 시작하니, 요 질기고 긴 뿌리들을 제거하지 않으면 어느새 풀로 덮여 어린 해바라기를 시들시들 죽게 만들기 때문인 것이었다.

풀뿌리를 품에 가득 모아 버린 뒤, 갈퀴로 쓱싹쓱싹 흙을 고르고, 그 위에 부엽토를 두툼하니 깔고, 다시 그 위에 논에 쓰는 상토와 밭에 쓰는 상토를 반반 섞어 얹은 다음 갈퀴로 쓱싹쓱싹 펴준 뒤, 비로소 모종판에서 한 뼘이나 자란 해바라기들을 옮겨 나르는구나.

호미마저 놓아두고 양손으로 흙을 파서 해바라기를 하나씩 심기 시작하는디, 햇볕 받고 단비 맞아 쑥쑥 자랄 것을 예상하여 전후좌우 15센티미터씩은 간격을 두고 심기 시작하는구나. 너무 빽빽하게 심으면 해바라기끼리 경쟁하여 제대로 자라지 못한다니, 코로나 시대에 사람들이 지키기 시작한 거리두기를 해바라기는 물론이고 논과 밭에서 자라는 작물 모두 일찍부터 지켰던 것이라. 요것이 바로 농부의 지혜로다.

해바라기를 몽땅 심은 뒤엔 물조리개에 물을 가득 담아 와선 뿌리는데, 해바라기 어린 뿌리 상하지 않게 해바라기와 해바라기 사이 흙부터 천천히 정성껏 물을 뿌리는 것이 중요하더라.

햇살 조금 약해지는 오후 다섯 시부터 심기 시작했거늘. 이렇듯 흙부터 제대로 만들고 풀뿌리들 제거한 다음 하나하나 심으니 어느새 해가 뉘엿뉘엿 지는구나. 올여름 이 마당엔 노란 해바라기꽃이 햇님을 따라 돌며, 섬진강 들녘을 찾는 이들을 반겨 맞으리니, 이 아니 좋을쏘냐. 지화자, 좋은 시절이로다.

과학하라 상상하라

6월 9일

다큐멘터리 〈카우스피라시〉와 〈씨스피라시〉를 연이어 봤다.

4년 남짓 서대문자연사박물관을 목요일마다 오가며 과학 강연을 들었던 적이 있다. 신선한 충격을 거듭 받은 저녁이었다. 시간과 공간의 스케일을, 그때까지 내가 해왔던 것보다 훨씬 크게 잡아 궁리하는 과정이 특히 흥미로웠다.

개인이나 마을이나 국가 차원이 아니라 지구라는 행성 혹은 더 확장해서 태양계나 우주를 두고 문제를 풀거나, 하루나 1년이나 한 세대(30년)나 한 사람의 일생(100년을 넘지 않는)이나 한 나라(길어도 1000년을 넘지 않는)의 건국부터 망국에 그치지 않고, 때로는 만 년 혹은 백만 년 혹은 천만 년 단위로 지구에서 펼쳐진 사건들을 조망하기도 했다.

두 다큐멘터리의 공통점은 지구 전체를 놓고 문제를 살핀다는 것이며, 그 변화를 짧게는 10년 단위로도 살피지만 백 년 혹은 천 년 혹은 만 년까지 고려한다. 거론하는 돈이 억 단위는 보통이며 조 단위로 넘어가고, 죽어 나가는 소의 숫자나 수중생물의 숫자도 그와 마찬가지다. 시간과 공간의 스케일이 너무 크고, 거론하는 숫자의 단위가 친숙하지 않기 때문에 어렵게 느껴질 수도 있다.

다큐멘터리들을 보며 '빅히스토리'를 떠올렸다. 이 개념도 서대문자연사박물관에서 배운 것이다. 두 다큐멘터리를 만든 이들이 똑같이 주장하는 것은 공장식 축산이나 저인망 그물을 사용하는 어업이 지속되면, 여섯 번째 대멸종을 막을 수 없다는 것이다.

대멸종으로 가는 흐름을 어떻게 하면 돌려놓을 수 있을까. 그것은 특정 지역, 특정 회사, 특정 국가의 문제가 아니라 지구 전체의 문제다. 공생 아니면 공멸. 그 흐름에서 나만, 우리 가족만, 우리 마을만, 우리나라만 빠져나올 방법은 없다.

지구가 어떻게 병들어가고 있는가를 이 다큐멘터리들을 보며 느끼고 생각하면 좋겠다. 해결책은 다양할 수 있겠으나, 대멸종으로 가는 흐름은 이미 만들어졌으니 특단의 조처가 필요하다.

만들어진 흙

6월 10일

다큐멘터리 〈물의 기억〉을 본 적이 있다. 퇴임 후 김해로 내려온 노무현 대통령이 논농사를 짓는 모습과 벼의 한해살이를 절묘하게 연결한 작품이다. 논에 사는 곤충과 작은 동물의 생태를 꼼꼼하게 담은 솜씨가 남달랐다. 벼를 키우는 물은 어디서 와서 얼마나 논에 머물다가 어디로 가는가. 그 물이 지닌 다양한 성분과 움직임에 대한 고찰 역시 흥미로웠다.

물의 기억을 보다가 흙의 기억으로까지 마음이 흘렀다. 흙은 탄생이기도 했고 소멸이기도 했다. 흙으로 만든 인간이 곧 아담이며, 무릇 생명을 지닌 존재는 죽어 한 줌 흙으로 돌아간다고들 하지 않는가.

봄은 씨앗이든 모종이든 심는 계절이다. 수경재배 즉 물에 심는 경우도 있지만 대부분의 작물은 흙에 심는다. 씨앗이 흙을 만나는 순간부터 농사가 시작된다고 여기기 쉽지만, 탄생 그리고 소멸의 기억은 이미 흙에 담겼다.

벼를 키우려면 논이 논답게 되도록 흙을 만들어야 한다는 이야기를, 육종가(育種家) 진중현 교수님으로부터 들은 적이 있다. 최소한 4년은 걸린다고 했다. 흙을 만든다는 것은 무슨 뜻일까. 작물이 탄생하고 자라고 죽는 과정을 반복할 필요가 있다는 것이다. 살고 죽은 결과물이 뒤섞이지 않고는 작물을 기르는 흙이 될 수 없다.

흙마다 색이 다르고 냄새가 다르고 맛이 다르고 소리가 다르고 감촉이 다르다. 어떤 생물들이 어떻게 얼마나 살다가 왜 죽었는가에 따라 제각각인 셈이다. '똑같은 흙은 없다'는 문장도 여기서 나왔다.

해바라기 모종을 마당에 마저 심고, 바질도 텃밭에 세 이랑 심었다. 호미 들고 허리 숙여 모종을 심는 것보다 힘든 일이 작물에 알맞는 흙을 만드는 것이다.

이 대표가 부엽토의 양과 상토의 종류 그리고 해바라기와 바질에게 적당한 장소를 물색하여 척척 준비했기에, 나는 안심하고 흙을 옮기거나 모종을 심거나 풀뿌리를 골라 걷어냈다. 해바라기를 위한 흙과 바질을 위한 흙을 어디에 얼마나 어떻게 둘 것인가 하는 계획이 초보 농사꾼에겐 없고 농부과학자에겐 있었던 것이다. 요단강보다 넓은 차이다.

평생 농부로 살았던 노인이 죽음이 임박하자 밭 가운데 구덩이를 파고 들어가 죽으려 했다는 이야기를 어느 책에서 읽었다. 어차피 썩을 육신이라면, 묘지가 아니라 내가 가꾼 밭에 묻혀 흙으로 돌아가고 싶었던 것이다. 자연스럽고 아름다운 마무리가 아닐 수 없다.

비 내리기 전 서둘러 해바라기와 바질을 심고 나니 어둠이 찾아들었다. 오늘 심은 모종들이 비에 젖은 흙과 밤새 만나 새로운 삶을 시작할 것이다. 송찬호 시인은 '물은 사각형의 기억을 가지고 있다'고 적었다. 내가 쥔 흙이 가진 기억의 끝은 무엇일까. 엉뚱한 상상이지만, 아담을 빚은 흙 역시 탄생과 소멸이 켜켜이 쌓인 흙이 아니었을까. 선악과가 열린다는 나무를 키워낸 흙의 성분도 궁금했다.

곡성엔 흙으로 옹기를 빚던 골짜기가 여럿이다. 농사에 어울리는 흙이 있듯이 그릇을 빚기에 좋은 흙도 따로 있다. 옹기촌을 세우고 가마를 만드는 가장 중요한 조건이 바로 흙이다. 옹기용 흙 역시, 논과 밭의 흙과는 다르겠지만 탄생과 소멸의 결과물이다.

흙의 기억을 기록하고 싶은 욕심이 생겼다.

멀리서 울 제

6월 11일

어둠이 깃들자 개구리들이 더 많이 운다. 창을 닫아도 울음이 밀고 들어온다. 창을 열고 고개를 내밀어 빛 한 줌 없는 들녘을 본다. 모내기를 위해 물을 댄 논에 개구리들이 먼저 뛰어든 모양이다.

40분을 채우지 못하고 논으로 향한다. 논두렁에 들어서자마자 개구리들이 눈에 들어온다. 한두 마리가 아니다. 다가가도 멀리 달아나지 않는다. 풀쩍 뛰면서도 울고 붙잡혀서도 운다.

이 울음을 그칠 방법을 나는 모른다. 여름밤 개구리 울음을 사라지게 만드는 것 역시 기적이겠다. 개구리들을 잡는 걸 포기한 채 논두렁에 앉는다. 울음이 안개처럼 다가와선 내 몸을 감싸는 기분이 든다.

오늘은 그만 쓰고, 한 시간쯤 울음에 취하기로 한다. 어쩌면 두 시간 혹은 세 시간일지도 모르겠다. 묘한 건 가까이에서 들리는 울음소리보다도 멀리서 들리는 울음소리가 더 또렷하다는 것이다. 가까이에서는 흐려지고 멀리서는 분명하다. 내 울음도 그럴까.

엄지와 검지의 일

6월 13일

6월 들어 세 번째 손 모내기다. 세종대 진중현 교수팀이 새롭게 설계한 연구용 논은 1,100평이 넘었다. 옆 논에선 모를 서너 개씩 심었지만, 오늘은 한 번에 하나씩 못줄에 표시된 곳을 찾아야 했다. 모가 자라지 않으면 연구자가 나중에 그 자리를 일일이 확인하여 다시 심는다는 것이다. 두 번 고생하지 않으려면 장소도 정확하고 심는 길이도 일정할 필요가 있다.

그런데 그것이 생각처럼 간단하지 않다. 오늘만 해도 서른 개 품종을 심었는데 색깔과 길이가 제각각이었다. 모를 쥐는 힘과 꽂는 힘이 일정하더라도, 품종이 달라지면 모가 꽂힌 꼴이 같지 않다. 게다가 논흙이 뭉쳐 튀어나온 곳과 농부가 밟고 지나가는 바람에 움푹 팬 곳까지 있으니, 논바닥을 살펴 흙을 누르거나 메운 뒤 모를 심어야 했다.

손가락 열 개로 컴퓨터 키보드를 두드려 소설을 쓰면서부터는 엄지와 검지만으로 두세 시간 집중하는 경우가 드물었다. 가끔 펜을 쥐고 끼적이기라도 하면 예전의 내 필체가 아니라서 당황스러웠다.

오늘 모를 심노라니, 모를 쥐고 논바닥에 글을 쓰는 기분이었다.

긴 소설은 아니고 한 줄로 완성되는 하이쿠 같다고나 할까. 백 개를 심으면 백 개가 다 다른데, 옆에 선 사람이 심은 것과 비교하면, 내가 심은 모들끼리 엇비슷한 구석이 또 있었다.

손 모내기를 마친 뒤 집필실로 올라가선 한 시간쯤 낮잠을 자다가 시끄러워 깼다. 논에 든 모들을 환영이라도 하듯 소나기가 쏟아지는 중이었다. 오후엔 개들을 산책시키고 싶었는데 비 때문에 기회를 놓쳤다. 미안한 마음.

기몽

6월 15일

꿈을 꿨다.

T 교수를 만나러 가는 길이었다. 그는 버드나무 늘어진 가지를 당겨 쥐곤 강을 바라보며 서 있었다. 정년퇴임을 하고 5년이 지났지만 등은 곧고 어깨는 단단했다. 청년이라 해도 믿을 정도였다.

그가 나뭇가지를 놓고 강 쪽으로 서너 걸음 들어갔다. 다리와 허리와 어깨가 사라지더니 머리까지 보이지 않았다. 나는 달려가선 T 교수가 쥐었던 나뭇가지를 붙잡곤 뛰어내렸다. T 교수가 서 있으리라 여긴 곳은 땅이 아니라 물이었다.

악취와 함께 오물이 덮였고 발이 닿지 않을 만큼 깊었다. 가라앉던 몸이 딱 한 번 떠올랐다, 개구리처럼 두 눈만 수면 위로 나왔을 때 T 교수를 보았다. 내가 예상한 곳보다 20미터는 더 아래쪽에 선 채 당황한 얼굴로 나를 보고 있었다. 나를 본 것이라 믿고 싶었다. 내가 물에 빠지는 소리가 났을 테고 또 나를 기다리고 있었으니까.

양손과 양발을 휘저을수록 몸이 더 가라앉았다. 나는 팔을 하늘로 뻗었고 깃발처럼 흔들었다. 끝인가 싶었을 때 물이 먼저 움직였다. 그 물을 따라 내 몸도 흐르기 시작했다. 고여 썩지 않고 흐른 것은 다행이지만, 물살이 거칠고 빨라 빠져나오기 어려웠다. T 교수로부터도 점점 더 멀어졌다.

그리고 기억 대부분이 사라졌다.

카페에 마주 앉은 T 교수는 나를 구했을 때 악취가 정말 지독했다고 했다. 자기 집으로 데려가 샤워를 시켰지만, 사나흘은 시체 썩는 것과 비슷한 냄새가 날 테니 부지런히 씻으라고도 덧붙였다. 나는 가슴과 목이 얻어맞은 듯 아프다고 했고, T 교수는 내 멱살을 쥔 채 헤엄을 쳤다며 아무렇지도 않게 받았다.

나는 우리가 왜 이 낯선 카페에 앉았느냐고 물었다. 그와 내가 섰던 버드나무로부터 족히 20킬로미터는 떨어진 곳이었다. 내가 여기까지 흘러왔느냐고 고쳐 묻자, T 교수는 정말 기억나는 게 없느냐고 되물었다. 나는 없다고 답했다. 내 얼굴을 빤히 쳐다보았다. 여기로 데려다주지 않으면 강으로 다시 뛰어들겠다고 내가 위협을 했다는 것이다.

나는 강으로 뛰어든 적이 처음부터 없으므로, 땅이라 여기고 달려갔을 뿐이므로, 다시 강으로 뛰어들겠다고 위협했다는 것은 거짓말이라고 따졌다. 그러자 T 교수의 얼굴이 거대한 똥덩어리로 바뀌었고, 몸 전체가 산산이 찢기며 악취가 뿜어나왔다. 나는 숨이 막혀왔다. 여전히 그 물속이었다. 마지막 숨이라고 여기는 순간, 꿈에서 깼다.

새벽 4시 30분에 적다.

환영합니다, 어린 농사꾼

6월 17일

지금까진 학생들이 미실란 논으로 와서 모내기부터 추수까지 체험을 했다. 여기에 더하여 올해부터는 초등학교에서 벼를 키우는 일을 돕기로 했다.

광주 신용초등학교 생태동아리의 요청을 받고 이 대표와 남 이사가 다녀왔다. 어린이들과 함께 평화 통일을 염원하는 통일 모내기를 한 것이다. 고무물통 다섯 개에 심은 품종은 홍진주, 녹미, 서시1호, 세종찰벼 그리고 평안북도 용천이다.

모와 상토와 거름은 제공하지만, 벼를 키우는 일은 동아리 어린이들의 몫이다. 어린이들이 일 년 동안 벼농사를 어떻게 지을지, 또 지으면서 무엇을 생각하고 느낄지 기대된다.

사랑한다면 낯선 사람

6월 18일

테리 이글턴의 『인생의 의미』를 완독했다. 사랑에 대한 설명이 인상적이다. 원수를 사랑하라, 이웃을 사랑하라, 이방인을 사랑하라는 『성경』 구절과 비교하며 곱씹을 필요가 있겠다.

> 사랑하라는 명령은 순수하게 비인격적이다. 그것의 원형은 우리가 욕망하거나 존경하는 사람이 아니라 낯선 사람을 사랑하는 것이다. 그것은 마음의 상태가 아니라 실천 또는 삶의 방식이다. 그것은 온정이나 개인적 친밀함과는 아무런 관련이 없다.
>
> — 테리 이글턴, 『인생의 의미』

치치의 비밀

6월 20일

영장류학자 김산하 선생에 의하면, '동물'이란 개념에는 서식지까지 포함된다. 다시 말해 어떤 동물을 보호하려면 그 동물의 서식지까지 지켜야 하는 것이다.

도담이와 큰품이의 서식지는 내가 겨울부터 출입한 집필실 마당에 국한되지 않는다. 특히 도담이는 아침에 잠깐 얼굴을 내밀었다가 해 질 무렵까지 보이지 않는 날이 많았다.

자전거를 타고 섬진강을 따라 달리노라면 풀숲에 웅크린 도담이를 문득 발견했다. 들녘을 걷다가 논두렁에서 마주친 적도 있었다. 그때 녀석은 앞마당에서처럼 먼저 다가와서 내 발에 등을 비비는 대신, 몸을 한껏 낮춘 채 무시하거나 더 먼 곳으로 달아났다.

못 보던 어린 고양이가 분홍 낮달맞이꽃 아래에서 얼굴을 내밀었다. 처음엔 치치인 줄 알았다. 그런데 곧 덩치와 무늬가 비슷한 고양이가 한 마리 더 나와선 장난을 치며 놀았다. 그리고 그 뒤에선 도담이와 암고양이가 서로 핥으며 그들을 따듯하게 쳐다보았다.

치치가 점점 자라면서 도담이를 빼닮은 바람에 의심은 했는데, 모든 것이 명확해졌다. 치치는 도담이와 암고양이 사이에서 태어났다. 4월 말 앞마당에서 도담이가 제 새끼를 입에 물고 보금자리를 옮기는 중이었는데, 사람들이 다가오자 놀라 달아난 것이다.

도담이가 사냥을 무척 즐긴다고만 여겼지, 아빠 고양이가 되리라고 예상을 하지 않은 내 잘못이 컸다. 이제는 이 대표네 집고양이가 된 치치를 마당에 데리고 와도, 도담이가 경계하며 내쫓으려고만 들었다. 부녀의 정을 끊어놓은 것 같아 미안했다.

도담이가 앞마당으로 돌아오면 몸부터 찬찬히 살핀다. 걸음은 제대로 걷는지, 찢기거나 물린 상처는 없는지. 쥐나 새를 물어와도 타박하지 않는다. 강과 들에서 하루를 사느라 애썼다고, 맘에 드는 자리에서 편히 쉬라고 권한다.

녀석은 당장이라도 지친 몸을 뉠 것처럼 굴다가, 내가 원고를 꺼내자 또 책상으로 재빨리 올라앉는다. 원고를 슬그머니 녀석에게 밀어두곤 초여름 들녘을 본다. 모내기를 마친 논이 온통 초록빛이다. 내 문장도 저러했으면.

하염없이 걷고 원 없이 쓸 때

6월 21일

섬진강은 내가 추측한 것보다 훨씬 길다. 긴 만큼 여러 마을을 구불구불 어루만지며 흐른다. 전라북도 진안군 백운면 데미샘에서 시작하여 임실군 옥정호를 지나 순창군 적성면에서 오수천을 만나고 남원시 금지면에서 요천과 합류하여 곡성군으로 흘러내리다가, 곡성군 오곡면 압록에서 대황강과 합쳐 구례군을 거쳐 하동군을 지나 광양시 광양만 바다에 이른다.

늦어도 가을까지 곡성 구례 하동 광양으로 걸어서 내려갈 계획을 짜다가, 곡성 남원 순창 임실 진안으로 올라가는 여정이 더 멀고 훨씬 험하겠다는 생각이 들었다.

10년 남짓 제주도를 쏘다녔듯이, 이제 섬진강에 기대어 사는 이들의 표정과 자세를 살필 때인가. 하염없이 읽고 원 없이 쓰고 싶었는데, 이젠 하염없이 걷고 원 없이 쓰고 싶다.

백범영 선생 같은 화가들이 곳곳에 머물며 펜과 붓으로 그림을 그린다면, 나는 그냥 수첩 한 권에 내 문장으로 끼적대는 여행이면 족하다.

연잎 아래 우주

6월 22일

연잎들이 둠벙을 덮었다. 아무리 강한 햇빛도 연잎을 뚫고 들어가진 못한다. 미꾸라지가 엄청나게 많다 하고, 뱀도 몇 마리 있다 하고, 개구리들이 거의 매일 오간다 한다. 거머리와 모기 유충인 장구벌레가 그득할 것이라는 주장도 나왔다. 잎과 잎 사이 틈이 생길 때도 있지만, 보일 듯 말 듯 헛갈리기만 한다.

산책 삼아 둠벙을 돌다 보면 저 연들을 꺼내고 물속을 들여다보고도 싶다. 연만 없으면 둠벙에서 사는 생물들을 전부 알게 될까. 연은 핑계의 시작일 뿐이다. 연을 없애고 나면, 둠벙의 물이 너무 탁하다는 불평이 제기될 것이다.

6월의 궁금함을 11월까지 끌고 갈 수는 없을까. 가을이 기울고 초겨울 바람이 불면 연잎은 모두 시들 것이다. 그땐 연잎을 힘겹게 제거할 필요도 없이, 6월에 하고 싶었던 그 일을 할 수 있다. 미리 살펴야 하는 일도 있고, 잊지는 않되 기다려야 하는 일도 있다. 둠벙의 연잎은 후자다.

쟁투

6월 23일

피사리를 했다.

초벌매기 때 제대로 피를 걷지 않으면 그 뒤론 감당하기 어렵다. 구름이 잔뜩 몰려와서 비를 뿌릴 기세였다. 몽실이, 밥순이, 봉구를 차례차례 들녘으로 데리고 나가 산책을 시킨 뒤 논으로 향했다.

오늘 피사리할 논은 기존 미실란 논 400평이 아니라 진중현 교수님과 함께 조성한 논 1,100평이다. 논물이 얕은 곳에선 피가 벌써 모만큼 자라 있었다. 하나하나 뽑는 걸 원칙으로 하되, 피가 너무 많은 곳은 손가락으로 흙을 긁어모았다.

고요가 찾아들었다. 어제부터 읽던 녹색사상가 김종철 선생의 칼럼집 몇 대목을 떠올렸다가 그마저 사라졌다. 피사리하는 나, 피사리하며 모와 피를 구별하는 데만 집중하는 나.

허리를 펴는 횟수만큼 작업이 느려졌다. 빠르기에 연연하지 않고 피를 최대한 많이 걷기 위해 집중했다. 넘어가던 해가 논물에 비쳤다. 피와 모의 싸움이 시작된 장소지만, 그 순간엔 평화롭다는 생각이 들었다.

4시 반부터 시작한 작업이 7시 반을 넘겨 끝났다. 하루 혹은 이

틀만 더 하면 초벌매기는 끝날 듯하다. 초벌매기를 마친 논은 초벌 구이를 마친 사발과 같으려나.

'카페 우리집'에서 쌍화차를 마신 뒤 숙소로 왔다.

풀이든 사람이든

6월 24일

풀을 뽑았다. 많아도 너무 많았다. 쳐다만 봐도 징글징글했다. 미실란 생산팀 직원 전부가 작업을 멈추고 풀을 뽑기 위해 정원으로 나왔다. 정원은 넓고 뽑을 풀은 많다고나 할까.

나는 집필실 앞 국화 정원을 맡았다. 2주 전에도 대충 걷어냈지만, 인해전술을 시작한 군인들처럼 풀들이 몰려들어 국화보다도 높이 자랐다. 지난주에 내가 남해안 항구들을 유람하는 동안, 풀들은 쏟아진 비를 맞으며 정원을 뒤덮은 것이다. 남 이사가 정원을 보며 한마디 했다.

"키우려고 정성을 쏟는 녀석들은 안 자라고, 방치한 녀석들만 쑥쑥 크네요."

풀들이 국화 뿌리에 거의 붙어 돋아나는 바람에 호미로도 파내기 어려웠다. 잡풀이라 여기고 뽑은 것이 제법 비싼 화초라서 다시 심은 적도 있었다. 국화가 아니면 모두 뽑겠다는 처음의 원칙이 흔들렸다. 일단 뽑았다가 다시 한구석에 묻어뒀다.

어제는 피와 모가 헷갈리더니 오늘은 잡풀과 화초를 가려내지 못하는구나. 아는 만큼 보이고 아는 만큼 뽑는다. 피든 풀이든 사람이든.

저녁엔 독자와의 대화를 위해 샤워하고 작업복 대신 하얀 셔츠로 바꿔 입고 순천 동네책방 '서성이다'에 갔다. 농부였다가 작가인 척하는 것인지, 농부인 척하다가 작가로 돌아간 것인지, 아니면 둘 다 척하는 것인지, 헛갈렸다.

헛갈리는 것이 많아서, 아직 소설을 쓰고 앉았는지도 모르겠다.

정역에 기대어

6월 25일

5월 중순부터 한달 반 남짓 최형국 선생이 완역한 『정조, 무예와 통하다』를 천천히 읽었다. 그동안에도 조선시대 무예를 소설에 녹일 때는 최 선생의 논저를 많이 참조했다.

2000년 즈음 '백탑파' 시리즈를 준비하며, 이덕무와 박제가와 백동수 그리고 정조를 중요한 등장인물로 정한 뒤 『무예도보통지』를 들여다봤다. 백동수를 따라서 몇몇 자세를 인용도 하고 장면에도 담았지만 빈구석이 느껴져 아쉬웠다.

이제 무예를 닦으면서 연구하는 이의 정역본이 나왔으니, 나뿐만 아니라 조선 후기 무인을 등장시키려는 작가들에겐 든든한 뒷배가 생긴 셈이다.

'백탑파' 시리즈 다음 편을 쓸 때는 물론이고 혹시 기회가 생겨 이 시리즈를 다시 손볼 날이 있다면, 최 선생의 정역에 기대어 더 멀리 더 정확하게 상상하고 싶다.

책읽수다

6월 26일

끝날 때까지 끝난 것이 아니다.

아침엔 손 모내기를 했다. 연구용 논 1,100평을 완전히 마쳤다고 여겼는데, 밤나무 아래 그러니까 가장자리 일부를 진중현 연구팀이 모를 심지 않고 비워둔 것이다. 농부가 빈 논을 놔둘 수 없다는 듯, 이 대표가 남은 모판을 새벽부터 꺼내왔다. 강남순 선생의 책 『용서에 대하여』를 점심 먹을 때까지 100쪽쯤 읽고 싶었으나, 결국 작업복으로 갈아입고 논으로 향했다.

모내기를 마치고 씻고 나니 오전 11시 30분이었다. 인천 늘푸른어린이도서관 독서동아리 '책읽수다' 회원 여덟 명과 점심을 먹었다. 새벽 6시 반에 차 두 대에 나눠 타고 인천을 출발했다고 한다.

올해 그들은 '백탑파' 시리즈와 『아름다움은 지키는 것이다』 『이토록 고고한 연예』 그리고 『당신이 어떻게 내게로 왔을까』까지 모여 읽었다. 식사 후 정원과 텃밭과 논과 개, 고양이, 닭, 공작, 토끼 등을 소개하고 나니 오후 1시였다. 다음에는 미실란 나무들까지 더 상세히 설명해야겠다.

오후 1시부터 작가와의 대화를 시작했다. 간단히 여는 말을 한 뒤 질의응답을 이어갔다. 나는 집필실 이름이 왜 '달문의 마음'인가에서부터 이야기를 풀어나갔다. 백탑파의 우정론과 달문의 우정론 그리고 가난한 소농들의 우정과 환대의 방식을, 예수가 주장한 더 깊은 사랑과 연관하여 설명했다. PPT 없이, 반년 동안 곡성에서 고민한 것들을 달문에 얹어 이야기하는 자리였다.

독자와의 대화를 마치고 나선, 『용서에 대하여』를 읽으며 한 시간이라도 쉬려 했다. 그러나 아직 할 일이 남아 있었다. 미실란 대문 밖 도로변에 땅을 고르고 해바라기를 심었다. 이미 해바라기를 세 군데나 나눠 심었는데도 모종판이 다섯 개나 남은 것이다. 모종판에서 껑충 자란 해바라기는 옮겨 심지 않으면 말라죽을 처지였다.

책읽수다 회원들까지 합류하여 해바라기를 심었다. 지금까진 트럭이나 자가용들이 멋대로 주차된 자리였는데, 이제 해바라기를 심었으니 그런 일은 없을 듯하다. 늦어도 8월엔 대문 입구가 노란 해바라기꽃들로 한들거리겠구나.

오늘은 결국 글 한 줄 읽지 못하고 하루가 갔다. 모와 해바라기와 내 책을 읽은 독자들의 감상평들을 내가 읽을 글과 바꿨달까. 다음 주에 또 모를 논에 심을 수도 있고 해바라기를 도로변에 심을 수도 있다. 이제 끝이라고 속단하지 말아야겠다.

농사에 끝이 어디 있으랴. 논과 밭과 정원, 나고 자라고 병들고 죽는 흐름에 몸과 맘을 맡길 뿐이다.

마음이 착한 사람에게만

6월 27일

논으로 사람들을 이끈 뒤 내가 말했다.

"마음이 착한 사람에게만 긴꼬리투구새우가 보일 거예요."

사람들이 열심히 논을 내려다보며, 자기가 발견한 생물들을 말한다.

"저건 올챙이."

"아, 우렁이네."

"소금쟁이."

"거머리닷!"

"풍년새우. 정말 몸이 초록색이네."

"개구리가 정말 작네. 청개구리죠?"

그리고 잠시 침묵한다. 마음이 착하지 않아서일까? 질문을 스스로에게 던지는 중이다. 그때 이 대표가 갑자기 오른팔을 들어 예언자처럼 가리키며 외친다.

"긴꼬리투구새우! 저겁니다."

다들 몰려와서 이 대표의 검지가 가리키는 논물 속 흐린 흙을 쳐다본다. 거기 정말 긴꼬리투구새우가 있다. 그들은 안도의 한숨을 쉰다. 마음이 착한 사람이란 것이 증명된 셈이다.

플라타너스 아래로 사람들을 이끌곤 내가 말한다.

"마음이 착한 사람에게만 솔부엉이가 보일 거예요."

사람들은 고개를 한껏 들고 나무가지들을 쳐다본다. 바람이 불어 잎이 흔들릴 때마다 자꾸 거기 어디쯤 솔부엉이가 앉아 있는 것만 같다. 그러나 거기 있는 새는 솔부엉이가 아니다.

"참새네."

"꿩이었어."

"까마귀."

결국 솔부엉이를 보진 못한다. 나는 덧붙인다. 오늘 아침에도 솔부엉이를 봤는데, 왜 지금은 안 보이는지 모르겠다고. 사람들의 마음이 착하지 않아서라곤 지적하지 않았지만, 다들 또 속으로 그 생각을 하는 듯 아쉽고 굳은 표정이다.

논으로 간 사람들 마음이나 나무 아래에 모인 사람들 마음에 따라 긴꼬리투구새우나 솔부엉이가 보이고 안 보이는 것이 아니다. 오히려 긴꼬리투구새우의 마음이나 솔부엉이의 마음에 따라, 사람들에게 자신들을 보여주고 싶을 때 보여주고 숨고 싶을 때 숨는 것이다.

이치가 이러하지만, 나는 자꾸 마음이 착하면 긴꼬리투구새우나 솔부엉이를 볼 수 있다고 말한다. 사람들 마음이 착해야 긴꼬리투구새우나 솔부엉이를 살릴 수 있기 때문이다. 제초제를 치는 논엔 긴꼬리투구새우가 살지 못하고, 이런저런 이유로 나무를 베면 솔부엉이도 둥지를 잃는다.

마음이 착하더라도 긴꼬리투구새우나 솔부엉이를 오늘은 보지 못할 수 있지만, 마음이 착해야 내일 혹은 내년 혹은 내 아들과 딸 세대가 긴꼬리투구새우와 솔부엉이를 볼 수 있다.

그러니 당분간 나는 자꾸 헛말을 하려 한다. 마음이 착한 사람만이 긴꼬리투구새우나 솔부엉이를 볼 수 있다고. 논과 나뭇가지를 두 눈 크게 뜨고 살피곤, 그다음엔 자신의 마음을 들여다보라고.

밑 빠진 독에 시간 붓기

6월 28일

7월 1일부터 장편 집필에 다시 들어간다. 농사를 짓느라 한 달 반 소설을 쓰지 않았다. 오늘부터 사흘 동안 몸과 맘을 다잡으려 한다. 초봄부터 쓴 초고 천이백 매는 버리기로 했다. 구체적인 준비를 3년 넘게 해왔지만, 그래서인지 낡은 틀에 갇힌 듯하다. 내가 염두에 둔 제목을 감당하려면, 이야기의 품이 더 넓고 더 깊고 등장인물의 몸짓과 생각이 더 날카로워야 한다.

그걸 왜 이제야 깨달았느냐고 물을 수도 있겠다. 구상부터 초고를 쓰는 동안에도 계속 이게 최선이냐는 질문을 스스로 던지지만, 필연을 가장한 우연이 겹치면서 뒤늦게 약점이나 한계나 더 나은 이야기를 깨닫기도 한다. 그런 것이 인생이고 또한 장편이다.

한 달 반 들녘의 변화를 바라볼 때마다 『대소설의 시대』 주인공 임두 생각이 많이 났다. 쓰다가 균열이 오면 어찌하는가. 틈을 메우며 나아갈 수도 있지만, 할 수만 있다면 늦기 전에 버리고 처음부터 다시 시작하는 편이 낫다. 그렇다고 올해 초봄의 그 처음은 아니다. 실패로 굳은 땅을 호미로 파는 셈이니까. 썩을 건 썩고 자랄 건 자라고 꽃 필 건 피기를. 두렵고 설렌다.

소리북도 제각각

6월 30일

어제 용석을 따라 연습용 소리북을 사러 창덕궁 앞으로 갔다. 국악기를 파는 악기사들이 모여 있었다. 인터넷으로 사는 것이 편하지만, 북마다 소리가 다르다며 직접 쳐본 뒤 듣고 정하는 것이 낫겠다고 했다.

어떤 북이 좋은 북이냐고 물었더니 이런 답이 돌아왔다.

"소리꾼의 목소리와 부딪치지 않는 소리가 좋겠죠. 낮고 단단한 그러면서도 편안하게 소리꾼의 목소리를 감싸는 소리!"

정말 북소리는 제각각이다. 높고 튀는 소리부터 걸러내니, 자연스럽게 북 하나가 남았다.

소리북을 산 이유는 세 가지다. 북 장단을 몸에 익히면 판소리 사설을 지을 때 더욱 다채롭게 단어와 문장을 구사할 것 같다. 둘째는 용석을 비롯한 소리꾼들의 소리를 깊이 듣기 위해서다. 서툴지만 북 장단이라도 조금 맞출 수 있으면, 수십 년 갈고닦은 소리를 가까이에서 접할 기회가 생길 것이다. 마지막으로 집필실에서 혼자 있을 때 종종 북을 치면서 내 몸과 맘을 흔들기 위해서다. 정해진 장단이나 목표도 없이, 그냥 치며 온 마음과 온몸을 떨어보는 시간이겠다.

용석에게 손 장단을 배운 것이 2년도 훌쩍 지났는데, 이제야 소리북 하나 장만했다. 택시 뒷자리에 싣고 일찌감치 용산역으로 왔다. 곡성 들녘을 배경으로 두면 제법 어울리겠다.

7월

큰바람에도
흔들리지 않는 달

순서

7월 2일

관찰하고 생각한다.

출근할 때마다 이 문장을 외우다시피 하고 나서지만, 자꾸 생각한 뒤 관찰하려 든다. 솔직히 적자면, 생각만 하고 관찰은 나중으로 미룬다.

그러다가 내 앞의 나무나 새나 구름을 보고 놀란다. 미리 해둔 생각과 다른 까닭이다. 생명과학자 김성호 선생님의 관찰 일기들을 죽비처럼 다시 읽을 것.

갯벌이 아니라고 하는 자들

7월 3일

세 번째로 새만금에 가서 갯벌을 걸었다. 수라갯벌이다.

아침 7시 반에 출발하여 9시 반에 군산공항에 닿았다. 이 대표 인생에서 중요 장소들을 답사하며 훑어오고 있는데, 가끔 뜻밖의 지명이 등장한다. 새만금도 그중 하나다.

전라남도 내륙 곡성에 사는 농부가 전라북도 해안 새만금을 자주 오간다는 것부터 이상했다. 간척 후 새만금 해안의 토질을 연구하고 싶었다는 설명을 듣고도 마찬가지였다. 우리나라엔 미생물학자가 적지 않지만, 2003년부터 지금까지 새만금으로 가고 가고 또 가는 미생물학자는 드물다.

들풀에 대한 설명을 들은 적이 있다. 들풀은 들에서만 나는 풀이 아니라고, 들풀은 들에서도 나고 산에서도 나고 바다에서도 난다고. 농부이자 미생물학자이기에, 들녘에서 풀을 보듯 갯벌에서 풀을 살피는 것이라는 생각이 들었다.

논도 습지고 섬진강도 습지이듯이 새만금갯벌도 습지다. 습지를 지키고 가꾸며 보호하는 관점에서 보자면, 논과 강과 갯벌은 이어져 있다. 이어져 있어야 더 큰 상상이 가능하다.

수라갯벌은 군산공항과 붙어 있다. 이륙하고 착륙하는 비행기들이 선명하게 보였다. 새만금신공항 건설이 본격화되면 수라갯벌 전체가 사라지고 만다. 아주 멀리 갯벌 끝에서 트럭들이 바삐 오갈 때마다 흙먼지가 일었다.

갯벌로 들어서기 전에 구두를 벗고 장화를 신었다. 신발이 젖을지도 모르기 때문이다. 장화는 구두보다 걸음을 떼는 것이 두 배는 힘들다. 그래도 젖은 구두로 갯벌을 오가는 것보다는 이게 더 나으리라. 이 대표가 곁으로 와선 한마디 했다.

"꼭 저렇게 가장 먼 곳에서부터 공사를 시작합니다. 자세히 살피지 않으면 공사를 하는지도 모르죠. 그러다가 마을로 점점 다가와요. 그땐 늦죠."

스무 명 남짓한 이들이 갯벌로 내려섰다. 처음엔 갈대다. 오후부터 비가 내린다더니 바람이 거셌다. 갈대들이 한꺼번에 흔들리며 춤을 췄다. 무릎을 넘어 허리와 가슴에 이르렀다.

갈대숲을 지나니 짧고 붉은 풀들이 가득 깔렸다. 함초다. 입에 넣고 씹었다. 짜다. 함초에 담긴 염분으로 만든 것이 함초 소금이다. 요리사 임지호 선생은 함초만 있으면 간을 볼 필요가 없다고도 했다. 우리 몸에 맞는 딱 그만큼의 염분이라는 것이다. 맛을 보니 과연 그렇다. 짠맛이 돌지만 지나치지 않다.

갈대숲을 두 개 더 지나고 나니 평평한 길이 나왔다. 조개를 캐기 위해 마을 사람들이 경운기를 타고 오갔던 길이다. 수십 대의 경운기가 바다로 향하는 모습과 또 조개를 가득 싣고 마을로 돌아오는 모습이 장관이며, 함께 모여 조개를 까는 모습 역시 정겨움이 넘친다고 했다.

지금은 마을에서 갯벌로 통하는 길에 차단막과 출입금지 경고문이 생겼다. 갯벌에 기대어 수천 년을 살아온 이들도 더이상 갯벌로 나가 조개를 캘 수 없다.

함초 사이로 게 껍데기가 드문드문 보였다. 새만금 시민생태조사단 오동필 선생이 설명했다.

"멸종위기2급 흰발농게입니다. 수라갯벌에 가득하지요. 멸종위기1급 저어새도 자주 보입니다. 새만금신공항이 건설되면 이와 같은 멸종위기종들이 사라지고 맙니다. 막아야 합니다."

한 시간 반을 꼬박 걸어 들어갔지만 바다에 닿지 않았다. 장화를 신을 필요가 없었던 것이다. 한 시간을 더 들어가야 바닷물에 손을 넣을 수 있다고 했다. 그만큼 어마어마하게 넓은 갯벌이다. 갈대숲에서 간간이 새들의 알도 발견했다.

오후 1시를 넘겨 마을로 돌아와선 근처 식당에서 점심을 먹었다. 새만금갯벌에 오래 머물며 촬영을 이어온 황윤 감독과도 반갑게 인사했다.

《녹색평론》을 읽는 여름

7월 5일

《녹색평론》 2021년 7-8월호를 머리맡에 두고 읽다가 쉬다가 했다. 김종철 선생에 대한 이문재 시인과 김남일 작가의 글도 읽고, 나희덕 시인이 쓴 소로에 대한 세 번째 편지도 읽었다.

거듭 읽은 글은 한승우 선생이 쓴 '탐욕과 무지, 거짓으로 만든 새만금'이다. 어제 내가 걸은 수라갯벌이 새만금의 마지막 갯벌로 소개되었다.

한 선생에 의하면, 새만금신공항은 사업 타당성이 전혀 없으며 국제공항으로서의 기능도 기대하기 어렵다. 자연이 수천 년 혹은 수만 년 동안 만들어놓은 생태계를 인간은 불과 몇 달 혹은 몇 년 만에 부수고 지운다.

갖가지 명분을 대지만 새만금갯벌의 소멸과 맞바꿀 명분이 무엇일까. 만들고 쌓고 채우는 식으로 계속 나아가면, 갯벌도 산림도 강도 논도 남아나기 힘들다. 한 번 파괴되면 회생하기 어렵다. 안타까운 일이다.

언젠가는 멱감기

7월 7일

장선습지에서 침실습지까지 자주 섬진강을 오가도 멱을 감는 이를 본 적이 없다. 낚시꾼들은 더러 있지만, 강물에 몸을 담그는 사람은 없는 것이다. 수영을 금한다는 경고문은 열 개도 넘게 봤다. 기억을 더듬어보면, 내가 어렸을 땐 강이나 천(川)에서 멱을 감거나 빨래를 하는 이들이 적지 않았다. 헤엄치고 놀다가 불행한 사고가 터지기도 했었다.

여름엔 강을 따라 뻗은 둑방을 걷기가 쉽지 않다. 해를 가려주는 나무들이 적어서, 금방 살갗이 익고 땀이 쏟아지고 목이 말랐다. 당장이라도 강으로 뛰어들고 싶었다.

그러나 옷을 벗고 들어가기엔 마을이 가깝고, 또 시멘트 깔린 둑방 길로 자전거를 탄 사람이 한 시간에 한 명쯤은 지나다녔다. 멱을 감고 싶은 마음으로 강변까지 내려갔으되, 양손을 모아 물을 뜬 뒤 얼굴과 목덜미만 씻었다. 그래도 남는 아쉬움은 양말을 벗고 두 발을 흐르는 강물에 넣는 것으로 달랬다.

버킷리스트가 하나 늘었다. 섬진강 멱감기.

하늘이 하는 일

7월 8일

비가 계속 내리다가 그쳤다. 넓은 잎으로 장대비를 받아내던 해바라기들이 난타당한 권투선수처럼 축 처졌다. 먹구름 사이로 해가 나오니 그제야 힘을 낸다. 줄기를 세우고 잎을 펴 햇살을 한 줌이라도 더 받으려 한다.

비가 오지 않을 때는 해바라기에게 물을 주는 게 일이었는데, 그래서 햇살이 조금만 덜 뜨겁기를 바랐건만, 장마가 시작되니 1분이라도 해바라기들이 볕을 쬐었으면 싶다. 햇살과 해바라기는 한결같은데, 변하는 것은 간사한 내 마음이다.

담양공공도서관에서 이 대표가 들려준 이야기가 귓전을 맴돈다. 미생물을 농사에 활용하는 방안에 대한 답변이었다. 농사의 90퍼센트는 하늘이 하고, 7퍼센트는 농부의 땀이 하고, 3퍼센트 정도만 미생물이 한다고. 하늘이 하는 일을 미생물이든 제초제든 비료든 농기계가 한다고 설명하는 것은 거짓이라고.

미생물 박사가 하늘을 압도적으로 중요하게 여기니, 그 마음이 귀했다. 비와 구름과 햇살에 맞춰 움직이는 해바라기를 보노라니, 하늘이 농사의 90퍼센트를 한다는 말이 사실이라는 생각이 들었다.

또다시 피사리

7월 9일

저녁 6시부터 피사리를 시작했다. 아침에 빨리 해치울까 생각도 했지만, 불볕더위가 이어져 작업을 미뤘다. 『엄마의 골목』을 쓸 때 도움을 받았던 《경남신문》 이슬기 기자가 미실란을 방문했다. 점심을 먹고 태안사와 뽕뽕다리를 모처럼 둘러보았다.

이 기자를 보내고 두 시간 집중해서 집필을 하니 저녁 6시였다. 열기가 한풀 꺾인 논으로 들어갔다. 모내기 이후 지금까지 이 대표와 두 아들 재혁, 재욱이 피를 거듭 뽑아왔다. 그들의 노고 덕분에 오늘은 허리를 숙이고 피를 뽑는 시간보다 벼 사이를 걸어서 오간 시간이 더 많았다. 첫 피사리 때는 벼를 두 줄씩 살폈지만, 오늘은 세 줄이나 네 줄을 한꺼번에 보며 걸음을 뗐다.

줄이 맞지 않은 것부터 가려냈다. 색깔 있는 벼의 경우는 피를 골라내기 쉬웠다. 벼와 거의 붙다시피 한 피들은 찾기도 어렵고 뽑기도 힘들었다. 피를 찾느라 오래 살피진 못했지만 논 위로 깔리는 노을이 아름다웠다. 수면 위 우렁이 알들까지 붉은 기운을 더했다.

씻고 볶음밥 먹고 수박 나눠 먹으니 해가 져서 깜깜했다. 읽고 싶은 책이 있지만 서너 장을 넘기기 힘들 듯하다.

우리의 이야기는 능파각 아래로 흘러

7월 10일

아침에는 논 곁에서 기도하듯 소설을 썼다.

'논멍에 들지 말게 하옵시고, 오직 제가 쓰는 이 문장에만 임하소서.'

최원오 형님과 오후를 보냈다.

대학원에서 고전문학 석사와 박사과정을 함께 공부했다. 형님의 전공은 구비문학이고 나는 고전소설이다. 4년 남짓 거의 매일 만나서, 강의 듣고 스터디 하고 밥 먹고 자판기 커피 마시고 또 술 마셨다.

내가 박사과정을 수료하고 해군사관학교 교관으로 진해에 내려간 뒤, 거기서 연구자 대신 소설가가 되어 상경한 다음부터는, 가끔 어울리긴 했지만 대학원 시절만큼 친밀하진 못했다. 그 사이 형님은 광주교대에 자리를 잡았고, 나는 전업 소설가가 되었다.

2017년 6월 제주에서의 만남이 특별했다. 형님은 연구년으로 제주에 머물렀고, 나는 『그래서 그는 바다로 갔다』를 마치고 제주에 걸으러 갔었다. 그날 형님은 내게 달문에 대한 장편을 쓰라고 거듭 권했다. 사진실 선배의 유작들을 책으로 묶는 작업도 진행하고 있다고 했다. 3년 선배인 진실 누나는 달문을 비롯한 조선 후기 광대들을 발굴해 오다가 안타깝게도 2015년 세상을 떠났다.

진작부터 진실 누나의 논저들을 읽으면서 달문에 관심을 가졌는데, 원오 형님이 강력하게 권하니 마음이 움직였다. 제주에서 돌아와선 달문에 관해 그동안 모아뒀던 자료들을 다시 꺼내고 장편 준비를 본격적으로 시작했다. 그 작품이 2018년에 출간한 『이토록 고고한 연예』다. 책을 들고 형님과 함께 충북 옥천에 있는 진실 누나 묘소에도 다녀왔다.

그리고 3년이 더 지났다. 페이스북으로 간간이 소식을 주고받다가, 내가 곡성으로 집필실을 옮긴 뒤론 형님이 종종 점심을 드시려고 왔다. 그리고 오늘은 제법 길게 이야기를 나눴다.

형님이 가거도에 가서 초등학생과 중학생에게 특별수업을 한 이야기가 인상 깊었다. 목포에서 배로 4시간이나 가야 닿는 섬이다. 지도에서 찾아보니 흑산도보다도 더 멀다. 황해 서남단 끝 섬인 것이다.

거기까지 가는 이유를 물었다. 형님은 10년 뒤 정년까지 전라남도의 섬들을 다니며 아이들을 가르치고 싶다 하셨다. 섬에 관한 이야기와 생태도 살펴 기록하겠다고 덧붙였다. 오래전 목포대학교에서 섬 문화 연구원으로 근무할 때부터 섬에 사는 아이들이 눈에 밟혔다는 것이다.

형님은 뜻이 서면 행동으로 옮기는 분이다. 올 하반기나 내년 상반기에는 형님을 따라 몇몇 섬을 둘러보려 한다.

태안사 능파각으로 가서 계곡물 흐르는 소리를 들었다. 스물네 살에 형님을 처음 만났으니 30년이 훌쩍 지났다. 이야기 수집가로서의 면모는 여전하시다. 형님을 다시 가까이 뵈며, 이것저것 재미있는 일도 꾸미고, 또 이렇듯 좋은 곳에서 놀아야겠다.

흐르는 물소리가 달문의 노랫소리 같기도 하고, 진실 누나의 웃음소리 같기도 했다. 원오 형님과 둘이 아니라 진실 누나 그리고 달문까지 넷이서 계곡물에 몸도 맘도 씻는 기분이었다.

지금을 산다는 것은 죽은 자를 기억하고 태어나지 않은 자를 위하는 것이란 이야기를 어디선가 들었다.

호남과 영남의 아들

7월 14일

금곡교를 지나 섬진강을 건너면, 전라남도 곡성읍이 전라북도 남원시 금지면으로 바뀐다. 금지면 식당 '고향국수'에 콩국수가 맛있다 하여, 이 대표와 둘이서 저녁 7시에 남도에서 북도로 건너갔다.

식당이 문을 벌써 닫아 실망이 컸다. 연락을 미리 넣는 것을 깜빡 잊은 것이다. 건너편 식당에서 겨우 콩국수를 먹기는 했다. 폭염특보가 내린 하루를 읽고 쓰며 보냈으니 시원한 맛에 서둘러 그릇을 비웠다. 전라도 사나이 이 대표의 콩국수는 설탕을 넣어 달달하고, 경상도 사나이 김 작가의 콩국수는 소금을 넣어 짭조름했다.

돌아오는 길에 '김주열로'를 달리다가 묘소 앞에서 멈췄다. 1960년 3·15 부정선거에 맞서 싸우다 세상을 떠난 김주열 열사의 고향이 남원시 금지면 옹정리란 사실을 처음 알았다. 고향에서 중학교까지 졸업하고 마산상고로 진학한 것이다.

마산에서 청소년 시절을 보낸 사람 치고 '315'라는 숫자와 '김주열'이라는 이름을 모르는 이는 없다. 나 역시 3·15의거 기념탑 주위를 친구들이랑 자주 다녔고, 영화에 맛을 들인 곳도 315극장이니까.

무엇보다도 고향 어른들은 봄만 되면 여기저기 모여 비슷한 주장을 폈다. 3·15 아니면 4·19도 없었다고. 3·15의 가장 높은 자리에 김주열이 있다고.

비문을 읽었다. '살아서는 사랑스러운 호남의 아들이었고 죽어서는 자랑스런 영남의 아들이 되었다'는 대목이 눈에 들어왔다. 지역감정이란 굴레를 만들어 경상도와 전라도를 갈라놓고 살아온 시절이 짧지 않다. 반목을 걷어치워야 한다.

내년 3월 15일엔 봄꽃이라도 한 다발 들고 묘소를 다시 찾아야겠다. 그 전에 마산 어시장에 들러 갯비린내를 가방과 신발에 묻힌 다음, 많이 변한 마산의 풍광들을 들려드리고도 싶다.

사라져야 보이는 것들

7월 16일

"백일홍 피고 석 달 열흘, 꽃 지면 추수랍니다. 순결한 시간이죠."

이 대표는 논 앞에만 서면 시인이다. 시간을 자기 식대로 품는 사람이 시인이라고 했던가.

"오늘부터 논에 물을 대지 않습니다."

이럴 땐 방향을 단호하게 전환해서 이야기를 끌어가는 소설가 같다. 찌는 날씨에 물을 대지 않으면 논은 빠르게 말라갈 것이다. 늦봄 모내기 때 물이 가득한 논과 가을 추수 때 딱딱한 논을 대조하며 살핀 적이 부끄럽게도 없었다.

논에 물이 사라지면, 풍년새우도 긴꼬리투구새우도 우렁이도 사라진다. 그러다가 문득 장대비 내리고 나면 잠자리들이 들녘을 뒤덮을 것이다. 가을날 한가하게 날아다니는 몇십 마리 잠자리들이 아니다. 수백 수천의 잠자리들이 떠날 줄을 모른다. 갑자기 늘어난 벌레들을 잡아먹기 위해서인 것이다.

논은 변함없는 그 논이 아니다. 벼의 성장에 따라 많은 것들이 나타나고 사라진다. 내 마음의 물은 무엇이었을까. 그 물을 더 이상 대지 않을 때, 사라지는 것은 무엇이고 나타나는 것은 무엇인가. 완전히 사라졌다 여겼건만, 내년 봄, 물을 대자 또다시 나타나는 것은 무엇인가.

봄에 나물로 맛있게 먹은 원추리가 꽃을 피웠다. 그 꽃도 이제 시들기 시작한다. 원추리꽃도 먹을 수 있을까 생각하며 물 빠진 논 가까이 다가서다가 수로에 발이 빠졌다. 진흙에 운동화와 양말이 젖었다.

수백 번 오갔건만, 무성하게 자란 풀이 가렸다고 수로를 논두렁으로 착각한 것이다. 물이 말라도 사라지지 않고 풀 밑에 여전히 남는 것들도 있다. 그것들을 무시하다간 발이 젖고 심하면 다친다.

물이 사라진 뒤 나타나는 것들을 이제부터 자세히 살피고 만나야겠다. 나타나는 것도 사라지는 것도 왜 하필 지금인지, 내 자리가 아니라 벼의 자리에서 고민할 것.

단꿈

7월 18일

읍내 숙소에서 집필실까지 자전거로 오간다. 여름 해를 피해 아침에는 9시 이전이고 저녁에는 7시 이후다. 5분쯤 달리다 보면 도로변에 낡은 의자 하나 놓였고, 할머니가 앉아선 오가는 이들을 쳐다보신다. 처음 한두 번은 보기만 하시더니, 그 뒤론 꼭 말을 건네신다. 자전거로 지나치기 때문에 내 등에 닿는 말은 매우 짧다.

"덥네. 오늘."

"어디야?"

"천천히."

"하늘이 착해."

"밥은?"

어제 저녁엔 평소보다 빨리 자전거 페달을 밟았다. 국지성 소나기가 쏟아지기 직전이었다. 빗소리가 추격자의 발소리처럼 점점 가까워졌다. 그리고 또 의자에 앉은 할머니 곁을 지났다.

그런데 별 말씀이 없으시다. 할머니는 고개를 꺾고 조는 중이셨다. 지나쳐, 자전거를 세우고 돌아보았다. 빗방울이 할머니의 뒷목과 내 어깨를 동시에 때렸다. 할머니는 그래도 깨지 않으셨다. 잠이 깊게 드신 걸까. 그리운 사람이라도 꿈에서 만나셨는가.

다가가 깨워드리려는데 고개를 드신다. 하늘을 올려다보시곤 이마에 주름을 잡으신다. 말 대신 오른팔을 들어 손등으로 바람을 밀듯 손목을 까닥거리신다. 어여 가.

오늘 아침도 8시 20분에 자전거를 타고 출발했다. 어제 내린 비 때문인지 더위가 한풀 꺾였다. 의자는 그대로인데 할머니가 나와 계시지 않았다. 더 느리게 지나쳤지만 만나지 못했다.

어제 그 자리, 논이 보이는 곳에 복실이가 엎드려 있다. 가까이 가도 고개를 들지 않는다. 어르신 주무셔야 하니까, 단꿈 꾸셔야 하니까, 복도로 가만히 피해 물러났다.

어제부터 복도 갤러리의 그림전이 바뀌었다. 여미희 작가님의 〈섬진강 노랑 낙타〉. '다리 꼰 아버지'에서 아침저녁으로 만난 할머니의 그림자를 본다. 잠든 아버지를 스케치한 작품들의 제목은 '꿈'이다. 그중 하나는 따로 채색을 했다. '아버지 잠들다.'

할머니도 저렇듯 잠이 들어 꿈을 꾸시느라 의자에 나와 앉지 못하신 게 아닐까. 여 작가님이 그린 어머니와 아버지를 섬진강 옆 마을에서 자주 만난다. 골목마다 흔했던 어르신들의 일상인데 대도시로 나간 뒤엔 잊고 살았다.

들에서 일하고 낡은 의자에 앉아 졸고 목침 베고 잠들고 단꿈 꾸는 어르신들이 보고픈 분들은 미실란 복도 갤러리로 오셨으면 싶다. 여름 내내 복도가 참 따사롭겠다.

벼꽃을 보신 적이 있나요

7월 19일

벼꽃이 피었다.

벼꽃에 대해 공부하고 시험도 본 때는 지금으로부터 37년 전이다. 기계공업단지가 들어선 창원고등학교를 다녔는데, 선택 과목이 공업이 아니라 농업이었다. 덕분에 벼와 보리와 밀의 경작법과 품종을 배웠다.

그때 암기한 것들을 지금도 외운다. 가령 젖소의 임신 기간은 279일이고 한우의 임신 기간은 283일이다. 버크셔, 요크셔, 두록저지와 같은 돼지들의 특징도 떠오르고, 겹꽃과 홑꽃의 차이도 잊지 않았다. 그러나 실제로 벼꽃을 보진 못했다.

재작년 미실란에서 오정훈 감독의 다큐멘터리 〈벼꽃〉을 감상했다. 작은들판음악회가 열린 날 오후였다. 감독 스스로 벼농사를 짓는 과정을 꼼꼼하게 담은 작품이었다. 가장 정성껏 촬영된 대상은 당연히 벼꽃이다. 영화를 본 뒤 이 대표와 제법 길게 이야기를 나누긴 했지만, 그때도 벼꽃을 논에서 직접 본 것은 아니었다.

그리고 오늘 미실란 연구용 논에서 벼꽃을 처음 보았다. 살짝 손끝으로 만지기도 했다. 땡볕에 벼꽃을 앞에 두고 앉았노라니, 정원에

핀 백합도 백일홍도 상사화도 잊었다. 백합과 백일홍과 상사화가 떨어지고 나면 우리는 그 열매를 먹진 않는다. 그러나 벼꽃이 피었다 지면 나락이 익기 시작하는 것이다. 37년 전부터 알았던 차이를 비로소 실감했다.

아는 것과 느끼는 것은 다르다. 느끼지 못하면 진짜 아는 것이 아니라고 했던가. 외우기만 하고 실감을 못한 지식들이 얼마나 내게 많을까.

판이 깔려야 소리가 따르니

7월 20일

남원과 곡성과 구례는 옛날부터 판소리를 배우기 위해 산공부를 하던 곳으로 유명하다. 용석도 젊은 날 이곳 골짜기에서 소리를 익혔다. 나는 대학원에서 4년 남짓 판소리와 판소리계 소설들을 공부했지만, 공연을 찾아다니진 않았다.

소설가가 된 뒤 19세기를 이야기로 옮길 때면 남도의 고을에 살던 이들이 즐긴 소리가 예사롭지 않게 다가왔다. 판소리가 지금까지 전해진다는 것은 이야기를 아끼고 함께 모여 즐겼다는 것이다.

멋과 흥을 되살리고, 기후위기 시대에 생태적인 삶을 고민하는 이야기를 소리로 만들어 판을 벌여보면 어떨까. 어린이들에게 친숙하면 더욱 좋겠다. 2019년 곡성을 오가기 시작하면서부터 내 맘에 일기 시작한 작은 불꽃이다.

구체적인 논의를 위해 모였다. 코로나가 극성이긴 해도, 차분히 작품을 준비해 나가면 멋진 판을 벌일 날이 올 것이다. 회의를 두 시간 집중해서 하고 들녘을 잠시 거닐었다. 모양도 크기도 색깔도 제각각인 구름이 새로운 이야기를 마구마구 만들어 우리에게 보여주었다.

핑계

7월 24일

오늘은 쉬었다

글 한 자 쓰지 않고

책 한 줄 읽지 않고

바빌론 강가에서 오래 울고

섬진강 강가에서 잠시 웃던

이들도 쉬었으면

소피아 로렌보다 빛나던 꽃

7월 28일

해바라기가 피기 시작했다.

모종판에 씨앗을 한 알씩 심어 싹을 틔운 뒤 앞마당과 대문 앞에 옮겨 자리를 잡게 하였는데, 어느새 내 키를 훌쩍 넘게 자랐다. 지난주에 몽우리가 올라오더니 드디어 노란 꽃이 피어났다.

여행 중에 간간이 해바라기를 보긴 했지만, 씨앗부터 꽃이 필 때까지 전체 과정을 보며 가꾸기는 처음이다. 지금은 열 송이 정도인데, 다음 주면 이백 송이는 필 듯하다.

꽃이 만발하면 없던 감정도 생기고 불가능한 사건도 일어난다. 40분 글 쓰고 20분 쉴 때마다 해바라기에게 가봐야겠다. 오늘은 노랗게 쓰자.

8월

멱감고
그림자를 키우는 달

망덕(望德)

8월 1일

유랑과 은둔

8월엔 물들자.

나는 생태학자다

8월 4일

1.

광주 신용초등학교 생태인문학 동아리 '나는 생태학자다' 어린이들이 미실란에 답사를 왔다. 그들은 고무 물통 다섯 개(그들은 이곳을 한 평 논이라고 부른다)에서 벼들을 키우는 중이다.

630개 품종을 심은 논을 보자마자 손뼉부터 쳤다. 벼들이 미실란 논에선 어찌 자라는지 관찰도 하고 사진도 찍고 공책에 기록도 했다. 이 대표의 생태농업 강의가 80분 동안이나 이어졌는데도, 집중해서 듣고 다채로운 질문을 던졌다.

점심은 채식 식단으로 짰다. 고기반찬이 전혀 없을 뿐만 아니라 밑반찬까지 전부 채식으로 준비한 식사에 도전한 것이다. 두부와 밥만 겨우 먹은 어린이도 두 명 정도 있었지만, 대부분은 맛있게 식사를 마쳤다.

오후엔 예정에 없던 대화가 이어지기도 했다. 소설가이자 초보 농부로 나를 소개했더니 질문들이 쏟아졌다.

"글감이 생기면 바로 씁니까 아니면 더 좋은 생각이 들 때까지 기다립니까?"

"작가가 된 이유는 뭔가요?"

"글을 쓰다가 지치고 힘들어 포기하고 싶었던 순간은 없나요?"

"출간한 책이 잘 안 되었을 때 자기 자신을 위로하는 방법을 알려주세요."

"책의 제목은 어떻게 정하나요?"

글을 쓰고자 애쓴 사람이라야 던질 법한 질문들이었다. '생태인 문학 동아리'라는 설명이 괜히 붙은 것이 아니었다. 하나하나 답을 하다 보니 30분이 금방 흘렀다.

지도교사인 송경애 선생이 지난여름에 들려준 가슴 뭉클한 이야기가 떠올랐다. 곡성 미실란 논의 풍년새우와 우렁이를 광주 신용초등학교 한 평 논으로 옮긴 날은 7월 2일이다. 그리고 나흘 뒤 7월 6일 여름비가 내렸다. 동아리 회원인 학생이 하교하지 않고 한 평 논에 우산을 씌워주고 있었다. 자신은 비를 고스란히 맞으면서, 서시1호가 자라는 고무 물통에 들이치는 비를 막았던 것이다.

업무지원팀 선생님이 다가가서 이유를 물었다. 그 학생은 물통에 빗물이 고여 넘치면, 풍년새우와 우렁이들이 한 평 논 밖으로 떨어질까 걱정스러웠다고 답했다. 선생님이 통에 구멍을 뚫어 빗물이 빠져나가도록 하겠다고 약속한 뒤에야 그 학생은 하교했다. 그런데 여기서 끝이 아니라, 학원 수업을 듣고 나서 다시 한 평 논으로 와선, 구멍이 제대로 뚫렸는지, 물이 빠져나가는지, 풍년새우와 우렁이들이 물통 안에서 안전한지 확인했다고 한다. 그 사랑이 놀랍고 든든했다.

들녘을 배경으로 기념사진을 찍고 일정을 마무리했다. 어린 농부들이 추수를 마치고 나선 또 얼마나 날카롭고 멋진 질문을 던질까 기다려진다.

2.

오후 4시 반, 어린 오동나무를 심었다.

세 뼘 조금 못 미친다. 공작 우리 가까운 텃밭 옆이다. 4미터 간격을 둔 채, 내가 먼저 하나를 심고 이 대표도 하나를 심었다. 오동나무가 빨리 자라는 편이라고 하니, 5년 정도 지나면 가지는 가지대로 뿌리는 뿌리대로 만나지 않을까. 꽃은 3년 뒤에나 기대할 수 있겠다.

올해 섬진강 들녘으로 와서 벼도 심고 곰취도 심고 바질도 심고 해바라기도 심었다. 해바라기는 꽃이 피었고 바질은 파스타로 먹었고 곰취는 제대로 키우지 못했고 벼는 자라는 중이다.

심고 수확하여 그 씨를 다시 심고 수확하는 흐름에 들어선 것이다. 식물에 따라 수확하는 기간은 제각각이지만 순간순간 놀랍고 신기하고 때론 두렵다.

싹이나 묘목 그리고 어린 동물을 보면 지나치지 못하고 바라본다.

혼잣말을 한다. 온통 질문들이다. 누가 거기서 생명을 시작하게 했을까. 잘 자랄 수 있을까. 도울 일이라도 있을까. 물이라도 한 통 줄까. 태어났으니 건강하게 자랐으면 싶다. 기도하는 마음이 이와 비슷할까.

가을부터는 식물뿐만 아니라, 이 들녘에 어울리는 몇 가지 상상의 씨앗들을 심어보려 한다. 8월부터 부지런히 준비해야 부족하나마 첫 씨앗을 심을 수 있겠다. 더러는 잘 크기도 하고 더러는 병해나 충해에 시달리기도 하고 더러는 열매를 맺지 못할 수도 있다.

그렇다고 상상을 접지는 않고, 더 부풀려 엉뚱하고 따듯하게 파종하고 파종하고 피종하려 한다. 그런데 그냥 이번 가을부터 잘 될 것 같다. 상상을 현실로 옮겨보려고 힘 모아 덤벼드는 나날만큼 근사한 때가 있을까. 느낌이 좋다.

뭇별

8월 7일

구름 없는 맑은 날엔 두 가지 기대를 갖는다.

노을 그리고 별.

오전까진 뭉쳐 있던 구름이 점심부터 흩어지자, 해 질 무렵 퇴근도 미룬 채 2층 옥상에서 서쪽 동악산을 쳐다보며 앉았다. 처음엔 해를 따르다가, 산등성이로 해가 내려가고 나면, 술 취한 사내의 얼굴처럼 불콰하게 번지는 하늘로 눈을 돌렸다. 충분히 노을이 퍼질 때까지 기다렸다가, 집필실로 돌아가선 세 시간을 더 썼다.

다시 옥상으로 나오니 사방이 깜깜했다. 서울의 도로와 골목엔 가로등이 있지만 곡성에선 읍내도 컴컴한 곳이 적지 않다. 집필실에서 장선리 들녘을 지나 메타세쿼이아까지도 가로등이 없다.

도시의 불야성에 익숙한 눈이라서 밤길이 아직은 힘들다. 대신 별은 놀랍도록 많다. 오늘처럼 구름 없는 그믐밤엔 별들이 하늘을 가득 메웠다. 별들과 나 사이를 가로막는 건 아무것도 없다.

동양의 별자리와 서양의 별자리를 하나하나 살피기에 더없이 좋은 조건이다. 낮에 들녘에서 출렁이는 작물과 밤에 하늘에서 흐르는 별들을 함께 보아야지만, 이곳의 아름다움을 즐겼다고 하겠다.

젓갈을 넣지 않았으니 맘껏 드세요

8월 8일

채식 김치를 담갔다.

여자 배구 중계를 본 뒤 계속 서서 일했다.

미실란 식탁에 올릴 여름 김치 스무 포기다. 속은 사과 배 양파 무 당근 쪽파 마늘 생강 고춧가루로 최선아 셰프님이 만드셨다. 젓갈을 전혀 넣지 않았기 때문에 비릿한 감칠맛은 없지만 그 대신에 매우 담백하다.

마스크 쓰고 고무장갑 끼고, 절인 배추를 반으로 갈라 속을 넣었다. 너무 많이 넣어 짠맛이 강해도 안 되고 너무 적게 넣어 싱거워도 안 된다. 속을 다 넣은 뒤엔 가장 바깥쪽 큰 잎 두 개로 전체를 감싸듯 포갰다. 배추를 퇴고하듯 다시 손볼 수는 없으므로, 서툴지만 하나하나 정성껏 했다.

밥과 함께 먹어보니 다행히 맛있다. 깨를 뿌려 고소함을 더했다. 섬진강으로 내려와서 지금까진 심었는데 오늘은 담갔다. 담가 먹을 수 있는 채식 요리들을 더 고민해 봐야겠다.

맛 중의 맛

8월 9일

쌈 채소를 심었다. 남원에서 모종을 구해왔다.

흙 뒤집고 가지 하나 먹고, 풀뿌리 가려내고 가지 하나 먹고, 모종 심고 가지 하나 먹었다. 따로 물을 마실 필요가 없다.

심으며 맛을 떠올렸다. 쓴맛 단맛 신맛 그리고 흙맛.

아직 덥지만 가을이 코앞이다. 심고 싶은 작물이 많다.

땅바라기

8월 10일

해바라기 때문에 고민하긴 처음이다.

5월 21일엔 해바라기 씨를 모종판에 심고 키웠다가 6월 7일엔 정원으로 옮겼다. 땅을 갈아 풀뿌리들을 골라낸 뒤, 부엽토를 느티나무 아래에서 옮겨와 깔고 그 위에 상토를 다시 넣었다.

한 달이 흘렀다. 틈틈이 물을 줬지만 가뭄이 문제였다. 비가 제때 내리지 않으면, 해바라기도 곰취처럼 말라버리는 것이 아닐까. 기우제를 드리는 심정으로 비를 기다렸다. 그리고 드디어 먹구름이 몰려왔고 비가 쏟아졌다. 해바라기가 모처럼 빗물을 뿌리로 듬뿍 빨아들이고, 줄기도 쑥쑥 자라겠구나 싶었다.

다음 날 해바라기를 만나러 나갔다가 매우 놀랐다. 정원에서 가장 넓은 자리에 가득 심은 해바라기들이 절반 가까이 쓰러져 있었다. 쏟아진 장대비를 넓은 잎으로 맞다가 견디지 못하고 누운 것이다. 비가 내리길 간절히 바랐지만, 그 비에 해바라기가 또 다른 고통을 겪을 줄은 몰랐다.

7월 하순이 되자 꽃대가 올라오기 시작했다. 정원의 해바라기들은, 키가 작다는 곽 이장님의 설명과는 달리, 내 키를 훨씬 넘고서도 더 자랐다. 손을 뻗어야 꽃대에 겨우 닿을 정도였다. 부엽토에 상토까지 듬뿍 넣어 흙을 만드는 바람에 키다리 해바라기가 된 것이다. 키가 크고 꽃도 크니 방문객들이 사진에 꼭 담아 갈 것이라고 애써 스스로를 달랬다.

8월 초부터 본격적으로 해바라기꽃이 피자 새로운 문제가 생겼다. 줄기에 비해 꽃이 지나치게 크고 무거웠던 것이다. 무게를 감당하지 못한 가지들이 천천히 꺾이더니 꽃들도 하늘이 아니라 땅으로 향했다. 해바라기가 아니라 땅바라기가 된 꼴이다. 그마저도 버티지 못하고 하나둘 비스듬히 높은 포복을 하듯 쓰러졌다. 끈으로 둥글게 해바라기들을 묶어 세웠지만 임시방편에 지나지 않았다.

해바라기를 건강하게 키우겠다는 마음에서 비롯된 일이지만, 나의 무지와 어리석음이 낳은 실수였다. 해바라기가 비에 맞아 쓰러질 수 있다는 것도 몰랐고, 키 큰 해바라기가 꽃의 무게를 견디지 못해 넘어지리라곤 상상도 못했다.

과유불급이라고 했던가. 사람에게도 해바라기에게도 꽃을 피우고 열매를 맺기까지 적당한 물과 양분과 마음이 필요한 것이다. 올해 씨를 잘 받아두었다가, 내년엔 도로변을 따라 해바라기를 더 많이 심을까 한다. 관심의 끈을 놓지는 않되 무심한 척 굴며, 돌과 풀뿌리를 골라내긴 하되 상토까지 얹진 말고, 소담한 해바라기 꽃길을 만들어보리라.

천지불인(天地不仁)

8월 14일

자전거를 타고 출퇴근을 시작하면서, 유난히 힘든 길이 생겼다. 오르막길이라고 짐작하기 쉽지만, 평평하고 곧게 뚫린 메타세쿼이아 길이다.

적어도 일주일에 한 번은 로드킬을 당한 동물 사체를 만난다. 고라니도 있고 고양이도 있고 개도 있고 뱀도 있고 개구리도 있고 참새나 꿩도 있다. 나무는 아름답고 길은 똑바르니 속도를 높이는 차들이 많다. 질주하는 차들은 보는 것만으로도 두렵다.

자전거를 타고 메타세쿼이아 길을 가다가, 길에 떨어진 뭉치가 보이면 덜컹 가슴이 내려앉는다. 종이상자이거나 나무토막이거나 양심 불량 사람들이 버리고 간 쓰레기봉투일 때도 있지만, 동물 사체일 때도 적지 않다.

처음엔 너무 놀라서 건너편 차선으로 멀리 돌아갔지만, 두 번째부터는 자전거에서 우선 내린다. 천천히 다가간다. 사체가 차도에 있으면 도로 밖으로 치운다. 사체를 발견하고 속도를 늦추는 차도 있지만, 그냥 넘어가는 차도 많다. 속도를 줄이지 않는 운전자에게 사체는 방해물일 뿐이다. 동물 사체가 방해물로 취급되도록 둘 순 없다.

사체 곁에서, 이 도로에서 목숨이 끊긴 동물들의 어제와 오늘 그리고 영원히 오지 않을 내일을 생각한다. 그들이 이 길을 건너려는 이유는 다양하다. 먹이를 찾아서일 수도 있고 목이 말라서일 수도 있고 어미나 형제와 함께 가기 위해서일 수도 있다. 예전에 무사히 지나갔던 길일 수도 있고 처음 가던 길일 수도 있다. 확실한 사실은 죽으려고 그 길을 건넌 동물은 한 마리도 없다.

뜻밖의 순간에 뜻밖의 죽음과 만난다.

집필실에 도착하면 자전거를 세워두고 창부터 활짝 연다. 참새들이 몰려다니면서 시끄럽게 울어댄다. 참새들의 군무와 합창을 잠시 즐기다가 아침 집필을 시작한다.

사흘에 한 번 꼴로 참새들의 사체를 본다. 날개가 찢기거나 다리가 꺾이거나 머리와 몸통이 나뉜 경우도 있다. 집필실 앞마당에 사는 고양이 도담이 짓이다. 또 다른 고양이 큰품이는 새를 잡을 마음이 없지만, 도담이는 시시때때로 사냥을 즐긴다. 쥐나 두더쥐는 그렇다 치더라도, 날아다니는 참새를 뛰어올라 입에 물고 마당을 돌아다니다가 집필실 앞에 놓아둔 적이 여러 번이다.

참새뿐만이 아니다. 작은 뱀들, 개구리와 두꺼비, 까치나 제비들도 툭툭 죽어 있다. 벌레들의 죽음까지 열거하면 끝이 없다. 어제까진 죽음의 기운이 전혀 없었는데, 갑자기 거기에 죽어 있다. 사람의 개입 없이, 생태계의 질서에 따라 먹고 먹히며 죽고 사는 것이다.

도시에선 이렇듯 자주 뜻밖의 죽음과 마주친 적이 드물다. 동물 사체가 관리되기 때문이다. 사람들이 사체를 보기 전에 누군가가 이미 치워 없앤다는 뜻이다.

살기 좋은 동네로 인정받으려면, 안전하게 태어나 자라고, 아프더라도 치료가 가능한 곳이어야 한다. 죽음은 가장 먼 곳으로 밀어두어야 한다. 이곳에선 사람도 잘 살고 동물도 잘 살고 식물도 잘 산다는 이야기만 넘쳐 흘러야 하는 것이다.

섬진강 옆 집필실에선 거의 매일 죽음을 목격한다. 전혀 준비가 안 된 때와 곳에서 마지막을 만난다. 흐르다가 멎은 피는 흐르다가 멎은 피이고, 썩어가는 살은 썩어가는 살이다. 비유나 상징이 아닌 사실이다. 직접성의 충격은 매우 강력하다.

8월 들어 부쩍 뱀들이 많아졌다. 전에는 풀숲이나 논두렁에서만 간혹 보였는데, 이제는 마당에도 정원에도 열린 문을 지나 복도까지 들어오기도 한다.

죽이거나 상처를 주진 않는다. 가던 길을 가도록 두는 경우가 대부분이고, 문이 닫혀 빠져나가지 못할 때만 도움을 준다. 사람들이 개입하지 않는다고, 그 뱀들의 하루가 평안하진 않다. 뱀들이 많이 등장하는 만큼 죽는 뱀들도 는다.

도담이와 같은 고양이들에게 어린 뱀들은 새로운 사냥감이다. 예전에는 진돗개 복돌이가 새벽마다 논두렁을 먼저 걸어가며 뱀들을 밟고 물어 죽였다.

대부분은 독이 없는 물뱀이지만 간혹 독사도 있다. 복돌이가 독사에 물려 세상을 떠났고, 이 대표는 응급치료를 받고 겨우 목숨을 건진 적이 있다.

복실이 역시 진돗개이니 뱀 사냥에 능하다고 들었다. 복돌이의 빈자리를 메우며 논두렁에서 잡아 죽인 뱀이 꽤 많다는 것이다. 듣기만 했다고 적는 이유는 올해엔 복실이가 뱀을 잡은 적이 한 번도 없기 때문이다. 열여섯 살, 사람으로 치면 백 살 가까운 할머니다.

노쇠함을 숨기긴 어렵다. 날렵하게 달리진 않고 대부분 천천히 걷는다. 털갈이 때가 지났는데도 털이 빠지지 않아 엉켜 있다. 귀가 멀어 뒤에서 가까이 다가가면 알아차리지 못한다. 그리고 여름부터는 눈까지 많이 나빠진 듯하다.

뱀 한 마리가 다가온다. 복실이가 풀쩍 뛰면 단숨에 앞발로 제압할 거리다. 그런데 복실이는 뱀이 다가오는데도 엎드려 있다. 형체가 흐릿하여 식별하기 어려운 것이다. 복실이가 이곳저곳 옮겨 다니면서도 부딪치지 않는 것은 건물과 마당이 익숙한 탓이다. 이곳에서 지내는 사람들과 동물들은 복실이의 느림을 받아들이고 그에 맞춘다.

복실이를 위한 특별식을 준비한다. 달걀에 복국에 몸에 좋다는 보양식을 자주 먹인다. 복실이는 느릿느릿 걷고 그늘에 더 오래 누워 쉰다. 특히 이 여름에 복실이가 좋아하는 곳은 집필실 계단 옆이다. 그늘이 깊고 바람이 잘 통하는 탓에, 이른 아침 자전거를 타고 오면 복실이가 거기 누워 있다. 겨울만 해도 마당을 가로질러 마중을 나왔지만 이젠 일어날 줄을 모른다. 다가가면 겨우 고개만 든다. 나는 손을 녀석의 코앞에 대준다. 소설가의 손 냄새를 확인한 복실이가 눈에 잠시 힘을 줬다가 땅에 뺨을 대고 눕는다.

몇 년 전 이문재 시인과 대화를 나눈 적이 있다. 이 시인은 앞으로는 거의 모든 사람이 병원에서 죽을 것이라고, 자기 집에서 가족 친지에게 둘러싸여 임종을 맞는 경우는 역사책에나 나올 것이라고 했다. 섬진강 마을을 소중하게 여기는 이들에게 또한 들었다. 마을 노인 대부분은 요양병원 가길 끔찍하게 싫어한다고. 평생 살아온 마을을 돌아다니다가 내 집에서 죽고 싶다는 것이다.

복실이처럼 눈도 잘 안 보이고 귀도 잘 안 들리고 기력이 떨어진 노인을 병원으로 옮기는 것이 아니라 마을에서 보살필 방법은 없을까.

섬진강으로 내려온 뒤, 새로 태어나는 것들, 자라고 꽃 피고 열매 맺는 것들을 계속 일기에 적어왔다. 태어나고 자라는 만큼이나 병들고 시들고 죽어간다. 이곳에선 생로병사의 순간순간을 차단막 없이 만난다. 처음 몇 주는 이 시듦과 죽음이 마음을 짓눌렀다. 출근길에 사체를 본 날은 온종일 글을 쓰기 어려웠다.

여름으로 들자 더 많은 사체들이 더 빨리 썩어 죽음의 냄새를 풍긴다. 노쇠함과 죽음이 끼니처럼 생각되고 느껴진다. 마지막을 앞둔 동물과 식물의 젊은 날을 떠올리며 기도하고 싶다. 저들을 덜 고통스럽게 하소서.

노쇠한 이들을 어찌 대할 것인가. 노쇠해질 나를 어찌 대할 것인

가. 곧 가을이 오고 또 겨울이 올 것이다. 들판을 가득 채운 벼들은 일년생 식물이기에 가을을 넘기지 못하고 모조리 죽는다. 노쇠한 복실이는 이번 가을과 겨울을 이겨낼까. 이겨내든 못하든, 복실이로선 한 번도 겪지 못한, 잘 들리지도 않고 잘 보이지도 않는 가을이고 겨울이리라.

복실이가 낮 시간의 대부분을 보내는 복도 갤러리에선 〈섬진강 노랑 낙타〉를 전시하고 있다. 하동에서 농사를 지으며 늙은 엄마와 아빠의 굽은 등이 낙타를 닮았다. 요양병원으로 가지 않고 옛집을 지키는 그들 곁으로, 일찍 도시로 떠났던 딸이 내려왔다. 같이 살며 그린 그림들이다.

그림 속 엄마 아빠는 노쇠하지만, 그들은 익숙한 그 골목, 그 밭, 그 미장원, 그 가게, 그 개와 고양이들과 함께이기에 따듯하고 여유롭다. 복실이가 그 복도에 자주 누워 있는 것이 그늘을 찾아서만은 아닐지도 모른다. 복실이도 섬진강 노랑 낙타다.

돌아오는 곡성

8월 15일

2년 전, 이동현 대표에게 『젊은이가 돌아오는 마을』이란 책을 선물했다. 지방 소멸에 맞선 일본의 성공사례를 모은 책이다. 더 많은 젊은이가 곡성에 머물렀으면 하는 바람이었다.

섬진강 들녘에서 행복하게 살아가는 법을 계속 궁리 중인데, 작년 가을부터 젊은이들이 정말 은어처럼 돌아오기 시작했다. 신입 직원까지 합하면 20대와 30대가 절반을 훌쩍 넘었다.

완벽하지는 않지만, 이 대표와 함께 미실란 식구들과 어깨 걸고, 젊은이들이 할 일과 머무를 곳과 누릴 때를 마중물처럼 만들어보고 있다. 올가을과 겨울도 장편 초고 쓰고, 젊은이들을 위해 판 깔고, 추수를 비롯한 농사 짓고 바쁘겠다.

'삶 따로 실험 따로'가 아니다. 삶이 실험이다.

숭고를 만나고 한평생을 읽다

8월 17일

1.

논에서 숭고를 만났다.

우렁이가 벼 줄기로 기어 올라와서 붉은 알을 낳고, 그 알이 우렁이가 되어 논바닥을 향해 내려가기 시작하는 그 순간. 물에서 살되 알은 물 밖에서 낳고, 물 밖에서 태어나되 다시 물속으로 들어가는 길. 상승과 하강의 처절한 아름다움을 생각하는 아침.

> 숭고란 하나의 개체가 어떤 다른 것으로 막 변하는 순간이다. 낮이 밤이 되는 것. 애벌레가 나비가 되는 것. 새끼 사슴이 암사슴이 되는 것. 실험이 결과가 되는 것. 소년이 사내가 되는 것.
>
> — 앤서니 도어, 『우리가 볼 수 없는 모든 빛』

2.

뿌리깊은나무에서 나온 '민중 자서전' 스무 권을 읽어나가고 있다. 대학원 석사과정 때 서점에서 살까 말까 망설이다가 안 사고 나왔었다. 30년 만이다. 읽을 인연인 책은 결국 읽게 된다.

'민중 자서전'은 1981년부터 출간되기 시작했는데, 책마다 들인 정성이 대단하다. '한평생'이란 부제가 어울릴 만큼, 각 인물에 대해 철저하게 준비하고 오래 만나고 깊이 고민하며 편집한 흔적이 역력하다. 지방의 입말들을 그대로 풀고 각주로 뜻을 소상히 밝혔다. 지금은 사라진 풍습과 단어들이 그득하다.

생의 주름들을 하나하나 만지노라니 읽어가는 속도가 더디다. 일주일에 한 권 독파도 힘들다. 퇴화한 근육이 다시 움직이는 기분이 든다. 얼굴도 가물가물한 동네 어르신들의 기침 소리를 듣는 듯도 하다. '민중 자서전' 스무 권을 읽은 해로 2021년을 기억하고 싶다.

또 한 권을 읽기 시작했는데 아직 50쪽에도 미치지 못했다. 어제 코로나19 백신 1차 접종을 한 탓이라고 변명 아닌 변명을 한다.

마실 나온 시

8월 18일

1.

「침묵」

말 많이 하고 글 많이 쓴 날엔
아무리 먹어도 배고픕니다
오늘은 아껴야지
창문 열면,
참새가 전하는 천 마디 말
전화 받지 않고 받아쓰다가
잠깐 쉬며
창밖 흔들리는 플라타너스를 보듯
모처럼 시인에게서 온 문자를 읽습니다
— 말하면 재발한대요
벼꽃 옆에서 던지기 좋은 물음
침묵으로 기다리는 봉쇄수도원이 저와 같을까

피든 지든
내레이션 없는 하루
오직 살아갈 뿐,
말 같지도 글 같지도 않은

2.
「산책」

내 산책은 삼각형

발맞춰 걷는 건 산책의 일부
가서 만나는 것도 산책의 일부

법이와 반갑고
미실이와 서럽고
복돌이와 신나고

돌아오다 문득 뒤돌아보는 것 역시 산책의 일부

무덤 위 소나무가 높은 만큼
골은 깊고 물은 차고 들은 넓더라는,

이야기를 시작했죠. 비바람이거나 눈보라거나 꽃이나 별 혹은 발자국을 핑계로 택한 소년이 있었답니다. 기다리다 아파 죽고 다쳐 죽고 늙어 죽은 개들. 세 번 죽다 살아난 이유를 뒤늦게 깨닫고, 심장을 쥐듯 열 손가락을 구부린 늙은이는 아직도 고향으로 가는 중인 탕아일까요.

산책을 마치고는
세 사람을 고릅니다
한 사람의 세 순간이어도 좋습니다

이 꼭지점에서 태어난 자
이 꼭지점에서 죽은 자
이 꼭지점에서 부활한 자

갔던 길로 돌아온 개는 없습니다
물론 사람도 없습니다

독수리라던 사람이 있었지

8월 19일

「웃다 울다」

독수리와 참새의 추격전이 아니라
진짜 독수리와 가짜 독수리의 문제

가짜 독수리는
허수아비처럼 발을 흙에 박진 않지만
하늘을 누리지 못하고
줄에 묶인 채, 겨우 2미터
벼들 위를 빙빙 돈다

가짜 독수리와 진짜 참새의 싸움에서
가짜의 승리를 바라는 농부는 자랑하지
재작년보단 작년이 비슷한데
작년보다 올해 더 비슷하게 만들었다네

색도 꼴도 움직임도 판박이인 가짜로
논도 설명하고 벼도 설명하고
농부도 설명하는 세상을
크게 돌다 온 진짜 독수리 한 마리
날아내려,
참새보다 먼저
가짜 독수리를 찢는다

스무 마리 독수리가 땅에 떨어진 날
농부는 더 똑같이 만들겠노라
내년을 기약하며,
독수리처럼 두 팔을 펴고
독수리처럼 운다

가장 비슷하지 않은 가짜다
가짜답지 않은 가짜라서
참새는 달아나지도 않는데,
엉덩방아부터 찧고
그 아래 감춘
땀이거나 눈물이거나

독수리와 참새의 추격전이 아니라

가짜 독수리인 농부와 진짜 독수리의 문제

정성껏

8월 20일

1.

한 걸음 더 디딜 준비를 하고 있다. 생태책방을 열 예정이다. 빠르면 10월, 늦어도 11월을 넘기지 않을 것이다. 책방이 들어설 공간도 정돈하여야 하고, 생태라는 주제에 맞는 책들도 고르기 시작해야 한다.

건강한 먹거리, 평온한 쉼, 미생물에서 우주까지 닿는 이야기가 모인 섬진강을 찾는 분들이 아낄 책방 하나 만들고 싶다.

2.

저녁엔 연잎밥을 만들었다. 준비하는 과정이 만만치 않았다. 둠벙에서 연잎 열 장을 거두고, 텃밭에서 가지와 토마토와 바질을 땄다. 전기밥솥에 발아오색미를 안친 다음 연잎과 가지 등을 깨끗이 씻었다. 가지에 칼집을 내어 굽고 마른 대추를 돌려 깎았다. 밤도 깎았다.

밥이 되자 연잎을 펴고 밥 한 공기를 가운데 넣었다. 그 위에 밤과 대추와 잣과 해바라기씨를 얹고, 연잎을 네모로 접어 싼 뒤 쪘다. 어두운 앞마당을 다섯 바퀴 돌고 와선 연잎을 펴고 가지구이를 곁들여 먹었다.

반주는 가을비

8월 21일

가을비…… 오신다.

일기예보도 가을장마라니까, 가을 맞다.

참새들이 오지 않으니, 바흐 무반주 첼로곡을 아침부터 튼다. 교실 바닥 나무 판들이 울린다. 양말 벗고 그 울림에 발을 댄다.

뒤집어엎고 새로 쓰기 시작한 장편이 원고지 천 매를 넘었다. 이야기가 끝날 때까지 몇 매를 더 써야 하는지는 가늠할 수 없다. 등장인물들이 꼭 가야 할 마을이 서른 군데 남짓이다. 가을 답사가 기대도 되고 걱정도 되지만, 어떻게든 되겠지. 집필 시작한다.

벼락 맞은 땅으로부터

8월 23일

벼락에 이어 천둥이 쳤다. 먼 산이 사방을 둘렀고 그 안에 하늘을 막는 장애물이 없으니, 벼락이 들녘에 떨어지는 것이 분명하게 보였다. 벼락이 친 뒤 어릴 때처럼 열 손가락을 접어가며 숫자를 헤아렸다. 숫자가 작을수록 가까운 곳에 벼락이 내린 것이다.

벼락 맞아 죽은 불효자 이야기나 벼락 맞은 대추나무의 효능에 대해선 들은 적이 있지만, 이 대표는 벼락 맞은 땅 이야기를 꺼냈다. 벼락 맞은 사람은 죽고 벼락 맞은 나무는 불타오르는데, 벼락 맞은 땅은 어떻게 되는지 나는 아는 것이 없다.

이 대표는 벼락 맞은 땅이 엄청난 전기 충격을 받는다고 했다. 사전을 찾아보니 땅에 떨어지는 벼락의 전압은 10억 볼트가 넘고 전류는 5만 암페어나 흐른다. 땅은 하늘로부터 비나 눈만 받는 것이 아니다. 벼락을 피할 수 없다.

비가 내려 바뀐 땅이나 눈이 내려 바뀐 땅과 함께 벼락 맞아 바뀐 땅에 대해서도 글을 써야겠다.

불청객을 맞을 때

8월 24일

처서.

어제부터 비가 계속 내린다.

농부는 자꾸 짙은 먹구름을 올려다보며 혀를 찬다.

"이 비는 반갑지 않습니다. 나락이 영글기 시작해야 하는데, 방해를 받거든요. 병이 생길 수도 있고."

언제나 좋은 비, 좋은 바람, 좋은 햇볕은 없다. 때를 맞춰 살필 것.

잠언을 경계함

8월 25일

잠언은 때론 만들기 쉽다. 문장 안에서 몇 바퀴를 돌면, 모서리가 마모된 조약돌도 꺼낼 수 있고, 날이 시퍼런 창도 흔들 수 있다. 거기까지 도달하는 것도 수고라면 수고겠지만, 문장에 비해 매우 적은 수고일 때가 대부분이다.

장편소설을 쓸수록, 삶이 토한 잠언이 드물다는 것을 깨닫는다. 마음에 드는 잠언을 보면 그걸 이야기로 풀고도 싶다. 존 버거의 '가끔은 단 한 문장을 반박하기 위해 한 인생 전체를 이야기할 필요가 있다'라는 문장에 밑줄을 그을 수밖에 없는 이유다. 1년 전에 출간한 『아름다움은 지키는 것이다』는 이 문장을 내 식대로 풀어 쓴 결과물이다.

『월든』을 어젯밤 다시 보며, 손노동만으로 생계를 꾸리는 날들과 거기서 비롯된 문장들에 밑줄을 그었다. 6년 전 내가 끼적인 단상을 찾아 읽기도 했다.

"지금 쓰는 소설들엔 잠언이 하나도 없었으면 싶다. 몇 개의 근사한 잠언으로 해결되지 않는 자리에서부터 소설은 시작되는 것이 아닐까. 간절한 질문에 정답을 찾지 못해, 구불구불 지저분한 설명과

덧칠한 묘사와 더 지우기 힘든 대화들이 이어지는 판. 누가 설령 잠언을 던져주더라도, 백 번쯤 의심하고 그 의심의 과정을 소설로 만드는 편이 낫다.

멋진 말은 누구나 하지만, 이기는 말은 아무나 하기 힘들다. 고민의 끈을 놓지 않고, 현실과 계속 맞춰보며 버릴 건 버리고 숨겨 간직할 건 간직하면서, 정말 거의 마지막에 운까지 따라 발견하게 되는, 발견하더라도 건너가기 어려운 외나무다리에서 굴러떨어지지 않으려 버둥거리며 나아가는 한 걸음 한 걸음이 내 소설이었으면, 그랬으면."

꽃이 지듯 우리도 지나니

8월 26일

여름 정원엔 많은 꽃들이 피고 또 진다.

해바라기가 활짝 핀 8월 초엔 뒤편 소나무까지 우람하여 멋지다는 칭찬을 자주 들었다. 포토존을 따로 만들지 않아도 방문객들이 거의 빠짐없이 그곳으로 갔다.

불과 보름이 지나고 꽃이 지기 시작하면서 잎도 덩달아 시들었다. 꽃이 하늘을 당당하게 우러르지 못한 채, 고개 숙인 수도자처럼 땅을 향해 겨우 버티자 품평이 바뀌었다. 시든 꽃 때문에 소나무까지 보기가 싫으니, 서둘러 해바라기들을 모두 베어버리라고. 저런 곳엔 해바라기를 심지 말라고.

조언하는 이들에게 되묻고 싶다. 지는 꽃에게 어울리는 장소가 따로 있는가. 시들어간다는 이유로 죽음을 앞당기는 것이 옳은가.

EBS 국제다큐영화제 초청작인 〈라야 할머니의 전쟁〉을 점심 먹고 보았다. 할머니는 제2차 세계대전 때 독일과 소련이 치열하게 싸운 레닌그라드 전투에 참전하셨다. 아직 살아 있는 참전용사들도 아흔 살을 훌쩍 넘겼다. 할머니의 현재 상황이 자주 해바라기로 비유된다.

할머니는 말씀하셨다.

"시든다 해도 떨어지진 않겠어. 말라비틀어져도 붙어 있을 거야."

피는 시간만 즐기는 정원이 아니라 지는 시간도 아끼는 정원을 만들면, 사람들이 올까. 꽃 진 풀과 꽃 떨어진 나무 곁에 머물까.

확인

8월 31일

8월의 마지막 저녁.

7월과 8월에 쓴 초고를 챙긴다.

푸르름이 내 마음의 멍자국 같다.

9월

벼꽃 닮은
사람을 만나는 달

싸목싸목 싸게싸게

9월 1일

용석과 함께 '창작집단 싸목싸목'을 결성하고 3년이 지났다. 연말까지 선보일 작품들 준비에 들어가야 한다. 코로나 때문에 공연을 제때 못 할까 불안하지만, 우리가 할 일은 하고 기다려야지.

'창작집단 싸목싸목'을 통해 아직 판소리로 만들고 싶은 이야기가 많다. 오늘은 가을비 맞으며 흐르는 강을 보러 가야겠다.

여기서 이럴 줄 몰랐네

9월 2일

『아름다움은 지키는 것이다』 1주년 기념 줌 북토크를 마쳤다. 섬진강과 곡성 들녘의 겨울 봄 여름을 살았고, 이제 가을이다. 나는 이 책을 따라 어디까지 가게 될까.

어제부터 '김탁환의 이야기학교' 2기 수업을 시작했다. 이번에도 곡성 군민 열한 명이 용기를 냈다. 10월 말 개점을 목표로 생태책방 준비도 차근차근 하고 있다. 오늘따라 이야기가 쭉쭉 뻗어가서 새벽부터 오후 5시까지 계속 고치고 쓰고 또 고쳤다.

이렇게 곡성에서 무엇인가를 하고 있다. 여기서 이럴 줄 몰랐으니 인생이란 참 알 듯 말 듯 묘하다.

바질을 선물하다

9월 4일

어제 점심을 먹고 텃밭에 가서 바질을 땄다. 어떤 게 풀이고 어떤 게 바질인지 가려내는 법은 간단하다. 허리를 숙이고 코를 슬쩍 대기만 해도 진한 바질 향이 난다. 내가 구별할 수 있는 향만도 다섯 가지가 넘었다.

봉지에 담아 KTX를 탔다. 혹시 향이 새어나갈까 봐 봉지를 겹으로 싸서 가방에 넣었다. 영화 〈레이니 데이 인 뉴욕〉을 보기 시작했다. 초가을 비가 계속 내리고 있어서인지 〈카이로의 붉은 장미〉보다 이 영화가 끌렸다.

노트북을 켜고 영화 볼 준비를 하다가, 섬진강을 따라 펼쳐진 들녘을 살폈다. 비가 멈춘 뒤 구름은, 둥지로 돌아가는 새처럼 지리산과 동악산과 천덕산으로 물러나 산봉우리를 가린 채 머물렀다. 둥글둥글하면서도 거대한 신들이 벽과 천장을 채운 미켈란젤로의 성화를 떠올리게 했다.

영화는 자서전처럼 읽혔다. 우디 앨런은 뉴욕이 자신에게 인생대학이었다는 점을 능수능란하게 보여준다. 〈이레셔널 맨〉 〈카페 소사이어티〉 〈원더 휠〉 등에서도, 자신에게 영향을 준 이야기(소설이든 연극이든 영화든)를 변주하며, 살아버린 인생에 대한 회한과 능청 그리고 유머를 덧붙여왔다. 느슨한 퇴행이라는 비판도 있지만, 자신의 삶을 영화로 이렇듯 곱씹는 작업이 내겐 여전히 흥미롭다.

영화 속에서 비가 퍼붓기 시작할 때, 창에 기대어 깜박 졸았다. 20분쯤 뒤에 깨어, 20분 전으로 영화를 돌리고 옆자리를 슬쩍 보니, 승객이 바뀌었다. 남원에서 건장한 정장 차림의 남자가 옆에 앉는 바람에 답답했는데, 푸른 원피스의 여자다. 전주쯤에서 탔을까. 그녀는 마스크를 쓰고 이어폰을 휴대전화에 연결한 채 눈을 감고 있었다.

영화를 마저 보고 나니 용산역이 가까웠다. 노트북을 가방에 넣은 뒤 이어폰을 바지 주머니에 넣고 내릴 준비를 하려는데, 그녀가 물었다.

"바질을 가지고 가시나 봐요?"

갑작스런 질문에 답이 가지런하지 못했다.

"싼다고 쌌습니다만…… 미안해요."

"아뇨아뇨. 이게 미안할 일인가요. 자리에 앉을 때부터 향이 조금씩 났어요. 처음엔 핸드크림이나 향수인가 싶었죠. 근데 노트북을 넣으려고 가방을 열 때, 향이 확 올라오더라고요. 가방에 바질을 두셨구나 했죠. 참고로 저 바질 좋아해요."

"드릴까요? 제가 직접 기른 건데……."

"아뇨아뇨."

'아뇨'를 두 번씩 하는 사람이었다. 나는 겹으로 쌌던 봉지 중 하나를 벗겨냈다. 바질 두 개를 그 봉지에 넣어 건넸다. 그녀가 마스크 위로 눈웃음을 지으며 받았다.

지하철을 탔다가 버스로 환승했다. 버스에서 내리려고 벨을 누른 뒤, 손바닥을 마스크 위에 대고 향을 맡았다. 바질 향이었다. 섬진강 들녘 흙내까지 묻어나는.

고맙다, 노을

9월 6일

새벽에 눈을 뜨면 일몰시각부터 확인한다. 노을을 향해 자전거를 타고 퇴근하기 위함이다.

봄에는 논두렁과 메타세쿼이아 길을 따라 40분을 걸었다. 6월 들고 여름이 시작되니 걷기가 힘들었다. 그때부터는 자전거로 집필실을 오갔다. 붉은빛이라곤 전혀 없는 자전거에 '노을'이란 이름을 붙였다.

이른 새벽길 위로 내려앉아 먹이를 쪼는 새들을 쫓으며 질주하는 재미도 남다르지만, 아랫도리에서부터 붉어지는 저녁 하늘 아래로 자전거를 몰고 퇴근하는 마음은 형언하기 어렵다. 많은 생각이 들기도 하고 아무런 생각이 나지 않기도 하며, 온갖 감정이 차오르다가 또 순식간에 썰물처럼 빠져나간다.

15분이면 숙소에 닿고도 남지만, 곧바로 들어가지 않고 페달을 더 밟는다. 서산으로 해가 넘어간 뒤, 본격적으로 하늘 구석구석까지 퍼지는 치명적인 붉음을 만끽하기 위해서이다.

서울에서도 자전거를 가끔 타긴 했다. 주말에 천변이나 강변을 달렸는데, 여름과 겨울엔 쉬고 봄가을에 주로 나갔다. 집필실 출퇴근은 버스와 지하철을 이용했다. 자전거로도 30분이면 충분한 거리지만 도전한 적이 없다. 자전거길을 따른다 해도, 가까이 달리는 자동차 소음이 싫었고, 건널목에 자주 멈춰서야 했다. 섬진강 옆으로 집필실을 옮긴 뒤로는 대부분 걷고, 조금 먼 거리를 빨리 가고 싶으면 자전거부터 찾았다.

이반 일리치는 일찍이 『행복은 자전거를 타고 온다』에서 자력이동과 수송을 구별했다. 자력이동은 사람이 자신의 신진대사 에너지를 이용하여 장소를 옮기는 것이고, 수송은 다른 에너지원에 의존하여 이동하는 것이다.

자력이동과 수송의 가장 큰 차이는 자유로움이다. 수송에서 그 수단이 버스든 기차든 비행기든, 이용자는 정해진 시각을 꼭 지켜야 한다. 사사롭게 빨리 가거나 늦게 가거나 혹은 멈출 자유가 이용자에겐 없다.

출퇴근 시간에 지하철이 철로에 선다거나 자동차가 도로에 멈춘다고 상상해 보라. 많은 이들이 철로와 도로에 갇혀 끔찍한 시간을 보낼 수밖에 없다. 반면에 자력이동을 하는 사람은 얼마든지 빨리 갈 수도 있고 늦게 갈 수도 있으며 멈출 수도 있다. 걷던 사람이 서거나 달리던 자전거가 멈춘다고 그 길이 막히진 않는다.

수송은 정해진 거리를 최대한 신속하고 안전하게 옮겨가는 것이 목표다. 이동 중에 만나는 풍경이나 떠오르는 생각이나 밀려드는 느낌은 중요하지 않다. 물론 자력이동도 목표를 세우긴 하지만, 길

위에서 해찰하다가 그 목표가 조금씩 바뀌거나 아예 사라지는 경우도 많다.

자전거로 15분이면 닿을 거리를 한 시간 가까이 헤매거나 두 시간을 넘긴 적도 있다. 자전거 위에서 딴 풍경 딴 생각 딴 느낌을 만나기 때문이다.

가령 집필실로 출근하려면 읍내를 벗어나자마자 메타세쿼이아 길을 시원하게 달린 뒤, 묘목장을 바라보며 오른쪽으로 핸들을 꺾어 장선리 들녘으로 들어서야 한다. 그런데 지난주엔 들녘까지 갔다가 묘목장으로 되돌아왔다.

봄에 걸어서 이곳을 지날 때마다 거위 네 마리가 유난히 시끄럽게 울었다. 울기만 하는 것이 아니라 따라오며 위협했다. 그런데 그날은 자전거로 지나치는 동안 거위 울음이 들리지 않았다.

거위들이 딴 곳으로 간 것인지 아니면 걷는 사람만 경계하고 자전거 탄 사람은 무시하는지 뒤늦게 확인하고 싶었다. 물을 마시느라 길에서 먼 곳에 모여 있던 거위들은 자전거를 타고 돌아온 나를 보자마자 학익진을 선보이며 더욱 사납게 울기 시작했다. 거위를 전라도말로 '떼까우'라고 부르는 이유를 확실히 알았다.

올가을엔 자전거를 타고 섬진강 마을 길들을 다니려 한다. 곡성 구례 하동으로 내려가는 섬진강 자전거길도 매력적이지만, 강을 끼고 옹기종기 모여앉은 마을들을 자전거로 둘러보며, 조금이라도 흥미로운 구석이 있으면 내려서 살피려는 것이다.

지금까진 집필실과 숙소 사이에서만 저물 무렵을 즐겼는데, 이제 섬진강 마을마다 빛이 스러지고 어둠이 찾아드는 순간을 품고 싶다. 자전거가 준 선물이다. 고맙다, 노을!

남매는 매일 무슨 책을 읽을까

9월 7일

'책 읽는 소녀상'은 많지만 '남매 독서상'은 드물다. 생태를 다룬 책과 친환경 제품을 나란히 두고 가게를 시작하라는 예언 같다.

15년 남짓 나를 흔든 생태와 관련된 책들부터 챙겨 보고 있다. 곧 책방이 들어설 공간도 정비를 시작한다. 살다가 문득 가고픈, 소박하고 다정하며 위로가 되는 곳으로 만들고 싶다.

홀로 달리노라면

9월 8일

가을바람 맞으며 섬진강 따라 달린다.

검은 나비들이 유난히 많구나. 하늘은 과연 높구나. 강물은 줄었는데, 나는 더 무겁구나.

오늘은 가볍게 몸을 풀고 구례까지 내려갈 날은 따로 잡아야겠다.

인연

9월 9일

> 점심을 먹은 뒤에 곡성현에 이르니 온 경내가 이미 텅 비고 말 먹일 꼴도 구하기 어려웠다. 여기서 그대로 잤다.
>
> — 이순신, 『난중일기』, 정유년(1597년) 8월 5일

출근길 마지막으로 만나는 이는 이순신 장군이다.

안개 자욱한 길을 한 시간쯤 걸었다. 맑은 날엔 능선과 봉우리와 들녘에 마음을 빼앗겨 걸음을 멈추고, 안개 낀 날엔 보이던 풍경이 사라지니 다시 멈춘다.

가려진 것은 공간만이 아니다. 시간도 인간도 자욱하다. 그 자욱함에 젖어 바라보노라면, 저만치 밀어두고 보지 않았던, 그때의 공간과 시간과 인간들이 나아온다.

1996년부터 1998년까지 진해에서 『불멸의 이순신』을 쓰다가 지친 날이면, 해군사관학교 앞바다에 정박해 둔 거북선으로 들어가곤 했다. 그 안에서 계속 장군을 향해 질문을 던졌다. 절망을 어떻게 벗어나셨습니까. 어려움을 극복하는 단 하나의 방법을 어디서부터 찾아내셨습니까. 답은 들려오지 않았지만, 질문을 던질 공

간이 있는 것만도 좋았다.

장군은 1597년 8월 4일과 5일에 곡성현에 머무셨고, 6일에는 옥과현으로 가셨다. 조선 수군은 칠천량 대패로 회복이 어려울 지경에 이르렀다. 재건의 중책을 맡은 이가 장군이셨다. 장군이 전라도 땅을 도시니 수군이 되겠다는 이들이 곳곳에서 나왔다.

궁지로 몰렸지만 포기하지 않고, 수군 소멸에 맞서서 다시 시작하기 위해 내딛는 길. 한 치 앞도 내다보기 힘들다는 표현이 비유가 아니라 사실인, 어둡고 자욱한 그 길.

돌고 돌아, 20여 년이 훌쩍 지나간 뒤, 다시 출근길에 장군을 만난다. 새로운 질문들을 장군에게 던진다. 그때도 절실하고 지금도 절실하다. 이번에도 답은 들려오지 않는다.

집필실로 올라가서, 장군이 칼을 쥐고 오롯이 서 계신 동안, 나도 부지런히 자욱한 이야기의 길로 걸어 들어가야겠다.

태제가 왔다

9월 10일

남태제 감독이 왔다.

1987년 같은 과에서 만났으니 34년 지기다. 태제는 〈월성〉을 비롯한 여러 가지 다큐멘터리를 만들었고, 탈핵을 비롯한 녹색 활동을 이어오고 있다. 밥 먹고 강 보고 뽕뽕다리에 누워 하늘도 보고 놀았다. 자유를 이야기했다.

미루지 말고 하고 싶은 일들 꾸준히 할 것.

상추로부터 한 문단

9월 11일

상추가 빛난다. 텃밭에 심은 녀석들이 힘을 내고 있다. 9월엔 초고를 더 쓰지 않고, 지금까지 쓴 원고를 돌아보는 중이다. 상추 같은 당신들이 빛났으면 싶다. 이렇게 손보았다.

"농부는 빛이 그리울 땐 고개를 숙인다. 벼도 빛나고 보리도 빛나고 상추도 빛나므로. 햇볕에 반사된 빛이라고 간주하는 이도 있으리라. 그러나 햇볕을 받으며 자라는 것은 사실이지만, 식물들의 빛이 모두 해로부터 온 것은 아니다. 벼와 보리와 상추가 자라며 뿜어낸 빛이 농부에게 닿은 것이다. 점점 넓어지고 밝아지는 식물들의 그 빛을 한 번이라도 쬔 사람은, 해와 달과 별을 찾아 고개를 들기보다, 아무리 희미하고 작은 빛의 기미라도 무릎 꿇고 손바닥을 땅에 댄 채 고개 숙인다. 벼와 보리와 상추가 만든 빛과 어둠의 이야기를 품는다. 내가 사랑하는 그는 그런 사람이었다."

논에서 러브스토리를 지은 적은 없겠지요?

9월 12일

630개 품종을 심은 논을 천천히 둘러보았다. 모를 심을 때는 몰랐는데, 벼들이 이렇듯 다양한 꼴과 색과 향을 지녔음을, 이 가을에 깨닫고 있다. 오랜만에 이 대표의 논 이야기가 펼쳐졌다.

"메뚜기는 수컷이 클까요 암컷이 클까요?"

"암컷."

어디선가 읽은 기억이 났다.

"맞습니다. 여기 벼 줄기에 붙어 교미 중인 메뚜기 보이시죠? 암컷 등에 수컷이 올라탔습니다."

이 대표가 가리키니 비로소 보였다. 교미 중인 잠자리는 본 적이 있지만 메뚜기는 처음이었다. 가까이 다가가도 두 녀석은 벼 줄기에 딱 붙어 꿈쩍도 하지 않았다.

"사실 이 수컷을 원한 암컷은 또 있답니다. 간발의 차이로 다른 암컷에게 수컷을 빼앗겨 질투심에 가득 찬 눈으로 노려보네요."

과연 그 옆 벼 줄기에 암컷 메뚜기 한 마리가 붙어 있다.

"삼각관계였군요."

"사각관계일지도 모르죠. 혹은 사랑의 도미노이거나."

"사각이라면?"

"저 암컷과 같은 벼 줄기 밑단을 보세요. 수컷이 암컷을 쳐다보며 붙어 있지 않습니까? 암컷이 허락만 하면 당장 뛰어올라 교미를 하려는 것 같습니다."

이야기를 따라, 내 눈엔 보이지 않던 메뚜기 네 마리가 선명하게 나타났다. 이야기의 힘이다.

황금이 아닌 말

9월 13일

'살색'이란 단어를 쓰던 때가 있었다. 인류는 다양한 피부색을 지녔으므로, 살색을 특정 색에 가두는 것은 인종차별이다.

흑미, 녹미, 적미 이삭을 바라보노라면, 가을 논을 '황금 들녘'으로 표현하는 것도 다시 생각하게 만든다. 누런 이삭이 많긴 했겠지만, 다양한 색깔의 이삭을 만드는 벼들도 대대로 재배했다.

이토록 다채로운 이삭들을 내 눈으로 직접 보고 만질 수 있으니 참으로 큰 행운이다. 특히 흑미의 이삭은 너무나도 색이 짙어 더욱 고혹적이다. 블랙이 아니라 다크!

깊고 진한 이야기 하나 떠올리게 한다.

맛은 또 어떨까?

취하렴!

9월 14일

헬멧 쓰고 자전거 타고 노을 보며 얌전히 퇴근하려다가, 해창 막걸리 꺼내 마셨다. 그사이 해가 졌다. 자전거 귀가는 포기한 채 마지막 잔을 물에 타 소나무에게 줬다. 소나무 너도 오늘은 취하렴! 막걸리 마시고 우러르니 노을이 더 붉구나.

늦반딧불이를 영접하다

9월 15일

이야기학교 강의를 마치니 밤 9시가 넘었다. 두 시간 반을 떠들고 나면 아무리 강의가 만족스럽더라도 허기와 함께 허무가 밀려든다. 가방을 챙기려고 집필실 계단을 오르다가 문을 지나 옥상으로 넘어갔다.

처음에는 동쪽 하늘에서 반짝이는 별들인가 싶었다. 그런데 별들이 박혀 있지 않고 흔들렸다. 별똥별처럼 흐르지도 않고 네댓 개의 빛이 떠올랐다가 내려앉았다. 가까이 다가가서야 그것들이 별이 아니라 늦반딧불이임을 알아차렸다.

섬진강에 늦반딧불이가 산다는 이야긴 들었지만 미실란까지 올라온 적은 없었다. 게다가 풀과 꽃이 있는 정원도 아니고 옥상은 더더욱 이상했다. 혹시 나를 만나러 왔을까. 멋대로 상상하니 허전한 마음이 차오르면서 슬그머니 웃음이 나왔다.

휴대전화 대신 노트를 꺼내 펼쳤다. 이 순간을 사진에 담기보다 내 문장으로 옮겨두고 싶었다. 반듯하게 글을 적어나가기엔 늦반딧불이의 빛으로는 어두웠다. 휴대전화에서 손전등을 찾아 켤까 하다가, 그냥 계속 끼적거렸다. 어차피 나중에 고쳐 적으면 된다.

갑자기 찾아들듯이 또 갑자기 사라질 수도 있는 법이다. 사라지기 전에 최대한 두 눈 크게 뜬 채 살피며 적어야 한다.

멀리서 자동차 소리가 들렸다. 수강생들이 각자의 집으로 돌아가는 중이었다. 마음 같아서는 그들을 모두 2층으로 불러올려 강의를 이어가고 싶었다. 그들에겐 섬진강에서 늦반딧불이를 만날 기회가 또 있을 테니 오늘의 행운은 나만 누리기로 마음을 고쳐먹었다.

다시 늦반딧불이를 쓰려는데 휴대전화가 울렸다. 함께 퇴근하자고 이 대표가 건 전화였다. 그 소리에 놀랐을까. 늦반딧불이들이 뒷마당으로 빠르게 날아갔다. 그 빛을 뒤쫓다가 곧 난간에 닿았다. 2층에서 뛰어내릴 수는 없었다. 천천히 날아가던 빛은 저온창고 쪽으로 사라졌다.

집필실로 돌아와서 노트를 확인하니 겨우 열 줄을 적었다. 최소한 백 줄은 적었어야 했건만. 늦반딧불이들이 또 찾아와줄까.

지금부터 인생은 뺄셈

9월 16일

생태책방을 만들기 위해 교실 한 칸을 비웠다. 잔뜩 차 있으면 새로 시작할 수 없다. 비우는 것이 아깝고 아쉽고 때론 불안하기 때문에 군더더기인 줄 알면서도 붙들려 든다.

어제 이야기학교 수강생들에게 글쓰기는 뺄셈이라고 말했다. 이 교실만큼 나도 나를 충분히 비우고 있을까.

백신과 기후정의

9월 17일

잔여백신으로 2차 접종까지 마쳤다.

병원을 나와서 버스를 기다리며 하늘을 올려다보았다. 모처럼 특별시에서 우러른 하늘이라서일까. 곡성 들녘 하늘과는 무척 다르다.

15년 전 모로코로 답사 갔을 때 바라본 탕헤르의 하늘과 닮았다. 가난한 청년들은 바닷가에서 구리빛 상체를 뽐내며 공을 찼고, 골대라고 세워놓은 나무 기둥에 묶인 낙타는 주저앉아 되새김질했다. 그 낙타의 굽은 등 위로 펼쳐진 하늘이 딱 저러했다.

30대에 해외로 답사갈 때는 미리미리 풍토병을 조사하고 거기에 맞는 접종을 하고 비행기를 탔다. 이젠 지구라는 행성에 사는 이들 모두 똑같은 백신을 맞아야 할 처지다.

여야를 막론하고 대부분의 후보들이 변화와 혁신을 말하지만, 기후정의를 중요한 화두로 삼는 이는 없다. 이대로 가면 코로나19보다 더 끔찍하고 힘든 문제들이 닥쳐올 것이다.

답답한 시절인데 하늘은 높고 맑구나.

오늘은 글 안 쓰고 쉬어야겠다.

길을 잃은 뒤에야

9월 20일

> 언제든 숲에서 길을 잃는 것은 놀랍고도 기억할 만한 경험인 동시에 소중한 경험이기도 하다.
>
> — 헨리 데이비드 소로, 『월든』

작년 5월 26일, 김헌 형을 따라서 제주 하도리 철새도래지에 갔었다. 차를 세우고 도래지를 한 바퀴 크게 돌았다. 철새들은 주로 겨울을 나고 떠나기에, 물은 맑고 새는 거의 없는 늦봄의 고즈넉한 풍경이었다. 형이 건네준 탐조용 망원경도 두어 번 쓰다 말았다.

대신 도래지 주변을 층층이 에워싼 밭을 돌아다녔다. 현무암으로 담을 쌓은 밭들이 이색적이었는데, 빈 밭도 있었고 밀과 보리가 해풍에 흔들리는 밭도 있었다. 어떤 담은 무릎 아래였고 어떤 담은 허리를 넘기기도 했다. 바로 옆 밭은 담 너머로 보였지만 그 옆 밭부터는 까치발을 들어도 무엇이 자라는지 알 수 없었다. 한참 이야기를 하다보니 바닷가에 닿았다. 하도리해수욕장이었다.

차가 있는 곳까지 돌아가는 길은, 해수욕장을 지나 건너편으로 걷거나 갔던 길을 되돌아가거나 두 가지였다. 시간이 넉넉했다면 당연히 건너편 길로 갔겠지만, 제주시에서 미리 잡은 저녁 약속에 늦지 않으려면 서둘러야 했다. 상대적으로 거리가 짧은, 왔던 길로 되돌아가기로 했다.

되돌아가다가 길을 잃었다.

도래지에서 밭으로 올라올 때는 바다 쪽만 보고 걸음을 옮기면 되었다. 돌아갈 때는 현무암으로 쌓은 돌담이 시야를 방해했다. 내려가는 길이라 확신하고 밭을 지나면 길 없는 습지였다. 밭을 지나고 또 지나고 또 지났지만 결국 길을 찾지 못했다. 세워둔 차는 저 멀리 보이는데, 미로처럼 이어진 밭을 벗어날 수 없으니 답답했다.

이스탄불이나 마르세유나 상트페테르부르크에서 길을 잃었을 때는 구글 지도에 기댔다. 그러나 이 밭의 길들은 지도에도 나오지 않았다. 처음엔 약속에 늦을까 조바심이 났고, 나중엔 길을 기억해내지 못하는 나 자신에게 화가 났다.

그러다가 어느 순간 형과 마주 보며 웃음을 터뜨렸다. 가파른 산이나 울창한 숲도 아니고 평지에서 길을 잃은 적이 얼마 만인가. 형과 다시 하도리해수욕장으로 나왔고, 건너편으로 돌아가선 차를 타고 제주시로 향했다. 약속에 늦긴 했지만 반가운 이들을 그래도 만났다.

『월든』을 재독하다가 눈보다 발을 길잡이로 삼지 못하고 길을 잃는 사람들에 대한 이야기에 닿았다. 초독 때는 지나친 일화였다. 김헌 형과 땀을 뻘뻘 흘리며 걸은 철새도래지 옆 밭들이 떠올랐다. 우리가 길을 잃은 이유도 발을 길잡이로 삼지 않아서였을까. 언젠가 다시 와서 잃었던 길을 찾아보자고도 했다. 그런데 다시 가도 길을 잃을 듯하다.

집필실을 옮기고선 자주 길을 잃는다. 자전거를 타고 가거나 걷다가 조금만 호기심을 따르노라면 낯선 풍경과 맞닥뜨린다. 길을 확인하는 손쉬운 방법은 모바일로 지도를 보는 것이지만, 일부러 지도 없이 내 기억과 추측과 오감이 시키는 대로 떠돈다.

길을 잃은 채, 마을도 만나고 나무도 개도 꽃도 사람도 만난다. 길을 잃어봤자 섬진강 옆이지 않은가. 언제든 강으로 가면 길을 찾을 수 있다.

브루스 채트윈의 『송라인』도 새삼 들여다보았다. 길을 잃었을 때, 산이나 강이나 바다 혹은 들판은 길을 찾는 표식이다. 그 표식에 대한 고마움과 든든함을, 동양이든 서양이든 이야기가 담긴 노래로 풀어 왔다. 길을 찾기보다 잃고 싶을 때, 이왕이면 겨울철새들이 있을 때, 형에게 그 밭길로 또 가보자 권하고 싶다.

『월든』의 이 문장을 읽고 나니 더더욱 그렇다.

> 우리는 길을 잃은 뒤에야, 바꿔 말하면 세상을 잃은 뒤에야 비로소 자신을 찾기 시작하고, 우리가 지금 어디쯤 있는지, 세상과의 관계는 얼마나 무한한지를 깨닫기 시작한다.
>
> — 헨리 데이비드 소로, 『월든』

아직 고프다

9월 22일

가을에 올릴 작품들을 위해 모처럼 모였다. 작년에 선보인 판소리극 〈한국호랑이 왕대의 모험〉 외에 새로 두 작품을 초연할 예정이다. 소리꾼들은 이야기에 굶주린 참새 같다.

이번엔 빠졌지만, 다음엔 참새들이 주인공인 소리도 하나 만들어야겠다. 이제 연습이다. 지치지 말고 다치지 말고.

동병상련

9월 24일

함께 이름을 정했다.

'생태책방 들녘의 마음'

새로 뚫린 저 문으로 얼마나 많은 이야기가 넘나들려나.

신용초등학교 동아리 '나는 생태학자다' 어린이들이 추수를 한 모양이다. 이삭이 가득 달린 다섯 품종의 벼가 탁자에 나란히 놓인 사진 위로 어린이들의 맑은 얼굴이 겹쳤다. 섬진강 들녘 농부와 대도시의 초등학교가 힘을 합쳐 벼를 비롯한 농작물을 학교 텃밭에서 기르는 프로그램을 더 깊이 고민해야겠다.

어린이들이 들녘의 마음을 충분히 느끼도록 도운 것 같아 기쁘다. 초보 농사꾼의 동병상련인지도 모르겠다.

이 들녘의 이야기는 만들어져야 한다

9월 25일

존 버거의 중단편 소설들을 줌으로 설명하고 나니 정오다. 제주 탐라도서관의 '열두 달 고전 읽기' 프로그램에서 나는 9월과 10월을 맡았다. 9월엔 존 버거의 『한때 유로파에서』, 10월엔 로맹 가리의 『노르망디의 연』을 다룰 예정이다.

> 그동안 일어났던 모든 일에 이름이 주어졌다면, 이야기 같은 건 필요 없었을 것이다. 하지만 지금 보듯이, 삶은 어휘들을 능가한다. 단어가 빠진 자리가 있고, 그래서 이야기가 만들어져야만 한다.
>
> — 존 버거, 『한때 유로파에서』

1974년에 정착한 프랑스 산골 마을 퀸시에서 겪은 삶에 맞는 단어가 없어서, 존 버거가 이 이야기들을 만들기 시작했다고 내 멋대로 받아들이며 곱씹는다. 내가 요즘 곡성에서 자주 부딪히는 문제이기도 하다. 기존 단어나 문장으론 이곳의 삶을 정확히 옮기기 어려우니 이야기로라도 기록해 둘까. 이야기를 짓다 보면 적합한 단어가 가오리연의 꼬리처럼 따라와 흩날리겠지.

그래서인지 존 버거가 만든 독특하고 강력한 이야기들은 한두 문장이나 단어로 요약되지 않고 다의적이다. 장자의 우언에 가깝다. 시공을 건너뛰며 더 많은 이야기들이 엉킨다.

독자들에게 설명하기 가장 힘든 대목이기도 하다. 논리적으로 정돈하지 말고, 이 장면과 이 사건을 만든 이야기꾼의 마음을 먼저 헤아려볼 것. 좋은 독서법인지는 모르겠지만, 이런 헤아림은 글을 쓰는 이에겐 도움이 된다. 이야기는 어떻게 단어를 낳고 단어는 어떻게 이야기를 배신하는가.

어제 종일 어루만진 중단편 네 편을 아침에 더듬더듬 90분 동안 푼 뒤 소파에 몸을 깊이 묻고 앉았다. 좀 늘어져서 이 유일무이한 장면들을 혼자 더 음미하련다.

변검(變臉)이란 단어를 다시 찾았고

9월 30일

어느새 9월도 끝이다. 메타세쿼이아 아래로 걷다가 샛길로 빠져 나무들과 놀다 왔다. 보름 만에 제법 긴 아침 산책이었다. 나뭇잎들이 완연하게 달라졌다.

소로가 말했던가. 꽃은 물든 나뭇잎일 뿐이고, 과일은 익은 나뭇잎일 뿐이라고. 이 가을을 맘껏 쓰자.

10월

해도 보고
땅도 보는 달

다르게 들린다

10월 1일

첫 추수를 했다.

아침부터 낫을 들고 '큰눈' 품종부터 베었다. 6월 초에 손 모내기 한 것이 엊그제 같은데 벌써 나락이 여물었다. 630개 품종이 극조생종부터 극만생종까지 다양하니, 한 달 넘도록 시간 차이를 두고 추수가 이어질 예정이다.

논흙의 감촉을 느끼고 싶어 맨발로 들어갔다. 모내기 전 아무것도 심지 않은 물에 잠긴 흙과도 다르고, 모를 내고 피를 뽑을 때 뿌리들이 자리를 잡아가는 흙과도 달랐다. 젖어 있긴 했지만 단단하면서도 부드럽다. 벼를 키워내느라 애쓴 시간이 이 모순에 담겼으리라.

모내기부터 추수까지 넉 달 남짓이 벼가 논에서 자라고 익고 스러지는 한 생이다. 그 생을 가까이에서 지켜보며 다양한 소리들을 들었다. 바람이 휘젓고 비가 내리쳤으며, 개구리로 시끄러운 밤과 참새로 부산한 아침이 이어졌다. 가을로 접어든 뒤에는 논두렁을 걸을 때마다 수백 마리 메뚜기들이 뛰어올라 벼 사이로 숨는 소리가 요란했다.

그리고 스스슥 스슥 소리에 이른다. 낫으로 벼 베는 소리다. 능숙한 농부는 단번에 슥 베지만, 나는 두 번 세 번 나눠도 조심스럽다. 나뉜 소리에 서툰 맘이 담겼다. 삶이 죽음으로 건너가는 소리다. 한 생이 그치는 소리다. 이 낫질을 거쳐, 무수한 삶과 죽음을 거쳐, 우리는 한 공기의 밥을 먹는다.

"일용할 양식을 주옵시고……."

기도문이 다르게 읽힌다.

훗날 너는 봄동이라 불릴 거야

10월 3일

베는 것이 있으면 심는 것도 있다.

벼를 베고 나서 배추 모종을 심었다. 전에 심은 상추밭을 지나 배추 심을 밭에 이르니, 아직 거두지 않은 바질이 군데군데 있다. 바질 사이에 모종을 심기로 했다. 진한 향이 배추 모종을 괴롭히는 해충들을 내쫓는지 알아보기 위해서다.

효과가 있으면 계속 바질과 배추를 같은 밭에 심어볼까 한다. 지금 심는 배추로 김장을 하기엔 너무 늦었다. 아예 해를 넘겨 봄동으로 먹으려 한다.

논이 일 년 단위로 크게 돈다면, 밭은 여러 작물을 철 따라 심고 거두고 또 심는 재미가 쏠쏠하다. 배추가 충분히 자랄 것을 예상하고 40센티미터 간격으로 땅을 파니, 지렁이는 물론이고 개구리들도 놀라 튀어나온다. 지렁이는 다시 흙 속에 넣고, 개구리들은 갈 길 편히 가렴 손짓하며 보냈다.

손이 느끼고 하는 일들이 점점 는다.

농촌 유학

10월 4일

섬진강 장선습지까지 걸었다. 조금 더웠지만, 어린이들이 잘 따라주었다. 이번 생태워크숍 참가자는 서울에서 '곡성 유학'을 온 여섯 가족과 옥과로 귀촌한 한 가족이다. 코로나 때문에 대도시에서 대면 교육과 다양한 체험활동이 어려워지자 곡성으로 배움터를 옮긴 이들이다. 이처럼 더 생태적이고 안전한 농촌을 찾아 하루든 한 달이든 일 년이든 혹은 더 긴 기간 배움과 삶의 터전을 옮기는 이들이 늘어날 것이다.

곡성으로 이사한 뒤부터는 집을 나서면 돌아올 줄 모르고 밖에서 신나게 뛰논다는 소문대로, 어린이들은 마당과 들녘과 강을 충분히 자기 식대로 즐겼다. 그들이 곡성을 맘껏 누리기 바란다.

올해 시험 삼아 생태를 주제로 원데이클래스를 했는데, 참가 신청도 많고 평가도 좋았다. 폐교였던 미실란에 교실과 마당과 정원이 있고, 바로 옆에 630개 품종의 벼를 친환경으로 재배하는 논이 있고, 10분만 걸으면 습지를 품은 섬진강이 흐르니, 생태교육을 하기엔 최적지다.

마음을 보태는 이들과 함께 내년에도 천천히 알차게!

누가 옹기그릇인가

10월 6일

삶은 단순하게 소설은 복잡하게!

장편 작가로 살다 보니 이 방식을 따를 수밖에 없다. 삶이 단순해야 에너지가 모이고, 그 에너지를 장편에 하염없이 부어야 한다. 지금 쓰는 장편의 집필 계획도 지극히 단순하다.

2021년 초고

2022년 퇴고

2023년 출간

구상을 한 것은 10년이 넘었고 소설의 육체가 될 소재를 찾은 때로부터도 3년이 지났다. 초고를 또 크게 삼등분하여, 1월부터 봄까지 1부를 썼고 여름에 2부를 썼고 어제부터 3부를 시작했다. 3부를 마칠 즈음이 크리스마스면 좋겠다. 스타일이나 내용은 완전히 다르지만 초고 분량은 2013년에 출간한 『뱅크』 정도(200자 원고지 4,500매 내외) 되지 않을까 싶다.

『뱅크』의 핵심 질문은 '이 땅에서 자본주의가 어떻게 시작되었는가'였다. 지금 쓰는 장편의 핵심 질문은 『뱅크』보다도 크다. 이걸 감당하려면 내 삶이 더 단순해져야 한다.

퇴고가 쉽지 않으리란 예감이 벌써 들지만, 그건 2022년에 고민할 일이다. 하여튼 2023년 봄 탈고의 그 날까지 섬진강과 산골짜기를 자주 돌아다닐 듯하다. 서서히 미쳐가겠지.

소설가가 된 후 25년이 지나는 동안, 안색이 좋아졌다는 이야기를 들을 땐 대부분 초고를 쓰고 있었다(퇴고할 땐 곰처럼 웅크린 채 불행을 곱씹으니, 어디 아프냐는 질문만 받았다). 복잡다단한 세상일로부터 스트레스 받지 않고, 내가 쓰고 있는 오직 이 이야기에만 자극받으며 몰입해서 달리고 있으니, 좋게 말해 맑아지고 나쁘게 말해 바보스러워지나 보다.

섬진강 들녘에서 초고를 쓰고 있으므로, 그 정도가 좀더 심할 듯도 하다. 어제 3부의 첫 문장을 시작하기 전, 대화를 나눈 이에게 추천받고 찾아 읽은 문장이 지금 내 맘 같다.

> 정말이지, 도대체 누가 옹기장이고, 누가 옹기그릇인가?
>
> — 오마르 하이얌, 에드워드 피츠제럴드, 『루바이야트』

나무의 시간 뱀의 공간

10월 7일

30매 쓰고, 자전거 끌고 나왔다.

구름이 무겁게 내려앉았다. 자전거 타기 딱 좋은 날씨다.

때때로 비.

일기예보가 맞다 해도, 빗방울 사이를 골라골라 돌아오기로 한다. 벼들이 출렁이는 들판을 먼저 달린 뒤 침실습지에서 잠시 쉬고 섬진강을 거슬러 올라왔다.

동산리와 신리에서 정자목인 보호수들을 만났는데, 전부 팽나무다. 나이는 약 이백 살. 그러니까 1821년부터 이 자리를 지켰다는 뜻이다. 나무의 말을 알아들을 수 있다면, 그 시절 이 들녘의 가을 풍경과 사람들과 사건들에 대해 묻고 싶다.

돌아와서 둠벙 옆에 앉았는데, '밥카페 반(飯)하다'의 서열 2위 김순태 여사님이 다급히 나를 불렀다.

"작가님, 둠벙에 누가 통발 던졌어요?"

"왜요? 아까 점심 때 목사님이 미꾸라지를 잔뜩 잡으셨던데요."

생태책방 내부 공사를 위해 대구에서 온 황병석 목사님이 던져둔 통발이다. 목사님은 나무 다루는 솜씨가 뛰어나다. 하긴, 예수님도 목수셨다.

"통발에 뱀이 들어 있어요."

둠벙에 가서 보니, 통발에 미꾸라지는 없고 뱀만 몸을 뒤챘다. 저녀석을 어이해야 하나. 여긴 선악과는 없고 감나무에 감만 맛있게 달려 있건만.

이 대표가 와서 보니 독 없는 뱀이라고 한다. 행복하게 살기를 바라며 목사님이 뱀을 풀어줬다. 오늘은 해피엔딩.

듣고 캐고 베다

10월 8일

베고 캐고 들었다.

듣고 캐고 벤 순서로 이야기하련다.

저녁 8시, 순천으로 가서 가수 윤선애 님 공연을 보았다. 맨 앞자리에 앉아 노래를 들었다. 〈저 평등의 땅에〉나 〈그날이 오면〉처럼 귀에 익은 곡도 좋았지만, 그 시절보다 앞선 노래나 뒤에 나온 노래도 좋았다. 1980년대에 노래를 부르기 시작했으되, 지금까지 계속 정진해 온 예술가의 마음에 닿은 느낌이랄까. 노동자의 긍지를 이야기하며 눈시울을 붉힐 때, 그것은 또한 가수 윤선애의 긍지라는 생각을 했다.

《민주주의의 노래》 음반을 사서 돌아오는 차 안에서 내내 들었다. 밖은 어둡고 안의 목소리는 맑고 풍요로우니, 가사가 잘 떠오르지 않는 대목에서도 허밍을 계속했다. 따라 하고 싶은 밤이었다.

오후 3시, 죽곡에서 토란을 캤다. 처음에는 토란대를 베러 가는 줄 알았다. 가서 보니, 베는 것이 아니라 캐는 일이었다. 이랑을 덮은 비닐을 벗기면서 토란대도 낫으로 베긴 했다.

본격적으로 힘을 쓰는 것은 거기서부터다. 쇠스랑으로 이랑을 힘껏 내리 찍은 뒤 흙덩이를 뒤집으면 큼직한 토란이 흙에 뭉쳐 나온다. 그 덩이를 집어 들어 목침 같은 참나무 막대에 내리치면 깨어지면서 흩어진다. 그때 토란만 골라 뚝뚝 끊어 모아 담는 식이다.

쇠스랑을 내리칠 때는 일어서야 하고, 토란 덩이를 깰 때는 엉거주춤 무릎을 굽히며 양팔을 들어올려야 하고, 흩어진 토란을 주울 때는 앉아야 한다. 토란국을 어려서부터 먹어왔지만, 토란을 밭에서 이렇듯 힘들게 거두는 줄 처음 알았다.

아침 10시 반, 미실란 직원 전부 논으로 가서 벼를 벴다. 나도 맨발로 동참하여 낫질을 했다. 품종별로 두 줄만 베고 두 줄은 남겼다. 벤 벼는 탈곡까지 바로 했다. 새참도 먹었는데, 둘러앉고 보니 이 대표와 나만 빼곤 전부 20대에서 30대 초반 청년들이다. 2018년에 처음 미실란을 방문했을 때는 중년 직원들이 여럿 있었는데, 어느새 청년들로 바뀐 것이다. 사라진 중년들은 다 어디로 갔을까. 이 청년들은 곡성에서 어떤 꿈을 꾸는가.

아침 9시, 출근했다.

어젯밤부터 오늘 아침까지 아홉 시간을 잤다. 더 잘 베고 더 잘 캐기 위해서다. 얼마나 잘 베고 캤는지는 모르겠지만, 저녁에 윤선애 가수의 노래는 집중해서 들었다.

숙소에 도착하니 피곤이 밀려든다. 오늘도 아홉 시간쯤 자고 싶지만, 밀린 빨래부터 하고 잠들 예정이다. 오랜만에 차 안에서 들은 〈진달래〉란 노래를 흥얼거리면서.

저 돌이 섬진강 도깨비란 걸 아시는지?

10월 9일

자전거를 타고 뽕뽕다리로 갔다. 베고 캔 여파로 허벅지와 어깨와 등근육이 뭉쳤다. 이열치열. 자전거를 신나게 달리고 뽕뽕다리에 누워 시원한 물소리를 들으면 근육이 풀리겠지.

뽕뽕다리에서 내려다본 강물은 여름보다도 맑다. 물속 돌들이 하나하나 다 보인다. 강으로 뛰어들어 돌들을 만지고 싶다. 돌의 기억을 문장으로 옮기면, 내 모난 문장들까지 저 강물에 씻겨 동글동글해지려나.

말 문학

10월 16일

곡성 떠나 순천 거쳐 창원 돌아 진해 가는 날.

순천역에서 창원중앙역까지 무궁화호로 두 시간이 걸렸다. 그 두 시간은 내가 내 곁으로 가는 시간이었다.

판소리 사설을 쓰고 또 공연을 준비해서 올리는 걸 보며, 독자들이 가끔 내게 말했다. 판소리를 그렇게 좋아하시는 줄 몰랐어요!

두 시간 동안 기찻간에서 한국구비문학회와 건국대 서사와문학치료연구소 특별기획 학술대회를 줌으로 봤다. '담촌 서대석 선생의 국문학 연구와 서사학의 새 지평'이 학술대회 제목이다. 얼마 전 서대석 선생님은 팔순을 맞아 『담촌 생애담』이란 책을 내기도 하셨다.

축사와 축가와 업적소개에 이어 '한국 서사문학 연구의 흐름과 학문적 과제'라는 제목으로 한 시간 동안 발표하셨다. 감정적인 회고가 아니라 발표문을 읽으며 한국 서사문학 전반에 대한 검토와 문제 제기가 이어졌다.

30여 년 전 강의실 풍경이, 그 느리고 굵고 분명한 음성과 함께 떠올랐다. 대학 입학 전까지 나는 시와 소설이 문학의 전부인 줄 알았다. 서 선생님을 뵙고 강의를 들으며 '이야기'라는 것이 얼마나 넓고 깊은가를 배웠다.

거기, 글로 하는 문학이 아닌 말로 하는 문학이 있었다. 『한국구비문학대계』에 담긴 그 많은 이야기들, 세습무들의 서사무가들, 구비구비 흐르는 판소리들, 그리고 신나는 가면극과 다채로운 놀이들. 말 문학과 글 문학의 연관 관계 역시 판소리계 소설과 군담소설을 통해 다뤄졌다.

이야기의 진수가 소설이라는 생각이 얼마나 얕고 좁았는가를 깨달은 시간이었다. 존 버거나 리 호이나키가 소설이 아니라 이야기를 강조할 때면, 바로 이 말 문학들이 떠오르곤 했다. 프랑스든 남미든 아프리카든 거기서도 말로 이야기를 짓고 부르고 읊고 나누었으리라.

창원중앙역에 내려 문화원으로 갔다. 창원문학축제 특강을 했다. 제목은 '곁에서 쓰다'. 한 달 전에 냈던 원고엔 바다와 도시와 책이 내가 가까이 반복해서 가는 곁이라고 적었다. 그런데 오늘 더 많이 이야기한 것은 장편소설이다. 내가 주력하는 장편소설은 독자가 홀로 골방에서 읽어야만 하는 글 문학이다. 인생의 질문을 파고드는 파괴력은 상당하지만 두루 함께 즐기며 공감하는 예술은 아니다.

말 문학은, 판소리든 가면극이든 노래든 말을 주고받고 이야기를 펼칠 판이 먼저 깔린다. 사람들이 모이지 않으면 아무것도 시작할 수 없다. 또 다른 이야기의 세계다.

엉뚱하게 들리겠지만, 「복음서」에서 예수가 비유를 들어 이야기를 하는 대목을 읽을 때마다, 나는 판부터 살폈다. 호수인가 산인가 아니면 마당인가 방인가. 이야기하는 예수는 어디에 있고 이야기를 듣는 이들은 어디에 있는가.

오병이어의 기적을 접했을 때도 말 문학의 특징을 떠올렸다. 한 바탕 말로 이야기를 펼친 뒤엔 모인 이들이 함께 먹고 마시는 일이 잦았다. 모처럼 모여 즐겼는데 어찌 이대로 그냥 헤어질까. 제자들이나 따르는 무리는 깨달음을 얻기 위해 예수의 글을 저마다의 골방에서 읽은 것이 아니다. 그들은 예수의 말을 함께 들었고, 그 말에 담긴 이야기에 같이 울고 웃었다. 그때까지 아무도 상상하지 못한 세상을 예수의 말에 이끌려 떠올렸다. 그리고 더 믿거나 더 의심했다.

강연을 마치고, 진해로 넘어와서 저녁을 먹었다. 8시부터 흑백다방에서 독자들을 한 시간 남짓 만났다. 이 북토크는 '야행'이라는 큰 제목 아래 놓였다. 제목답게 밤이 깊어가는데도 많은 사람들이 거리 곳곳을 걷고 공연을 즐기고 전시회도 보며 시간을 보내는 중이었다.

나는 진정한 야행에 관해 짧게 이야기했다. 낮처럼 불을 훤히 밝히고 시끄럽게 거리를 돌아다니는 야행이 아니라, 달빛이나 별빛에 겨우 의지한 채 어두컴컴한 세계로 찾아들어 무엇이나 상상이 가능한 야행. 함께 돌아다니다가 천변이든 로터리든 아니면 흑백다방이든 모여 생명의 기원과 우주 종말과 인간의 인간다움을 논하는 그런 밤. 곡성 골짜기의 밤. 스콧 니어링의 밤.

이십 대에 말 문학을 배우고서도 말 문학을 창작할 마음을 품진 못했다. 말 문학에 대한 논문을 찾아 읽긴 했지만, 습작한 작품은 시나 소설이었다.

장편소설을 20년이나 쓴 뒤 판소리가 다시 나를 찾아왔다. 마지막 기회라고 여겼다. 판소리를 즐기는 데 머무르지 않고, 당대의 문제를 직접 건드리는 판소리를 만들어보자.

서 선생님 따라 배운 말 문학들이 든든한 바탕이 되었다. 시간이 흐르는 동안 많은 부분은 잊었지만, 그래도 말 문학의 거대한 세계를 접했을 때의 감동은 남아 있었다.

흑백다방은 유경아 선생이 돌아가신 뒤, 특유의 침침하면서도 따듯한 분위기가 거의 사라졌다. 이젠 흑백다방에 와서 앉아도 글이 나오지 않을 것 같다.

유경아 선생처럼, 나도 무엇인가를 지키고 싶어하는 것이리라. 작년에 낸 책에서는 그걸 '아름다움'이라고 적었다. 아름다움 대신 글로 된 이야기 장편소설과 말로 된 이야기 판소리로 바꿔도 되겠다고, 서 선생님 강연을 들으며, 기차가 진주역을 지날 즈음 생각했다.

담는 자와 담기는 자

10월 20일

섬진강 따라 자전거 타고 달리기 좋은 계절이다. 이 대표와 함께 모처럼 뱅뱅다리까지 달렸다. 추수를 막 시작한 들녘을 가로지르는 맛이 남달랐다.

초보 농사꾼의 좌충우돌 실수담과 농부과학자의 소박한 야망을, 박혜연 피디와 정무영 촬영감독이 1월부터 영상에 담고 있다. 어떤 작품이 나올지 기대가 크다.

더불어 초보

10월 21일

찬 기운 맞으며 들녘을 한 바퀴 돌았다. 아침이슬 맺힌 곳마다 서서 새소리를 들었다. 새벽부터 몰려든 안개는 이곳이 큰 강 옆이란 사실을 일깨운다. 든든한 병풍처럼 쳐다보고 걷던 지리산과 그 이웃 산들도 사라졌다. 들녘 저편이 보이지 않듯, 들녘 저편에 선 사람도 나를 보지 못하리라.

아득히 먼 곳만 있는 것이 아니라 아득히 가까운 곳도 있는 것이다. 안개 걷히면 강으로 나가라며 이슬이 손바닥을 적신다. 한 시간 넘게 들녘을 노닐었으니, 이제 가서 아득히 가깝게, 잔기침하듯, 일용할 양식을 구하듯 또 조금 쓰자.

점심 먹고 오후 내내 '생태책방 들녘의 마음' 만드는 작업에 참여했다. 책방 정식 시작일을 12월 18일로 잡았지만, 10월 24일 '섬진강 생태판소리 한마당'에 오시는 분들에게도 책방의 꼴과 분위기를 보여드리려 한다.

실내에선 선반과 전기 설비 작업이 한창이고, 책방 앞마당에는 박석을 까는 중이었다. 박석 까는 일에 힘을 보탰다. 우선 박석을 옮겨 사각틀에 맞춰 놓았고, 높낮이가 같도록 흙을 넣거나 빼며 다시 자리를 잡았다. 박석 틈은 흙을 꾹꾹 다져 채웠고 그 위에 물을 뿌렸다. 물기를 머금은 흙이 내려가면, 흙을 다시 한두 번 더 채우고 잔디를 심을 예정이다. 내년엔 이곳에서 작가와의 만남을 비롯한 행사들을 열 수 있겠다.

박석을 깔고 나니 해가 졌다. 10월 24일 팝업스토어에서 판매할 책들을 내일 오후까진 정리하고 일부는 진열도 할까 한다. 내가 고르고 간단한 추천의 글까지 쓴 책들을 선보이겠다. 백 종을 우선 택하긴 했는데, 24일까지 얼마나 도착할지는 미지수다. 기미경 팀장이 철저하게 챙기는 중이다.

초보 농부에 이어 이제 초보 책방지기까지 하게 생겼다. 2021년은 용기를 낸 해로 기억될 듯하다. 장편소설가가 되겠다고 결심한 1995년, 대학을 떠난 2009년, 세월호에 관한 소설들을 쓴 2016년과 맞먹는 해.

일을 마치고, 피곤하지만 그래도 몇 자 더 쓰고 퇴근하려고 집필실로 향하는데, 집필실 앞 화단에 국화가 피었다. 미실란 정원 중에서 내가 전담하여 여름에 잡초를 뽑은 곳이다. 꽃들을 보니 반갑고 마음이 편안해졌다. 내년 봄부턴 책방을 찾는 이들이 다양한 꽃들을 즐길 수 있도록 정원을 가꿔야겠다.

작품 아닌 것이 없으니

10월 22일

오늘도 아침엔 쓰고, 오후와 밤에는 10월 24일 '섬진강 생태판소리 한마당' 준비에 매진했다. 행사를 소개하는 글을 간단히 적었다.

> 다 사람이 하는 일이다. 일년 동안 땀 흘려 농사를 지은 섬진강 들녘에서 생태를 주제로 판소리 한마당을 열고 싶었다. 곡성군이 기꺼이 마음을 냈고, 미실란이 힘을 보탰다. 그 위에 오랫동안 창작판소리를 해온 예술가들이 모여 작품을 준비했다.
>
> 세 작품을 선보인다. 판소리에 근거하되, 형식은 각각 다르다. 그 차이를 간략히 적어보겠다.
>
> 소리꾼 한 명에 고수 한 명이던 판소리는 다양한 변신을 거듭하고 있다. 작년에 영등포아트홀에서 선보였고 올해 더 보강한 〈한국호랑이 왕대의 모험〉은 판소리극이다.
>
> 세 명의 소리꾼이 무대에서 연기와 소리를 번갈아 한다. 네 명의 연주자가 양악과 국악을 넘나들며 무대를 풍요롭게 채운다. 여기에 그림자놀이와 호랑이 탈춤까지 곁들여 극의 완성도를 높였다.

〈섬진강 도깨비〉와 〈그래서 나는 기오리가 되었다〉는 올해 내가 섬진강 옆으로 집필실을 옮기고 곡성에서 살면서 쓴 사설을 바탕으로 한 작품들이다.

〈섬진강 도깨비〉는 발탈이다. 생소하게 들리겠지만, 발탈은 탈을 발에 얹어 공연하는 탈놀이이자 인형극이다. 소리꾼 두 명이 사람과 도깨비 역할을 모두 맡아 일인다역을 소화한다. 여기에 서정적인 노래들을 더하였으니 노래극으로도 즐길 수 있다.

〈그래서 나는 기오리가 되었다〉는 소리꾼 한 명이 고수 한 명과 이야기를 처음부터 끝까지 끌어가는 창작판소리다. 기러기와 오리의 사랑이야기다. 소리꾼이 이 날짐승들을 얼마나 잘 흉내내고 또 그 삶을 진솔하게 다루는가가 중요할 것이다.

곡성역에 KTX가 선다는 것을 모르는 이들이 아직 많다. 용산역에서 2시간 10분 내외면 곡성에 닿으니, 얼마든지 하루 만에 세 작품을 즐기고 서울로 돌아갈 수 있다. 전주, 순천, 여수 등도 기차를 이용하면 편하고, 광주는 차로 한 시간밖에 걸리지 않는다. 일 년 농사가 결실을 맺는 섬진강 들녘도 보고, 변화하고 발전하는 판소리 작품들도 즐기셨으면 좋겠다.

생태판소리 스태프 중 선발대가 오늘 저녁 도착했다. 내일부터 무대를 만들어야 모레 공연이 가능하다. 소리꾼과 악사들도 내일 모두 올 것이다. 판소리 공연 1부와 2부 사이에 대화를 하나 넣었다. 오후 3시부터 이지영 피아니스트, 이 대표와 함께할 생태토크 제목을 '책을 내고 우리들의 인생은 달라졌다'로 정했다.

책방에서 팔 책들을 진열하고 판소리 공연에 올 관객을 위해 드럼통 난로를 만드노라니, 변화를 더욱 실감했다. '들녘의 마음'으로 어디까지 어떻게 갈지, 또 누구를 만나게 될지 나도 궁금하다.

어쨌든 넉넉하고 정겹게!

청도 품고 밀양 돌아

10월 23일

곡성에서 두 시간 반 차를 달려 청도도서관에 닿았다. 이 대표와 경상도 쪽 강연을 많이 못 가서 아쉬웠는데, 류경모 선생의 호의로 청도도서관과 밀양 청학서점을 하루에 순례할 수 있게 되었다.

청도도서관 강연을 4시에 마치고, 냠냠과수원 황성현, 강혜심 부부를 따라 유기농으로 재배하는 복숭아밭도 둘러본 뒤, 텃밭에서 거둔 채소로 맛있는 저녁을 먹었다. 강 농부는 대학 동아리 후배이기도 하다.

이십 대 초반에 인문대에서 만나 문학과 혁명을 논했는데, 오십 대에 과수원에서 흙을 일구고 나무를 키우며 살아가는 모습을 보니, 마음 한구석이 뜨거워졌다. 곡성에 근일 오기를!

7시부터 밀양 청학서점 강연을 시작했다. 60년 전통의 서점 2층이 독자들로 가득 차 있었다. 밀양농협이 후원하는 자리이기도 했다. 인구 4만 명이 넘는 청도와 인구 10만 명의 밀양 독자들은 인구 2만 7천명의 곡성에서 일어나는 일에 깊이 공감해 주었다. 지방, 농촌, 벼농사, 농촌공동체 소멸을 같이 겪고 있기 때문이다.

밀양 창원 진주 지나 문산휴게소에서 잠시 쉬며 이 글을 쓰고 있다. 산청 하동 광양 순천 구례를 지나야 곡성에 자정쯤 닿을 수 있다. 횡으로 남해안을 훑는 길이다.

오가는 길은 힘들지만, 함께 소멸에 맞서는 법을 논의하는 시간이 귀중하기에 견딜 만하다. 인구 10만 이하의 시와 군에서 더 많은 독자와 만났으면 싶다.

여기서부터 눈대목

10월 24일

1.

이야기의 현장에서 판을 벌여 노는 것이 판소리의 장점이다. 오늘 초연한 판소리 〈그래서 나는 기오리가 되었다〉와 발탈 〈섬진강 도깨비〉는 각각 미실란에서 키웠던 기러기와 오리, 그리고 섬진강에 지금도 있는 돌살에 관한 이야기다.

공연을 위해 곡성으로 내려온 소리꾼들은 섬진강과 미실란과 들녘과 산들을 보곤 초연할 작품들을 더 잘 이해하고 품었다. 동악홀과 미실란 앞마당에서 함께 즐긴 관객도 마찬가지리라.

준비하느라 많은 이들이 힘을 보탰다. 이 대표와 계속 꿈을 꾸겠다. 용석과 싸목싸목 더 좋은 작품을 만들겠다. 곡성과 섬진강엔 여전히 이야기가 차고 넘친다. 소중한 이름들을 추수 끝난 들판을 걸으며 가만가만 불러본다.

2.

'생태책방 들녘의 마음' 팝업스토어도 무사히 마쳤다.

창고로 사용하던 교실을 책방으로 바꾸기 위해, 미실란 식구들이 모두 두 달 남짓 몸도 쓰고 마음도 썼다. 언젠가 적었지만, 쓴다는 것은 사무친다는 것이다. 글이든 몸이든 마음이든.

정오부터 여섯 시간 정도 책방을 임시로 열었는데, 많은 분들이 방문해 주셨다. 생태책방을 여니, 16년 넘게 이 대표와 미실란이 걸어온 삶이 한결 단단해지면서도 빛나는 것 같아서 좋다.

팝업스토어에는 85종 정도의 책을 선보였는데, 12월 18일 정식 시작일엔 오백 종 가까이 확충할 예정이다. 건강한 먹거리와 다양한 친환경 제품들도 구비하도록 하겠다.

섬진강 따라 흐르는 당신,
'생태책방 들녘의 마음'에 꼭 들르세요!

업(業)

10월 27일

글밭도 일구고

텃밭도 일구고

내게 주는 선물

10월 28일

섬진강 둘레길을 걸었다. 생태판소리 한마당을 마치고 나에게 주는 선물이다. 제주에서 강보식 대표가 오고, 이동현 대표도 시간을 냈다. 작년 10월 셋이 함께 제주 올레길을 걸었는데, 1년 만에 섬진강에서 뭉친 것이다.

물소리 들으며, 날아오르는 새들 보며, 새들이 구름으로 변해 산을 넘는다는 농담도 하며, 감나무에 달린 익어가는 감의 단맛을 상상하며, 즐겁게 걸었다. 걷기 시작할 땐 더웠는데, 4시에 해가 넘어가고 나니 시원해졌다. 오후 1시에 미실란을 출발해서 오후 5시에 두가헌에 도착했다.

산과 강을 아우르는 가을 풍광은 아름답기 그지없었다. 다만 아쉬운 것은 강변 길이 시멘트 길이라는 것이다. 10여 년 전 시멘트 길로 바뀌었다고 한다. 그대로 흙길이었다면 최고의 강변 길이 되지 않았을까.

내일은 아침부터 두가헌에서 구례까지 걸을 예정이다. 물안개가 깔렸으면.

구례까지 걷는 게 예사였지만

10월 29일

감들의 연속이다. 이렇듯 많은 감들이 섬진강 곁에서 익어가는 줄 처음 알았다.

어제 걸었던 곡성의 섬진강은 유량이 적어서 버드나무 군락지가 들어서는 바람에 더 거친 야생의 느낌을 줬다. 장선습지와 침실습지가 대표적이다. 곡성 두가헌부터 구례로 내려갈수록, 특히 압록에서 대황강과 만난 뒤부터는 유량이 늘었다. 강은 더 넓고 더 고요하게 흐를 따름이었다.

강을 따라 늘어선 과수원의 감나무들이 눈에 들어왔다. 마을 전체가 감으로 둘러싸인 곳도 많았다. 할머니들이 도로변에서 감을 팔았다. 깎은 밤과 대봉을 사서 걸으며 먹었다. 값싸고 맛있었다.

곡성에서 구례까지 걸은 것은 이 대표도 처음이라고 한다. 섬진강을 따라 36킬로미터를 이틀에 걸쳐 걷는 것은, 마음만 먹으면 할 수 있지만 마음먹기가 쉽지 않다.

다음엔 셋이서 구례구역을 출발해서 하동 화개장터까지 걷기로 했다. 강을 따라 걸을 길이 있고, 걷자고 약속할 벗이 있으니 좋다. 그것이 좋은 것이다.

곁에서 쓰다

10월 30일

두 시간 일찍 새벽 집필 시작한다. 10월의 목표량을 채우려면, 추수 끝난 논을 바삐 오가며 떨어진 나락을 찾아 먹는 참새들처럼, 남은 이틀 등장인물들의 마음을 더 가까이 들여다보아야 한다.

11월

뿌린 것보다
더 거두는 달

책방의 꽃 정원의 책

11월 1일

다큐멘터리 〈타샤 튜더〉를 보았다. 아흔 살을 넘긴 노작가가 정원을 가꾼다. 잡초를 뽑고 흙을 파낸 뒤 알뿌리 식물을 심는다. 꽃들의 이름은 물론이고 꽃들이 좋아하는 자리까지 기억하고 배려한다. 정원이 이렇게 꼴을 갖추기까지 30년이나 걸렸다고 한다.

다큐멘터리를 본 뒤, 생태책방에 갖출 책 백 권을 더 골랐다. 읽은 책들을 중심으로 머릿속에 그림을 그려둔 덕분에 네 시간 만에 마쳤다. 타샤 튜더가 정원을 채울 꽃을 고르는 것과 비슷한 기분이랄까.

책방을 찾는 이들은 무슨 책이 있는지 둘러볼 것이고, 어떻게 책들을 묶었는지 살필 것이며, 짧은 추천의 글을 읽으며 왜 이 책이 여기 놓였는지 생각할 것이고, 그중에서 마음에 드는 책 앞에 멈출 것이다. 정원에 핀 다양한 꽃 중에서 하나를 유심히 살피는 산책가처럼.

백 권을 고르고 나니, 추천의 글을 당장 쓰긴 싫고, 내년에 정원에 심고 싶은 꽃 생각이 이어진다. 올해는 해바라기와 국화를 위해 시간을 많이 보냈다. 내년엔 작약을 가꾸고, 바질도 향을 구별해 제대로 키우고 싶다. 책방과 정원을 오가며 살겠구나. 책방에선 꽃을 고르고 정원에선 책을 택하며.

로맹 가리의 사랑법

11월 2일

탐라도서관에서 마련한 '열두 달 고전 읽기' 10월 강연을 줌으로 했다. 로맹 가리의 마지막 장편소설 『노르망디의 연』을 키워드 네 개로 분석했다. 이 작품을 번역한 백선희 선생을 뵈면 이야기하고 싶은 것들이 더 많아졌다.

남자주인공 뤼도는 제2차 세계대전 때문에 3년이나 연인인 릴라를 만나지 못하자, 기억에 근거하여 릴라를 상상하고 만나고 대화하고 동침하며 그 부재를 채워나간다.

로맹 가리의 사랑법이자 소설을 쓰는 근본 이유이기도 하다. 뤼도에게 던지는 불어 선생 팽데르의 충고가 계속 귓전을 맴돈다.

> 뤼도비크 플뢰리, 너를 위해 내가 걱정하는 오직 한 가지는 말이야…… 두 사람의 재회야. (중략) 네가 3년 동안 그토록 열렬히 줄곧 상상해온 그 아가씨를 다시 만나게 되면…… 온 힘을 다해 계속 그 아가씨를 만들어내야 할 거야. 틀림없이 네가 알았던 여자와는 아주 다를 테니까…….
>
> — 로맹 가리, 『노르망디의 연』

뤼도와 릴라의 재회로부터 로맹 가리의 진면목이 드러난다. 두 주인공의 결말은 예상 밖이었다. 생애 마지막 작품으로는 어울리겠지만.

제철 마음

11월 3일

11월의 메타세쿼이아가 내게 묻는 듯하다. 마음의 빛깔이 달라졌냐고. 제철 채소, 제철 과일처럼 제철 마음을 먹을 것.

사인도 해드립니다

11월 4일

‘생태책방 들녘의 마음’ 정식 개점일은 12월 18일이지만, 그때까지 연습 삼아 책방을 열기로 했다. 첫 손님들께 책 두 권을 팔았다. 『월든』과 『파란하늘 빨간지구』. 내가 쓴 책은 아니지만, 내 사인이 필요하다 하셔서 해드렸다. ‘책방지기 김탁환’이라고 썼다.

초연들

11월 5일

어제는 보성에서 용석이 쓰고 연출한 판소리극 〈홍보마누라 이혼소송사건〉을 보았고, 오늘은 부천에서 재영이 주도해서 만든 음악극 〈앵두의 시간〉을 보았다.

동생들 작품 감상하느라 동에 번쩍 서에 번쩍 했다. 2년을 공들인 작품인데, 무사히 초연을 마쳐 다행이다.

피기 전엔 몰랐네

11월 9일

원숭이도 나무에서 떨어지는 법일까. 이 대표가 틀림없이 노란 꽃이 만발할 것이라며 국화 묘목을 줬다. 남매 독서상 옆에 넉넉하게 심고 가꿔놓고 보니, 흰 꽃과 붉은 꽃이 노란 꽃과 섞였다.

너네는 어디서 왔니? 이랬다가, 못 알아봐서 미안해, 이랬다가. 내년엔 아예 처음부터 다양한 색깔이 고루고루 피어나도록 골라 심어야겠다. 어찌 국화만일까.

올해 심은 식물들. 벼(630개 품종), 해바라기, 배추, 국화, 바질, 상추, 가지, 곰취 등.

내가 어쩌다 여기서 이러고 있을까

11월 10일

준비를 하다 보면, 내가 어쩌다 여기서 이러고 있는가를 깨닫는다.

생태책방에 넣을 책 이백 종의 추천글을 쓰면서, 2018년 3월 1일, 미실란에 밥 먹으러 오지 않았더라도 나는 여기에 왔을 듯하고, 집필실을 옮겼을 듯하고, 생태책방을 만들자고 했을 듯하다. 15년 넘게 아끼며 읽어온 저 책들이 내 등을 이곳까지 떠민 것이다.

며칠 전 음악극 〈앵두의 시간〉을 보러 갔다가 시간이 남아 부천의 밤거리를 잠시 걸었다. 애완견 용품점이 눈에 들어왔고 리드줄을 샀다. 2미터로 골랐다가 들길을 조금이라도 더 자유롭게 다니기를 바라며 3미터로 바꿨다.

곡성으로 내려와서 고양이나 닭이나 토끼 하물며 공작에게도 관심이 생겼지만, 여전히 개들에게 가장 마음이 간다. 어린 시절, 창원 집 앞마당에서 검은 땅개 '에나'와 누런 셰퍼드 '에루야'를 키웠다. 그때부터였을까. 묶어놓은 개들을 보면 어떻게든 산책을 시키고 싶다.

이제는 세상을 떠난, 내 곁에 머물렀던 개들이 지금 집필실 마당에 있는 개들을 살피라고 바짓단과 소매를 끄는 듯하다. 더 추워지기 전에 녀석들을 추수 끝난 들녘으로 데리고 가야겠다.

좋아라 하겠구나. 녀석들이 리드줄을 세게 당겨 때론 내 팔과 허리가 아프겠지만, 힘찬 걸음걸음에 웃음으로 화답할 테니, 좋고 좋아라.

마음을 먹는 중

11월 11일

집필실 이름이 왜 '달문의 마음'이냐고, 일주일에 한 번은 똑같은 질문을 받곤 한다. 지금까진 달문에 대해 길게 설명했는데, 오늘부터는 6년 전에 나눈 대화를 옮겨두기로 한다. 그때나 지금이나.

오래전, 친구에게 물었다.

"할까?"

"해."

"이익이 없으니 하지 말라는 이들이 대부분인데, 넌 왜 나더러 이걸 하라고 해?"

"해도 네게 이익이 없으니까. 이익은 없지만, 네가 그걸 하려고 먹은 마음은 남을 거야. 그 마음만 지키면 돼."

……또 무슨 마음을 먹는 중일까.

기억할 만한 지나침•

11월 12일

이제 시를 좀 쓸 수 있겠다 싶을 때 문득 소설가가 되어버렸고, 학생들을 가르칠 법하구나 여겨질 때 이미 교수를 그만두었고, 팽창하는 서울에서 사는 법을 알 만할 때 소멸 위기라는 섬진강 옆 마을로 마음을 빼앗겨 내려왔다.

소설을 그래도 지을 만하다는 생각이 들 때 소설을 쓰고 있었으면! 그래서 나는 자꾸자꾸 소설을 쓰고 있는지도 모른다. 흙을 고를 만하면 그땐?

벼는 한해살이고 무엇무엇은 여러해살이라는 분류는 인간들이 편하자고 만든 것이 아닐까. 여러해살이라고 생이 반복되진 않는다. 단 한 번의 삶, 그리고 기형도가 썼듯이 단 한 번의 기억할 만한 지나침.

• 기형도의 시 「기억할 만한 지나침」에서 가져왔다.

글쓰기는 끝을 몰라

11월 13일

'김탁환의 이야기학교' 2기 수료식을 가졌다.

곡성 군민 일곱 명이 10주 강의를 끝까지 마쳤다. 점심을 함께 먹고 집필실에서 대화를 나눴다. 코로나 상황에서도 열 번 모두 강의실에서 만나 얼굴을 마주 보며 글과 삶에 대해 이야기를 주고받을 수 있어서 다행이다.

수료생들을 위해 작은 선물을 마련했다. 각자 글의 특징과 관심 영역을 고려하여, 책 일곱 권을 골라 포장해서 수료증과 함께 건넸다. 그 책과 함께 더 나아가기를 빈다.

수료식을 마치고, 개 세 마리를 차례차례 산책시켰다. 한 마리마다 들녘을 삼십 분씩 걸으니 한 시간 삼십 분이 금방 흘렀다. 다음엔 한 마리에 한 시간씩 늦가을 들녘을 선물해야겠다.

3미터 리드줄이 적당했다. 추수를 마친 토요일 오후, 개들과 함께 들녘을 돌아다니는 인간은 나밖에 없었다.

장편 작가는 북극제비갈매기일세

11월 19일

지금까진 장편 작가를 호랑이에 비유해 왔다. 요즘 새들을 많이 봐서 그럴까. 장편 작가가 북극제비갈매기와 닮았다는 생각이 많이 든다. 이 작은 새가 북극에서 남극까지 가는 것도 대단하지만, 다시 남극에서 북극으로 돌아오는 것이 더 대단하다.

장편은 최선을 다해, 닿기 힘든 끝까지 가야 하지만, 거기서 멈추면 험난한 모험담에 그친다. 다시 돌아올 때 작가의 실력이 드러난다. 왜 돌아와야 하며, 돌아와 어디에 머물며 무엇을 할 것인지를 여전히 날며 쓰는 자. 반성이자 기대인 회귀의 여정까지 마쳐야 장편 하나가 끝난다.

> 저는 북극제비갈매기 같은 사람입니다. 그놈은 새죠. 북극에서 남극으로 날아갔다가 다시 돌아가는 아름다운 하얀 새예요.
>
> — 브루스 채트윈, 『송라인』

똑같은 거리라고 해도, 날아가는 것보다 돌아오는 것이 열 배는 힘들다. 날아갈 때는 바깥의 바람과 햇살과 온도에 맞서며 전진하지만,

돌아올 때는 바깥과 함께 내 안의 바람과 햇살과 온도와도 맞서야 한다. 이것은 전진이자 또한 후퇴다. 공격이자 방어다. 전혀 예상할 수 없는 순간, 안과 밖에서 뿜어 나오는 내 온갖 비루한 몰골들.

영화 〈카포티〉를 보면서, 문득 북극제비갈매기를 생각했다. 북극에 닿은 새는 한 번 더 남극행을 꿈꾸지만, 자신하지만, 다시 못 갈 수도 있다.

영화 〈카포티〉의 주인공이자 작가인 트루먼 커포티의 마지막 장편 『인 콜드 블러드』는 내상과 외상의 간절하며 치명적인 뒤섞임이다. 그 작품이 나를 얼마나 낯설고 먼 곳에 데려다 놓을까. 짐작은 쓰면서 점점 확신으로 바뀐다. 커포티는 두 번 다시 날아오를 용기를 내지 못할 정도로 이 작품이 그를 집어삼키더라도, 홀로 돌아와 끝을 맺어야 한다는 걸 안다. 작품은 닫히고, 날개를 펴지 못하는 날들이 시작된다.

쓰다가 미완성작을 남긴 채 죽은 도스토옙스키나 플로베르 혹은 모차르트와는 달리, 다 쓰고 출간까지 마친 뒤 수십 년간 날아오르지 못한 작가들의 마지막이 되고 만 고투를 더듬는 아침.

양말로부터 시작하는

11월 24일

양말부터 찾아 신고 몇 글자 또 쓴다. 겨울 새벽 집필의 맛이 제대로 느껴진다. 굽이굽이 장편 초고 쓰기 좋은 계절이 온 것이다. 밖은 어둡고 내 방은 더 어둡고 내 책상은 더욱더 어둡다. 이 어둠을 밝힐 사람은 나뿐이다.

언 손을 호호 불며 등장 시간과 등장 공간과 등장인물을 차례차례 불러낸다. 빛이 모인다. 힘을 아끼며 가자.

퇴보자

11월 25일

쓴다는 것은 물러선다는 것이다. 책상에 바짝 다가앉으려고만 들던 때도 있었지만, 이젠 내 이야기가 어디로 흘러가고 있는지 가늠하기 위해 뒤로 한참을 가 보곤 한다. 퇴보자처럼.

『부유하는 세상의 화가』에서 가즈오 이시구로도 말했다. '퇴보자'는 자신의 캔버스를 바라보기 위해 뒷걸음질을 치다가 작업하는 동료들과 부딪치는 사람이라고.

변화가 본질이다

11월 26일

지금, 섬진강 아침 들녘은 자욱하다. 안개와 포옹하는 기분이랄까. 9시까지 이러다가 언제 그랬느냐는 듯이 맑아진다. 몸을 바꾸는 변신과 마음을 바꾸는 변심에 덧붙여 풍경까지 바뀌는 나날.

습지로 밟으며

11월 27일

강으로 들어갔다 나왔다. 멱을 감은 게 아니라, 강으로 걸어서 들어갔다가 나온 것이다. 이곳에선 겨울의 시작을 강으로 걸어 들어갈 수 있느냐로 판단한다.

장선습지는 섬진강 유량이 줄면서 둘로 나뉜 물줄기 사이에 섬처럼 생겨난 버드나무 군락지다. 도담이가 종종 여기까지 나왔기에, 나는 이 섬을 '도담'이라고 부르기도 한다. 관광객들은 대부분 초록이 진군하는 봄에 찾아오지만, 그때부터 가을까진 둑방에서 즐기되 습지로 들어갈 순 없다. 키만큼 자란 풀들이 출입을 저절로 막기 때문이다.

더 높고 더 크고 더 풍성하기만을 바라며 치열하게 경쟁했던 날들이 눈에 밟혔다. 아름답고 눈부신 성취를 거두는 동안엔 누군가에게 곁을 내어주기가 쉽지 않다. 다리를 건너 습지 입구까지 가선 풀 너머 나무들을 기웃거릴 수는 있지만, 들어갈 수는 없다.

11월 말 장선습지는 춥고 스산하다. 봄에 비하면 초록의 기운이 만 분의 일로 줄었다. 그러나 무성함이 사라졌으므로, 이제 강으로 걸어 들어갈 수 있다. 작은 다리 위에 잠시 서서 내려다본다. 아직

얼진 않았지만, 물이 흐른다는 느낌이 들지 않을 만큼 고요하다.

봄과 여름과 가을 동안 사람들의 출입 없이 자라고 꽃 피고 열매 맺고 스러진 흔적들을 밟으며 나아가다 보면, 저편 강까지 가 닿는다. 정해진 길 없이, 먼저 다녀간 사람과 동물들이 만든 흔적들을 따르거나 말거나 하며 걸으면 된다.

강둑에서 바라보는 풍경과 습지로 걸어 들어와서 바라보는 풍경은 무척 달랐다. 가수 시와는 〈랄랄라〉에서 '여기 앉아서 좀 전에 있었던 자리를 본다. 아, 묘한 기분. 저기에 있었던 내가 보인다'고 노래했다.

풍경을 살피는 시각에만 차이가 나는 것이 아니다. 습지에 서면, 오감이 새롭게 작동한다. 강물은 검푸른 빛을 짙게 띠고, 겨울철새들 울음은 낭랑하며, 마른풀과 젖은 낙엽의 냄새는 묘하고, 나무들의 껍질은 거칠고 단단하다. 작년 수해로 습지에 넘쳐나는 야생 갓들은 살짝 씹기만 해도 쌉싸름한 맛이 입안에 가득하다.

겨울이 오고 눈이라도 내리고 나면, 습지는 더욱 앙상해지고, 강으로 걸어 들어가기는 훨씬 쉽다. 물론 그때는 나무들도 추위를 견뎌야 하고, 산책자도 코끝이 얼 정도 각오는 해야 한다. 강변 산책이 아니라 강으로 들어가서, 강의 한가운데에서 하늘과 산과 강둑을 보는 즐거움에 비한다면 겨울옷을 입고 장갑과 모자를 챙기는 수고로움은 사소하다. 올겨울엔 개들을 데리고 더 자주 자꾸자꾸 와야겠다.

습지 체험이 편하고 유쾌하지만은 않다. 불편하고 짜증 나는 일도 간간이 생긴다. 습지는 사람들의 편의를 가장 먼저 따지는 도시가 아니다. 사람의 개입이 전혀 없이 돌아가는 생태계를 가까이에서 느끼고 생각할 기회가 왔으니, 내게 익숙한 감각을 확인하기보다 낯선 감각에 주목하며 몸과 마음을 맡겨보는 것은 어떨까.

모두 일어난 뒤에 책방은 시작된다

11월 28일

생태 관련 책을 백 종 씩 세 번, 삼백 종을 고르고 짧은 추천글을 마쳤다. 마지막 오십 종의 추천글을 짓고 정리하기 위해 소설도 안 쓰고 이틀 꼬박 매달려 겨우 끝냈다.

석 달 남짓 생태책방을 집중적으로 준비하면서, 책을 쓰는 것과 책을 읽는 것이 다르듯 책을 파는 것도 다르다는 걸 실감했다.

무엇보다 안타까운 것은 과학책 판매가 아직 저조하다는 점이다. 내용도 좋고 문장도 매끄럽고 재미도 있는 책들을 고른다고 골랐는데, 방문객의 손이 잘 가 닿지 않는다. 2006년부터 15년 남짓, 특히 서대문자연사박물관을 4년 남짓 들락거리며 과학책들을 읽지 않았다면, 나 역시 그러했을까.

생태책방을 준비하며, 이미 책방을 하고 있는 선배님들의 도움을 많이 받았다. 진주 '진주문고', 괴산 '숲속작은책방', 순천 '서성이다', 광주 '숨', 제주 '디어마이블루'를 다녀왔고, 책방지기들에게 이것저것 많은 걸 물었다. 통영 '봄날의책방', 전주 '잘익은언어들' 대표님들은 직접 곡성까지 오셨다. 과연 제대로 준비를 하고는 있는지 보고 싶으셨을 것이다.

그 과정에서 몇몇 계획이 바뀌었다. 백오십 종 정도로 시작하려던 것을 오백 종 내외로 늘렸다. 진주문고 여태훈 대표님의 조언이 특히 소중했다. 내가 작성할 추천글도 백 종에서 삼백 종으로 늘었다. 어린이책도 백 종 가까이 송경애 선생님께 부탁해서 선별했다. 내가 쓴 작품들로만 상설코너를 두기로 했다.

어제 전주 책기둥도서관에서 독자들에게 생태책방을 준비하고 있다고 했더니, 수익이 과연 나겠느냐는 질문을 받았다. 좋은 책을 정말 잘 나누어야겠다는 생각이 자꾸 드는 시간이었다.

새로 이사해서 문을 연 잘익은언어들에 들렀다. 이지선 대표님의 안내로 책방인 1층과 모임 공간인 2층 그리고 옥상까지 둘러봤다. 예상대로 깔끔하고 세심하며 따듯해서 오래 머물고 싶은 곳이었다. 이 대표님이 『책방뎐』을 미리 사인해서 포장해 두었다가 내밀었다. 책방지기의 일상을 담은 판소리 제목으로 딱이다!

어젯밤부터 오늘까지 추천글을 쓰다가 띄엄띄엄 『책방뎐』을 읽었다. 책을 쓰는 자이기만 했다면 그냥 지나쳤을 문장들이 맘을 꾹 누르기도 하고 쿡 찌르기도 하고 등을 토닥이기도 했다.

봄에 이사하기 전 잘익은언어들로 강연을 갔을 때, 남원에서 만든 호미를 선물이라며 내게 줬다. 그 호미로 여름과 가을에 텃밭과 정원을 일궜다. '전국동네책방네트워크'를 만든 까닭이 상부상조에 기반한 연대를 위해서라고 생각해 왔다. 그보다 훨씬 앞서는 마음이 동병상련임을 뒤늦게 이제야 알겠다.

좋은 사람으로 잘 산다는 것

11월 30일

12월에 주력할 일은 두 가지다. 하나는 '생태책방 들녘의 마음'이고, 또 하나는 창작판소리 〈달문, 한없이 좋은 사람〉이다.

드디어 완창 무대를 연다. 달문의 일생이 모두 담겼다. 2018년 달문이 주인공인 장편소설 『이토록 고고한 연예』를 출간했다. 2019년에 거칠게나마 판소리 사설 초고를 썼다. 이 사설에서 눈대목 세 군데만 뽑아 웹판소리로 만들어 유튜브에 올렸고, 서울과 제주와 진주에서 쇼케이스 공연을 가졌다. 그때도 용석이 멋지게 소리를 했지만, 달문의 일생을 모두 담지는 못해 아쉬웠다.

그 사이 '창작집단 싸목싸목'을 통해 〈가시리〉 〈복돌복실〉 〈한국호랑이 왕대의 모험〉 〈그래서 나는 기오리가 되었다〉 〈섬진강 도깨비〉 등을 선보였다. 작창이나 무대를 함께 만들 좋은 사람들을 많이 만났다. 완창 무대를 2년 전에 하지 않고 지금 하게 된 것이 다행이란 생각까지 든다.

달문에 대한 간략한 소개글을 돈화문 국악당에서 달라고 하여 몇 자 적었다. 제목은 '달문을 이해하기 위하여'로 정했다. 흑맥주나 한 병 마셔야겠다. 달문의 철괴무('이철괴'라는 기괴한 모습의 신선을 흉내내면서 추는 역동적인 춤)라도 떠올리면서.

좋은 사람으로 잘 산다는 것은 무엇일까.

18세기를 살다 간 거지 광대 달문은 반전매력남이었다. 너무나 못난 얼굴로 멋진 춤을 췄고, 평생 거지였지만 공연으로 번 많은 돈을 나눠줬으며, 글 한 자 못 읽지만 지혜로운 자로 수많은 이들의 인생 상담을 했고, 중심에서 중요한 일을 하다가도 인기가 올라가면 문득 사라져 변방을 떠돌았다.

달문은 궁핍, 질병, 범죄에 노출되는 어려움 속에서 이기심을 극복하고 거리의 지혜를 터득한 인물이다.

자신을 친구라고 부르며 찾아오는 이들을 모두 환대했고, 오른빰을 맞으면 왼빰을 돌려댈 뿐만 아니라 옷까지 다 벗어주며 손해를 감수했다. 무엇보다도 달문은 좋은 사람이면서, 맡은 일을 훌륭하게 해내는 사람이었다.

판소리 〈달문, 한없이 좋은 사람〉은 착하디 착한 거지 광대의 일생을 따르면서, 관객들에게 어쩌면 불편하면서도 본질적인 질문을 던진다. 달문에 비해 당신은 얼마나 좋은 사람이냐고. 좋은 사람이 되기 위해 무엇을 할 것이냐고.

12월

반복을
사랑하는 달

잠시 돌아봤다

12월 1일

여러 곳에 작가들을 위한 집필 공간이 생기고 있다. 내가 곡성으로 내려가겠다고 했을 때, 6개월이나 1년쯤 산 좋고 물 좋은 곳에 틀어박혀 장편 하나 쓰고 올라오는 것으로 여기는 이들이 많았다.

2019년 상반기에 연희문학창작촌에 머물며 『대소설의 시대』를 퇴고한 경험이 내게도 있다. 창작에만 집중하는 시간과 공간은 작가에게 소중한 선물이다. 하지만 나는 섬진강 들녘으로 내려가며 다른 생각을 했다.

이 대표를 따라서 농사를 지어보고 싶었다.

우선 벼농사. 2019년과 2020년 손 모내기도 같이 하고 몇 번 논에 들어가긴 했지만, 그것은 어디까지나 취재의 일환이었다. 취재가 아니라, 초보 중의 초보인 내가 거의 보탬이 되진 않겠지만, 파종부터 추수까지 벼농사의 전체 과정을 곡성에 머물며 해나가고 싶었다.

막상 내려오니 벼농사만 있는 것이 아니었다. 텃밭에선 일 년 내내 채소들을 심고 가꿔야 했고, 미실란 넓은 앞마당은 또 번갈아 꽃이 피는 정원이었다.

농사만 지은 것이 아니다. 곡성 군민들과 만나기 위해 내 방식대로 몇가지 일을 추진했다. '김탁환의 이야기학교'를 10주 연속강좌로 봄과 가을에 열었다. 생태워크숍 원데이클래스도 이동현, 최용석과 함께 네 차례 진행했다. '섬진강 생태판소리 한마당'을 위해 창작판소리 사설을 두 편 썼고 공연을 무사히 마쳤다. 그리고 '생태책방 들녘의 마음'을 올해 안에 열기 위해 노력 중이다.

올해 한 일들을 이렇게 늘어놓고 나면, 글은 언제 쓰느냐는 질문이 날아든다. 농사를 짓고 군민들과 이런저런 활동을 하더라도, 장편 작가로서 할 일은 했느냐고.

사실 나도 걱정을 하긴 했다. 내 몸과 맘이 곡성 생활을 얼마나 버티며 해낼지는 내게도 미지수였다. 농번기 두 달은 소설을 거의 못 썼다. 내년에도 그럴 듯하다.

11월까지 쓴 분량을 점검해 보니, 놀랍게도 서울에서 소설만 쓰던 10년 동안의 평균 분량을 웃돈다. 장편 초고를 200자 원고지로 환산해서 3,800매 정도 썼고, 논픽션 초고도 700매 정도다. 합치면 4,500매. 해마다 5,000매 내외를 목표로 하니, 12월에 500매를 쓰면 목표량은 충분히 채우겠다.

섬진강 물빛이 검푸르스름해지는 12월 첫날이라, 잠시 돌아봤다.

갈피

12월 2일

활엽수 가지들이 이번 주부터 유난히 눈에 들어온다. 잎이 무성할 때도 추측했지만, 더 많고 더 앙상하다. 박노해의 시 「그해 겨울나무」를 떠올리며 땅을 보며 걷는다.

걷다가 허리 숙여 나뭇잎들을 줍는다. 어떤 잎은 손을 대자마자 바스러지고 어떤 잎은 손끝에 흐릿한 물기를 옮긴다. 내 손바닥보다 큰 잎과 반의 반에도 미치지 않는 작은 잎을 고른다. 크기는 다르지만 두 잎은 비슷한 날 가지에서 떨어졌다.

유년 주일학교에서 배웠지만 아직도 이해하기 어려운 『성경』 구절이 떠올랐다. 밭 주인이 새벽에 나온 일꾼과 낮에 들인 일꾼과 저물녘 채용한 일꾼에게 똑같은 품삯을 주었다는 이야기. 새벽부터 나온 일꾼이 더 많이 일한 자신과 저물녘에 잠시 일한 일꾼의 품삯이 같음을 부당하다고 항의하자, 밭 주인은 품삯을 주는 사람이 그렇게 정했으니 일꾼이 따질 일이 아니라고 했다는 이야기.

다양한 해석을 그 뒤로 접하긴 했지만, 여전히 나는 이 이야기를 들을 때마다 새벽부터 나온 일꾼의 억울함에 마음이 가곤 한다.

내 손에 들린 나뭇잎들은 반대다. 일찍 잎이 나서 봄과 여름과 가을을 즐기며 크게 자란 나뭇잎에 비해, 늦가을에서야 겨우 잎을 내고 빛도 며칠 쐬지 못한 채 진 작은 잎은 얼마나 더 서운할까. 크든 작든 비슷한 날 지는 것 역시 조화옹의 뜻일까.

참새와 나뭇잎이 간혹 헷갈리기도 한다. 새들이 갑자기 나뭇가지에서 날아오르면, 내가 여태껏 보던 것이 떨어지기를 기다리는 잎들이 아니라 날아오를 힘을 아낀 새들임을 깨닫는다.

베짱이도서관 박소영 관장이 그려 보낸 엽서에서 하늘을 나는 새들을 처음 봤을 때, 나는 그것이 바람을 타고 날아가는 잎들이라고 착각했었다. 바람 불기 직전 그 잎들이 나뭇가지에 붙어 생명의 기운을 느꼈을 것이라고 여겼다.

박 관장이 엽서와 함께 도서관 마당에 떨어진 잎을 넣어 보냈기 때문일까. 착각이란 걸 안 뒤에도 나는 이 상상의 흐름을 고치거나 지우고 싶지 않았다.

이 무렵이거나 조금 더 이른 가을이면, 엄마와 이모들과 외사촌 누이들은 낮은 뒷산이나 언덕을 거닐며 나뭇잎을 주웠다. 물이 곱게 들고 모양이 예쁜 잎도 있지만, 휘고 비틀리고 벌레 먹은 잎도 있었다.

그녀들은 그 잎들을 책갈피에 조심조심 끼운 다음 책 위에 둥근 돌이나 화병을 올렸다. 하루나 이틀 혹은 열흘이나 보름이 지난 뒤 다시 책을 펼치면, 놀라워라, 납작하게 눌린 잎들은 사막으로 흘렀던 강물을 닮은 사연을 간직한 듯 멋있었다. 누이들에게 그 잎을 선물 받은 날엔 내가 가장 아끼는 책에 끼우곤 골목을 돌아다니다가 수시로 펴봤다.

산책하며 주운 잎들을 두툼한 사전에 끼우고 정원에서 주운 돌로 눌러뒀다. 며칠 뒤 돌을 치웠더니 잎이 새가 되어 날아갔다거나, 아니면 잎이 올라가 가지에 붙어 초록의 기운을 되찾았다는 이야기를 누이들에게 처음으로, 전생에서 건너온 기억처럼 가만히 들려주고 싶다.

바람을 그리다

12월 3일

주인집 개 바람이는 아직도 나를 보면 짖는다. 1월처럼 맹렬하지는 않지만, 짖지 않고 넘어간 적은 없다.

아침 일찍 나갔다가 해가 져야 들어오니 사귈 틈이 없었다. 미실란 개들만 해도 다섯 마리라서, 바람이까지 산책시킬 마음의 여유가 없었는지도 모르겠다.

아침에 마당으로 내려서려다가, 어젯밤 앞마당을 씻어낸다고 대충 뿌렸던 물들이 만든 그림 한 점을 보며 웃었다. 바람이와 꼭 닮았다. 지난여름 동악산에 걸린 뭉게구름을 보며 바람이를 떠올린 적은 있는데, 젖은 땅을 보며 녀석을 생각할 줄이야! 앞발 들고 기분 좋게 꼬리칠 때 딱 저 자세다.

오늘 저녁이나 내일 아침엔 바람이에게 따로 가서 이야기라도 나눠야겠다. 마당에 뿌린 물들도 내게 그렇게 하라 권하고 있지 않은가. 애완견용 비건 간식을 곡성에도 팔려나.

회귀와 소멸

12월 5일

잠에서 깨어, 머리맡에 둔 『한 게으른 시인의 이야기』를 처음부터 끝까지 읽었다. '난다'의 김민정 대표에게 이끌려 다시 만났던 황현산 비평가와 허수경 시인에 이어, 이제 '살점 하나 붙어 있지 않고 먹을 수도 없는 불모의 딱딱한 빼다귀만을 내놓는' 시인 최승자인가.

정확히 말하자면, 1989년에서 1990년으로 넘어가는 겨울에 읽으면서 밑줄 그은 문장들과 다시 만나며 세 시간 넘게 읽다가, 처음 만나는 문장들을 한 시간 더 읽었다. 32년 전엔 3부 80년대 문학판 이야기가 가장 더디고 때론 지루하게 읽혔고, 1부와 2부에 담긴 이야기들은 몸도 맘도 저리게 하는 부분이 많았다.

'각자의 새로운 시작을 시작하기 시작했다'에 등장하는 세 번의 시작은 땅에 떨어뜨린 아이스바를 주워 세 번 빨아먹는 기분이 들었다.

'맹희 혹은 다른 눈'과 '일중이 아저씨 생각'이 특히 좋았다. 빛나는 것은 모두 보석이라고 믿던 어릴 적 친구 맹희나 머슴 살던 마을로 늙고 병들어 다시 돌아와선 볏단으로 기어 들어가 죽은 일중이 아저씨는 삶과 죽음에 대해 자기만의 방식이 있었던 셈이다. 이제 추수 끝난 들녘의 볏단을 보면, 최승자 시인이 기록한 일중이 아저씨 생각이 나겠다.

4부는 독파하기 힘들었는데, 노자를 읽지 않았다면 낙동강 오리알 신세가 되었을 것이라는 언급과, 사막에 이른 물에겐 증발하여 하늘로 올라가선 바람을 타고 처음 흐르기 시작한 샘으로 돌아갈 것인가 아니면 모래 깊은 곳으로 스며들어 자취를 감출 것인가 하는 선택이 남는다는 이야기에 오래 머물렀다.

물방울이 흘러 바다에 이르는 것이 아니라 바다를 지나 사막에 이를 때, 비로소 죽음인 것이다. 그 죽음은 처음으로 가볍게 돌아감인가 아니면 액체인 물의 영원한 사라짐인가. 그 둘 사이가 너무 까마득해 어질어질한, 오후만 있는 일요일.

재회일지도

12월 7일

몽실이와 함께 산책하다가 고라니를 만났다. 2월 25일의 고라니 생각이 났다. 몽실이가 달려 나가겠구나 싶었는데, 녀석은 이번에도 있는 힘을 다해 달리려 했다. 그러나 첫 번째 논으로도 들어가지 못했다. 내가 리드줄을 내 몸 왼 어깨에서부터 오른쪽 겨드랑이까지 둥글게 묶었기 때문이다.

미실란의 개들이 워낙 힘이 좋아서 택한 방법이다. 내가 버티며 서는 바람에 내달리지 못한 몽실이는 언제 그랬냐는 듯이 다가와선 꼬리를 치며 신발 냄새를 맡았다. 그러는 사이 고라니는 멀어져갔다. 가다 멈추고 우릴 보고 가다 멈추고 우릴 봤다. 혹시 2월 25일의 그 녀석이려나.

그때부터 지금까지 변한 것과 변하지 않은 것을 생각하던 나는 들녘 대신 강으로 길을 새로 잡고 걷기 시작했다.

방문객인 적이 언제였더라

12월 9일

책탑으로 미리 크리스마스 기분을 낸 날, 수녀님들이 오셨다. 두 분은 15년 전에 곡성성당에 머무셨고, 현재 곡성성당을 맡고 계신다. 친자매들처럼 복도와 마당과 들녘을 다니며 즐겁게 이야기 나누고 웃으신다. 15년 사이 미실란이 참 많이 바뀌었다며, 특히 생태책방에 오래 머무셨다.

수녀님들보다 20분 뒤에 신화학자 정재서 선생님이 오셨다. 순천에 내려와 계시니 오며 가며 들르신다. 농업과 생태와 동양신화에 대해 이야기를 나눴다. 27년 전부터 말씀해 오셨던 것을 나는 이제야 조금 깨닫고 또 조금 생활에 녹이고 있다. 『산해경』과 노자 그리고 동식물에 대한 놀라운 상상력들을 선생님께 기대어 더 배우고도 싶다. 다음에 또 청하여 논멍 하며 이야기 나눠야겠다.

개들을 산책시키고 돌아와 앉으니 지금이다. 한 시간이 지나면 해가 지겠구나. 글을 조금 더 쓰려다가 바지를 보니 어릴 때 '도둑풀'이라고 했던 것들이 가득 붙어 있다. 하나하나 떼며 숫자를 헤아리다가 구십구부턴 그만뒀다. 내 몸을 이용해서 멀리멀리 가려는 것들이여! 오늘은 욕망들을 어둠에 비벼 씹으며 노닐어야겠다.

내 문장도 그러했으면

12월 10일

1.

내년에는 어떻게 흙내를 맡으며 살까, 눈 날리는 하늘을 우러른다. 논흙과 함께 놀던 물이 하늘로 올라가 만든 구름에서도 이 들녘 흙내가 나겠구나. 내 문장도 그러했으면 좋겠다.

2.

9월 중순, 텃밭에 심었던 배추를 아침에 캤다. 두 달 만에 엄청 자랐다. 바질 옆에 심어서 그런지 벌레도 거의 먹지 않았다. 네 포기만 캐서 배추적을 만들어 먹었다.

곡성에서 유기농으로 재배한 배추 마흔 포기로 채식 김치를 담갔다. 올해 두 번째 담그는 채식 김치라서 조금 더 익숙했다. 전라도 김치엔 젓갈이 필수인데, 젓갈 없이 만드는 김치인 것이다. 비린 맛이 없는 대신 시원하고 매콤했다. 남 이사가 오래 고민해서 레시피를 개발했다. 미실란 밑반찬으로 겨울 내내 올라갈 예정이다.

당동의 노래

12월 11일

말하자면 저물 무렵에 우연히 발견한 빛 같은 것. 그 아래 서기만 해도, 새벽부터 낮 동안 일어난 일이 하나하나 흑백영화처럼 되살아난다.

죽곡 당동리산성을 올랐다. 곡성 지역사회 연구자 양성 프로그램에 청강생으로 낀 것이다. 참석자가 서른 명을 헤아렸다. 산성 발굴에 참여한 고용규 선생의 강연을, 오전 11시부터 한 시간 남짓 죽곡 면사무소 2층 어울마당에서 들었다. 백제와 통일신라를 거치는 동안 곡성의 중심지가 바로 당동리산성이었다.

서정마을로 옮겨 마을 길을 지나 30분 정도 시멘트 길을 걷다가 한 시간 반 흙길을 올랐다. 겨울이라 풀들이 말라 죽어서 겨우 나아갈 수 있었다. 봄부터 가을까진 접근하기 어려운 비탈이었다.

고 선생의 친절한 안내로 백제시대에 쌓은 석성을 눈으로 확인하고 만질 수 있었다. 완만하게 살짝 나왔을 뿐만 아니라 모서리까지 모나지 않게 깎은 돌에 눈을 감고 귀를 댔다. 찬 기운이 뺨을 얼리는 사이 갑자기 귀가 울렸다. 고개를 들고 주위를 살폈지만 아무도 없었다. 바람도 잠잠했다. 백제 석공이 돌을 깨며 부르는 노래였을까.

아미산이 멀리 우뚝하고 대황강이 굽이굽이 흐르고 석곡 넓은 뜰이 펼쳐졌다. 그때는 곡성 사람 누구나 알던 풍경이건만 이제는 찾아 올라와야 겨우 볼 수 있다. 강에서 보는 것과 들에서 보는 것이 다르고, 강과 들에서 보는 것과 골짜기에서 보는 것이 다르며, 강과 들과 골짜기에서 보는 것과 산성에서 보는 것이 다르다. 곡성군에는 당동리산성 외에도 산성들이 많다고 하니 따로 시간을 내어야겠다.

당동리산성을 내려와서 미실란에 도착하니 오후 3시 반이 넘었다. 동네책방을 순례 중인 기지재단 이사장 박승호 선생과 반갑게 인사하고 차담을 나누었다.

그리고 잠시 눈을 감았다가 뜨니 해가 지기 시작했다. 천 년 전에도 이렇게 해가 졌겠고, 누군가는 마지막 빛 한 줌을 쥐었겠으며, 그보다 천년 전의 노래에 귀 기울였겠지.

온 더 로드

12월 15일

하동 화개장터에서 구례 문척면까지, 남자 셋이 걸었다.

길 두 개가 기억에 남는다. 우선 수달생태로. 지번 주소가 도로명 주소로 바뀌면서 다양한 길 이름이 탄생했다. 집필실의 길 이름이 섬진강로로 바뀐 것도 그때고, 이 마을 길이 수달생태로라고 불린 것도 그때이리라. 수달이 서식하는 강 옆 마을인 것은 확실히 알겠는데, 수달이 오가는 길이 아니라 사람들이 오가는 길을 수달생태로라고 하는 것이 어울리는지, 또 이 이름을 마을 사람들은 어떻게 생각하는지 궁금했다.

또 하나는 구례 둑방 흙길. 곡성의 둑방 길은 시멘트 길인데 반해, 구례에는 아직 흙길이 많이 남아 있다. 이 대표에 따르면 곡성도 원래 전부 흙길이었는데, 10년 사이에 시멘트 길로 바뀌었다고 한다. 시멘트 길은 자전거 길로는 괜찮겠지만 나처럼 걷기를 즐기는 여행자들에겐 최악이다.

지인이나 독자들이 오면 곡성 둑방 시멘트 길과 구례 둑방 흙길을 둘 다 걷게 한 뒤 의견을 듣고 싶다.

안길

12월 16일

너무도 쉬운 이치지만 오늘 새삼 깨달았다. 지도에 길이 없더라도 강으로 가면 길을 만난다.

'생태책방 들녘의 마음' 시작을 자축하며, 제월섬에서 집필실까지 강 대표와 함께 걸었다. 아침부터 빗방울이 흩날렸지만, 걷기 시작한 12시 50분에는 산봉우리에 구름만 잔뜩 앉았을 뿐 비는 내리지 않았다. 바람도 불지 않고 기온도 10도 내외라서 걷기에 딱 좋았다. 맑게 갠 날보다 흐린 날이 강변이나 해변을 걷기에 훨씬 좋다.

제월섬을 한 바퀴 돌고 함허정으로 올라갔다. 정자 앞을 흐르는 섬진강에 다리를 놓는 공사가 끝나지 않았다. 오래된 느티나무 사이로 펼쳐졌을 조선시대 풍경을 오늘도 짐작만 했다.

함허정에서 집필실까진 2차선 차도라서 걷기가 불편하겠다 여겼는데, 강 대표가 함허정을 넘어 강둑으로 가보자고 했다. 산길이 조금 이어지다가 강을 따라 반원처럼 완만하게 휘는 둑방 길이 나왔다. 광주대교구에서 정한 천주교 순례길이기도 했다.

그 길을 한 시간 따르노라니 왼쪽 습지는 거대하게 스산했고 오른쪽 들녘은 넓게 아득했다. 제월리마을은 들녘 저 너머에 아담하게 자리 잡았다. 내게 이 길의 이름을 붙이라면 '안길'이라 하고 싶다. 내 안에 넉넉한 품을 닮은 길.

둑방 길을 나오니 2차선 도로와 만났다. 어제 화개장터에서 구례로 오는 길은 즐겁긴 했지만, 몇 군데 나무 데크를 깐 곳을 제외하곤 2차선 차도였다. 갓길로 걷다가 속도를 높여 달리는 차를 만나면 놀랄 수밖에 없다.

오늘도 그래야 하나 걱정했는데, 청계동교를 지나니 차도 아래로 강을 따라 자전거길이 나 있었다. 지금까지 걸었던 길 중에서 가장 강에 가까웠고, 강보다 조금 높긴 했지만 가장 낮은 길이었다. 오가는 차 걱정 없이 아주 편히 두 시간을 더 걸었다. 내게 이 길의 이름을 붙이라면 '퇴고길'이라 하고 싶다. 퇴고하는 동안 앞뒤가 막히고 좌우가 꼬일 때 강을 따라 멋지게 뻗어내린 이 길을 걸으면 평온하리라. 앞으로 더 자주 찾을 길.

눈에게 밀렸다

12월 17일

삼기초등학교 학생들이 책방에 왔다. 눈이 갑자기 퍼붓자, 책을 고르다 말고 마당으로 우르르 몰려 나갔다. 눈 깜짝할 사이에 눈사람을 뚝딱 만들었다. 돌아와서 책을 한 권씩 고르곤 단체 사진을 찍었다.

떠나며 아이들이 내게 물었다.

"근데, 아저씨는 누구세요?"

아! 내 소개를 안 했구나. 눈에게 밀렸다.

첫걸음 딛는 날

12월 18일

'생태책방 들녘의 마음' 첫걸음 딛는 날 행사를 무사히 마쳤다.

개관 기념 테이프 커팅식 대신, 볏짚으로 새끼줄을 꼬아 이은 뒤 책방에 바라는 마음을 종이에 적어 매다는 '지음과 이음식'으로 행사가 시작되었다.

책방 첫 강연인 국립과천과학관 이정모 관장님의 '생태책방은 처음입니다만'은 즐겁고 깊고 뭉클했다. '모든 것은 연결되어 있다'는 훔볼트의 주장은 작가와 독자, 책방과 들녘의 연결로 이어졌고, 아마존강에 대한 상세한 설명은 자연스럽게 섬진강을 떠올리게 했다. 함께 온 천문학자 이명현 선생님을 따라 지상과 별의 연결도 잠시 상상했다.

저녁 시간은 바이올린과 기타 그리고 노래가 어우러진 허윤정 트리오의 연주와 노래로 시작했다. 뒤이어 이 대표와 내가 함께 '책방지기는 처음입니다만'이란 제목으로 정담을 나눴다. 생태책방을 하기로 결정한 배경과 앞으로의 계획을 진솔하게 밝혔다.

미리크리스마스란 설정에 맞게 선물 교환과 축하 노래가 이어졌다. 〈월성〉을 만든 남태제 감독과 부천국제판타스틱영화제 김영덕

프로그래머의 〈달빛강〉, 남근숙 이사의 〈전화카드 한 장〉 〈쌀 한 톨의 무게〉에 이어 가수 시와의 〈숨〉과 〈다녀왔습니다〉를 함께 듣고 즐겼다.

당연히 뒤풀이를 길게 할 분위기였지만, 코로나 때문에 9시에 행사를 마쳤다.

먼 길 달려와준 분들에게 고마움을 전하며 이동현 대표와 함께 쓴 생태책방을 여는 마음을 돌아봤다.

'생태책방 들녘의 마음'을 열며

농부과학자 이동현과 마을소설가 김탁환은 2020년 여름부터 지금까지 전국을 돌며 50회가 넘는 강연을 했다. 김탁환이 쓴 『아름다움은 지키는 것이다』라는 책이 계기가 되었지만, 두 사람은 책에 얽매이지 않고 자유롭게 상상하며 독자들과 이야기를 나누었다.

2006년 5월, 남근숙 이동현 부부가 전라남도 곡성군 섬진강로 2584에 세운 농업회사법인 (주)미실란은 새로운 상상의 버팀목이자 활주로다. 15년이 넘도록 미실란은 지방 소멸, 농촌 소멸, 벼농사 소멸, 공동체 소멸에 맞서서 다양한 활동을 벌였다. 위기도 닥쳤지만 버티며 살아남았다.

강연을 오가는 길 위에서 이동현과 김탁환은 인생의 꿈을 각자 그렸다가 찢고 또 그렸다. 그림이 점점 닮아갔다. 생태책방은 그 꿈의 첫 결실이다.

책방의 핵심 주제를 '생태'로 정했다. 21세기에 대두된 기후위기와 전염병은 지구 전체의 문제이며, 그 문제를 해결할 책임이 인류에게 있다. 세상엔 좋은 책이 많겠지만, 생태와 이어진 책들을 우선 골라 갖췄다. 정치, 과학, 역사, 문학 등이 서로 곁을 내주며 놓였다. 지금까지의 상식이나 분류법이나 속력에 의존하지 않고, 섬진강 들녘에서 대대로 살아온 농부와 동식물의 몸짓에 어울리는 책을 모았다.

생태책방의 이름은 '들녘의 마음'이다. 들녘을 종종걸음으로 가로질러 책방으로 들어오는 당신과 책방을 나가 느릿느릿 들녘을 걸으며 책을 읽는 당신! 들녘에서 나고 자라고 죽어간 온갖 생물들을, 책과 함께 떠올려주었으면 좋겠다. 흙의 마음과 강의 마음과 산의 마음과 하늘의 마음이 그 속에 담겼다. 책을 읽는 마음과 농사를 짓는 마음이 이토록 가까우니, 서로의 입김이 닿아 섬진강 물안개를 만들고도 남겠다.

책방 문을 밀고 들어가 스스로 고른 책을 사서 품에 안고 나왔던 날을 기억하는가. 섬진강 들녘에서도 그 기쁨을 선물하기 위해, 작은 책방 하나를 오늘 가만히 연다.

2021년 12월 18일

김탁환과 이동현이 함께 쓰다

빛깔의 두께

12월 19일

경기도 퇴촌 베짱이도서관 관장 박소영과 랄라브레드 대표 랄라와 함께 장선습지를 걸었다. 천진암 골짜기에서 본 붉은 노을이 곡성 들녘의 흰 뭉게구름에 겹쳤다.

삶이란 이렇게 겹치고 겹치며 자기만의 빛깔을 내는 것이란 생각이 들었다.

애도

12월 20일

이제 소설에서 죽여야 할 사람이 다섯 명밖에 남지 않았다. 지난 1월 죽일 사람이 백 명일 때는 언제 다 죽이나 싶고, 죽여가며 또 얼마나 쓰라리고 안타까울까 싶었는데, 오늘 새벽 마지막 다섯 명을 형장에 세우니, 아, 정말 제대로 잘 죽여야겠다는 생각이 먼저 든다.

소설가로서 욕심이면 욕심일 터. 다섯 명까지 마저 세상을 뜨고 나면, 한 달 정도 작업을 멈추어야겠다. 백 명의 이름을 매일 부르고 그 얼굴을 떠올리고 그 삶의 시작부터 끝까지를 어루만지며, 시간을 흘려보내려 한다.

명복을 비는 기도라면 기도겠다. 지리산에서 동악산까지 떠가는 구름이 내 벗이 될까. 일백 개의 구름 일백 사람의 이야기.

3월부터 쓰기 시작한 장편 초고를 늦은 밤 마쳤다.

4,220매.

내년에 퇴고하면, 분량은 더 늘어날 듯하다.

과밀과 과소

12월 21일

부스터샷까지 맞았다. 글을 짓든 농사를 짓든 반복은 아름답지만, 이 반복은 예외다. 2021년은 백신을 세 번이나 맞은 해로 기억되겠다.

부스터샷을 서둘러 맞은 까닭은 곡성에 올 때마다 갖는 부담감 탓이다. 오늘만 해도 신규환자 5,202명 중에서 수도권 확진자가 3,691명에 이른다. 곡성은 확진자가 아예 없는 날이 많으며, 확진자가 한 명만 나와도 곡성군 차원에서 총력전으로 대응한다.

그러므로 서울을 다녀올 때마다 나 자신의 위생과 방역에 거듭 신경을 쓰게 된다. 서울에 가더라도 동선을 최대한 줄이고, 공식적인 만남이나 회의는 전화나 메일로 대체하며, 카페나 식당 출입을 하지 않는다.

부스터샷을 맞으라는 정부의 권고를 받자마자 서둘러 병원을 예약해서 다녀왔다. 앞으로도 당분간은 이 긴장감을 유지해야 한다.

이틀 동안 벗할 책을 골랐다. 932쪽. 벽돌 책이니 뒤적뒤적 읽다가 베고 자다가 해야겠다.

화양연화

12월 22일

'생태책방 들녘의 마음'을 열고 나니, 2016년 가을에 '김탁환의 전국제패'라는 제목으로 책방 순례 강연을 다닌 경험이 무척 강렬하고 중요했다는 생각이 든다. 『거짓말이다』를 출간한 뒤 가장 먼저 손잡아준 곳이 전국의 동네책방이었다. 그곳 책방지기들과의 우정이 내게 생태책방을 꿈꾸게 만든 거름이 된 것이다. 이제 마포를 떠난 마포 김사장 김홍민 대표의 경쾌한 추진력도 참 멋졌다.

지금은 코로나 때문에 모임 자체가 조심스러우니, 작가와 출판사 대표가 일주일씩 차 몰고 전국 순례 강연 다니던 저 때가 화양연화였구나 싶다. 그 시절이 또 올까.

섬진강 들녘에 작가와 독자와 책방지기와 출판인들이 함께 모여 판을 벌일 날을 꿈꾸는 아침.

부족했을까

12월 23일

광활한 인간, 정도전 생각을 요즘 부쩍 많이 한다.

인간은 얼마나 절망해야 혁명을 꿈꾸게 되는가.

전야

12월 24일

올해는 창작판소리 사설을 세 편 썼다.

발탈극 〈섬진강 도깨비〉와 판소리 〈그래서 나는 기오리가 되었다〉는 10월 24일 곡성 '섬진강 생태판소리 한마당'에서 첫선을 보였다. 마지막 작품인 1인 판소리극 〈달문, 한없이 좋은 사람〉은 12월 25일과 26일 초연할 예정이다. 공연장이 돈화문 국악당인 것도 남다르다. 1764년 영조가 달문을 친국한 곳이 창덕궁인데, 2021년에 바로 그 궁 앞에서 공연을 하는 셈이다.

마지막 연습이 한창인 돈화문 국악당으로 갔다. 1시간 20분을 혼자 끌고 가야 하는 용석은 다채로운 음악으로 든든하게 뒤를 받히는 공명의 세 멤버와 합을 맞추느라 열심이다.

박수예 무대감독과 송기조 미술감독은 〈한국호랑이 왕대의 모험〉부터 올해 내내 공연을 같이 해서 식구처럼 친근하다. 성탄전야까지 맹연습을 하려고 모인 이들의 마음이 오래 기억날 듯하다.

〈달문, 한없이 좋은 사람〉은 내가 상상한 것보다 훨씬 현대적이다. 400여년 전이든 지금이든, 노래하고 이야기하고 춤추는 예술가의 고통과 환희는 고스란히 이어진다는 뜻일 테고, 좋은 사람으로 잘 사는 것이 무엇인가에 대한 고민도 사라지지 않고 첩첩 쌓인다는 뜻이리라.

'창작집단 싸목싸목'에서 3년 동안 함께 만든 작품은 아래와 같다.

- **1인 판소리극 〈달문, 한없이 좋은 사람〉** 최용석 연출과 공연, 김탁환 대본
- **판소리극 〈한국호랑이 왕대의 모험〉** 최용석 연출, 김탁환 대본
- **판소리극 〈가시리〉** 김탁환 원작, 바닥소리 공연, 최용석 이기쁨 대본
- **판소리 〈복돌복실〉** 최용석 작창 공연, 김탁환 대본
- **발탈극 〈섬진강 도깨비〉** 한혜선 류수곤 작창, 한혜선 박은정 공연, 김탁환 대본
- **판소리 〈그래서 나는 기오리가 되었다〉** 박은정 작창 공연, 김탁환 대본

예언자들

12월 26일

올해 이현주 목사님의 책들을 여섯 권 띄엄띄엄 읽었다. 그리고 이 목사님이 1987년에 번역하여 출간했고 2004년에 재출간한 『예언자들』에 겨우 가 닿았는데, 이 책을 초가을부터 넉 달 남짓 조금씩 읽다가 방금 겨우 마쳤다.

780쪽인데, 길다는 생각은 전혀 안 들고 좀더 길었으면 좋았겠다는 아쉬움이 생겼다. 3년 정도 지나서 재독하고 싶은 책이다.

구약에 등장하는 예언자들을 매우 실감나게 설명하면서, '예언자'란 과연 어떤 존재인가를 풀어놓았다. 문장이 너무 섬세해서, 빨리 읽지 못하고 자주 멈추며 되돌아 읽게 한다. 부서지기 쉬운 얼음을 밟으며 늦겨울 호수를 건너가는 기분이랄까.

아모스, 호세아, 이사야, 미가, 예레미야, 하바꾹 등 예언자들의 외모와 성격과 말투와 표정이 비로소 그려졌다. 예언의 내용뿐만 아니라 예언하는 자의 장단점과 부담감과 예언하는 스타일까지. 그리고 '예언'이란 단어를 향해 던질 수 있는 거의 모든 물음과 나름대로의 답이 이 책에 담겼다(『성경』 속 예언 외에 다른 종교의 예언에 대해서도 함께 논의할 수 있겠다. 특히 동학).

옮긴이의 말에서 이 대목이 내내 머릿속을 떠나지 않았다. 라디오 대담에서 진행자가 헤셸에게 당신의 생애에서 가장 큰 영향을 끼친 책이 무엇이냐고 물었을 때, 헤셸은 이렇게 답했다고 한다.

> "'예언자들'이라는 제목의 책입니다."
>
> "저자가 누군가요?"
>
> "아브라함 요수아 헤셸."
>
> "자신의 책에 가장 큰 영향을 입었다는 말인가요?"
>
> "예."
>
> — 아브라함 요수아 헤셸, 『예언자들』

헤셸은 이 책을 쓴 뒤, 서재 속 학자를 그만두고 거리의 예언자로 살다 죽었다. 구약의 예언자들에게 가장 큰 영향을 준 말이 무엇이냐고 묻는다면, 자신들의 입에서 나온 예언이라고 답하지 않을까.

〈달문, 한없이 좋은 사람〉 초연을 마쳤다. 어제와 오늘, 오후에는 공연을 보았고, 아침과 밤에는 『예언자들』의 마지막 부분을 읽었다. 생애까지는 아니지만, 2010년대를 지나 2020년대로 넘어가며 내가 가장 많이 생각하고 상상했던 인물은 달문이다. 연암 박지원이 쓴 단편소설 「광문자전」의 달문이 아니라 김탁환의 달문.

내가 왜 달문을 주인공으로 『이토록 고고한 연예』를 썼고, 쓰고 나서도 계속 이 인물에 몰두하는지, 용석의 소리를 듣고 연기를 보면서 알 듯했다.

등장인물이 글 속에 머무르지 않고 작품 밖으로 나가려는 소설을 읽은 적이 있다. 화가 이중섭은 캔버스 안팎을 오가는 아이들을 그리기도 했다.

광인과 예언자는 가려내기 어렵다. '미친놈'이라고 욕먹은 예언자도 많고, 예언자로 존중받은 미친놈도 적지 않다. 광인의 면모가 없이는 예언할 수 없다는 주장도 있다.

달문의 광활함과 정도전의 광활함이 어디서 만나고 헤어지는가에 대해 짧은 글을 한 편 지을 날이 왔으면.

그늘에 대하여

12월 27일

마을마다 거의 빠지지 않고, 짧게는 100년 길게는 500년 가까이 그 자리를 지킨 노거수들이 있다. 그 나무들을 종종 찾아가선 머무르곤 한다. 팽나무도 있고 은행나무도 있고 소나무도 있다. 새들이 날아오기도 하고 바람이 불기도 하고 햇살이 내리쬐기도 하며, 비나 눈이 흩뿌릴 때도 있다.

그 하루하루를 아니 그 순간순간을 나무는 어떻게 만났을까. 만나 무엇을 지켰고 무엇을 바꾸었을까. 뻗어 나간 가지의 숫자와 방향과 기울기마다, 곳곳에 생긴 옹이마다, 내가 모르는 이야기가 담겼다. 나무의 말을 노래한 가수도 있지만, 동물의 말을 알아들은 두리틀 선생도 있지만, 나무의 빛깔과 모양과 냄새로부터, 껍질과 잎과 열매로부터 나무가 겪어낸 시간을 되살리기란 내게 벅차다. 다만 매우 힘들고 어려웠겠지만 굴하지 않고 버티며 나아간 의지만이 어렴풋하게 읽힌다.

지금까지 살면서 괴로운 만남만 있었던 것은 아니다. 생동하게 만드는 만남 또한 적지 않았다. 거인의 어깨에 올라앉는다는 표현을 많이 쓰지만, 나는 노거수의 그늘에서 우러러 상상한 날들이 더 고맙고 소중하다. 나무가 만든 기기묘묘한 그늘이 아니었다면 알지 못했을 세계들, 생각들, 감정들! 나무가 쓰러지거나 잘려나간 뒤에도 독특한 어둠은 내 안에서 사라지지 않을 것이다.

역사학자 조너선 D. 스펜스, 생물학자 에드워드 O. 윌슨. 두 분의 명복을 빈다.

마시지 않고

12월 29일

섬진강 들녘에서 벼농사를 짓고 발아현미를 만든다고 하면, 술은 빚지 않느냐는 물음이 따라오곤 했다. 송년회를 겸하여 미실란 직원 박태희 님의 술에 대한 강연에 이어 부의주(浮蟻酒) 만드는 실습을 했다. 개미알처럼 밥풀이 동동 뜨는 술.

술밥을 식혀 다도해의 섬처럼 드문드문 간격을 두고 뒤집었다. 물과 효모를 넣은 다음, 밥을 천천히 힘을 줘서 눌렀다. 수분이 충분히 밥에 스며들어야 하기 때문에 성급하게 굴면 안 된다. 돌려가며 반복해서 누른 다음 통에 조심조심 담았다. 한 달 뒤에는 마실 수 있다고 하니, 까치까치 설날에 몇 모금 마셔야겠다.

3년 동안 미실란에서 근무한 직원 권기인 님의 환송회가 이어졌다. 생산팀에서 현미를 가장 잘 발아시키는 기술자인데, 군대 때문에 어쩔 수 없이 사직을 한다.

어제 다 같이 롤링페이퍼를 썼는데, 나도 몇 줄 적었다. 젊은이들이 이런저런 이유로 곡성으로 오고 또 이런저런 이유로 곡성을 떠난다. 가고 오는 사이, 해가 지고 날이 간다.

떠날 때 빚은 술 돌아오는 날 마시리.

소멸하고 있는 곳은 서울이다

12월 30일

'소멸예정지역'이란 여섯 글자에 갇혀선 안 된다. 인구가 줄어드는 것을 소멸로 연결 짓는 시선은 인구를 늘리는 것이 옳다는 주장의 바탕이 된다. '종다양성'이란 용어를 가져다 쓰지 않더라도, 서울로 대표되는 대도시엔 사람이 지나치게 많고, 다른 생물들은 사람을 위해 태어나고 자라고 죽는다.

이곳 섬진강 들녘은 사람이 매우 적은 대신, 사람에게 의지하지 않는 생물들이 아주 많다. 소멸하고 있는 곳은 사람만 득실대는 서울이다. 만인에서 만물로 시선을 돌리면, 곡성을 비롯한 소위 소멸예정지역들이 달리 보인다.

인구 증가 대책만 세울 것이 아니라, 사람을 제외한 생물들을 어떻게 잘 지켜낼 것인지 고민해야 하는 것이다. 사람을 위해 무엇을 하려고 들지 말고, 만물을 위해 무엇도 하지 않는 노력이 필요하다.

장르는 모험담

12월 31일

드라마 〈고요의 바다〉에 등장하는 배두나의 직업은 우주생물학자다. 오래전에 서대문자연사박물관에서 우주생물학 강좌를 들었다. 지구 밖 우주에서 생명체의 존재 가능성을 연구하는 생소한 학문이었다.

그런데 지구 밖에서 연구를 진행하는 것은 어려우니, 지구 안에서 생명체가 살기 힘든 곳을 관찰하고 연구하는 경우가 더 많았다. 이렇게 뜨거워도, 이렇게 차가워도, 이렇게 깜깜해도, 이렇게 산소가 희박해도 생명체가 있을까. 강좌 제목은 우주생물학이지만 삶의 조건을 고민하고 지구를 더 깊이 살피는 계기가 되었다.

내 삶에서 2021년은, 우주생물학과는 또 다르게 지구를 감각하고 생각한 나날이었다. 미생물학자이기도 한 이동현 대표를 농사 스승으로 모시고 농사를 지었다. 논과 텃밭과 정원을 오가며, 사람의 차원과 농작물의 차원 그리고 미생물의 차원에서 변화를 경험했다.

아는 것은 한 줌도 안 되었고 모르는 것이 나머지 전부였다. 내가 얼마나 농사와 강과 들과 산과 거기서 자라는 동식물과 미생물들에 무지한가를 확인한 시간이기도 했다.

그나마 일 년 단위로 이 삶을 반복할 수 있어 다행이다. 올해 서툰 부분, 실수한 부분, 실패한 부분들은 내년 농사에선 조금이라도 더 나아지도록 노력하겠다.

2021년 1월 1일, 집필실 '달문의 마음'을 곡성군 곡성읍 섬진강로 2584로 옮긴 뒤 더 많은 걸 상상하게 되었다. 상상을 문장으로 옮기는 것이 내 업이니, 그것은 그것대로 해나가겠지만, 상상을 또 다른 것으로 바꾸는 일도 섬진강 들녘에서 계속 시도할까 싶다. 장르를 따진다면 모험담이겠다.

참고문헌

가브리엘 가르시아 마르케스, 『이야기하기 위해 살다』, 민음사, 2007.
가즈오 이시구로, 『부유하는 세상의 화가』, 민음사, 2015.
강남순, 『용서에 대하여』, 동녘, 2017.
기형도, 『입 속의 검은 잎』, 문학과지성사, 1989.
김근수, 『예수평전』, 동녘, 2021.
김막동 외, 『시집살이 詩집살이』, 북극곰, 2016.
김산하, 『비숲』, 사이언스북스, 2015.
김영현, 『깊은 강은 멀리 흐른다』, 실천문학사, 1999.
김한민, 『그림 여행을 권함』, 민음사, 2013.
김혜영, 『네가 여기에 빛을 몰고 왔다』, 후마니타스, 2021.
노회찬, 『노회찬과 함께 읽는 조선왕조실록』, 일빛, 2004.
데이비드 조지 해스컬, 『숲에서 우주를 보다』, 에이도스, 2014.
로맹 가리, 『노르망디의 연』, 마음산책, 2020.
박노해, 『참된 시작』, 창비, 1993.
브루스 채트윈, 『송라인』, 현암사, 2012.
서대석, 『담촌 생애담』, 집문당, 2021.
송경애, 『마을발견』, 기역, 2020.
아브라함 요수아 헤셸, 『예언자들』, 삼인, 2020.
앤서니 도어, 『우리가 볼 수 없는 모든 빛』, 민음사, 2015.
엔도 슈사쿠, 『깊은 강』, 민음사, 2007.
오마르 하이얌, 에드워드 피츠제럴드, 『루바이야트』, 지만지, 2020.

유상준, 박소영, 『풀꽃편지』, 그물코, 2013.
이반 일리치, 『행복은 자전거를 타고 온다』, 사월의책, 2018.
이순신, 『난중일기』, 민음사, 2010
장정일, 『길안에서의 택시잡기』, 민음사, 2005.
잭 런던, 『강철군화』, 한울, 1989.
잭 런던, 『야성의 부름』, 문예출판사, 2010.
잭 런던, 『잭 런던의 조선 사람 엿보기』, 한울, 2011.
잭 런던, 『화이트팽』, 파랑새, 2009.
정재서 역, 『산해경』, 민음사, 1996.
최형국 역, 『정조, 무예와 통하다-정역 무예도보통지』, 민속원, 2021.
조너선 밸컴, 『물고기는 알고 있다』, 에이도스, 2017
조천호, 『파란하늘 빨간지구』, 동아시아, 2019.
존 버거, 『한때 유로파에서』, 열화당, 2019.
최승자, 『한 게으른 시인의 이야기』, 난다, 2021.
테리 이글턴, 『인생의 의미』, 책읽는수요일, 2016.
트루먼 커포티, 『인 콜드 블러드』, 시공사, 2013.
한돌, 『늦었지만 늦지 않았어』, 열림원, 2020.
한승태, 『고기로 태어나서』, 시대의창, 2018.
헨리 데이비드 소로, 『월든』, 열림원, 2017.
홍성욱, 『홍성욱의 STS, 과학을 경청하다』, 동아시아, 2016.
후지나미 다쿠미, 『젊은이가 돌아오는 마을』, 황소자리, 2018.

• • •

농사 스승 이동현 대표님, 고맙습니다.
내 마음 같은 그림을 그린 베짱이도서관 박소영 관장님, 고맙습니다.

김탁환의 섬진강 일기

초판 1쇄 2022년 4월 25일
초판 3쇄 2023년 5월 25일

지은이 | 김탁환
펴낸이 | 송영석

주간 | 이혜진
기획편집 | 박신애 · 최예은 · 박강민 · 조아혜
디자인 | 박윤정 · 유보람
마케팅 | 김유종 · 한승민
관리 | 송우석 · 전지연 · 채경민

펴낸곳 | (株)해냄출판사
등록번호 | 제10-229호
등록일자 | 1988년 5월 11일(설립일자 | 1983년 6월 24일)

04042 서울시 마포구 잔다리로 30 해냄빌딩 5 · 6층
대표전화 | 326-1600 **팩스** | 326-1624
홈페이지 | www.hainaim.com

ISBN 979-11-6714-033-3

파본은 본사나 구입하신 서점에서 교환하여 드립니다.